Maharishi GoodBye

Ulrike Schrott

Autobiographie

edition riedenburg

Bibliografische Information der Deutschen Nationalbibliothek:
Die Deutsche Nationalbibliothek verzeichnet diese Publikation in der Deutschen
Nationalbibliografie; detaillierte bibliografische Daten sind im Internet über
http://dnb.d-nb.de abrufbar.

1. Auflage   Oktober 2010
© 2010   edition riedenburg
Verlagsanschrift   Anton-Hochmuth-Straße 8, 5020 Salzburg, Österreich
Internet   www.editionriedenburg.at
E-Mail   verlag@editionriedenburg.at

Cover Vorderseite   Maharishi, 1970, Fotografie von Ulrike Schrott
                    Ulrike Schrott, 1970, Selbstportrait
Cover Rückseite   Maharishi, 1970, Fotografie von Ulrike Schrott
                    Ulrike Schrott, 2009, Fotografie von Tobias Ott

Lektorat   Dr. Heike Wolter, Regensburg

Satz und Layout   edition riedenburg
Herstellung   Books on Demand GmbH, Norderstedt

ISBN 978-3-902647-34-4

Inhalt

Geleitwort _____ 6

Prolog _____ 9
Auf der Suche _____ 19
Im Ashram _____ 45
Abschied von Rishikesh _____ 77
Auf Mission _____ 105
An den Grenzen der Wahrnehmung _____ 133
Die Mondscheinprinzessin _____ 189
Zu neuen Ufern _____ 203

Anhang _____ 211
Nachwort und Danksagung _____ 215

Geleitwort

„Dass ich erkenne, was die Welt im Innersten zusammenhält"
(Goethe, Faust I)

Dies ist der Wunsch der jungen Frau, die eines Tages aufbricht, um nichts Geringeres als das in Erfahrung zu bringen.

Am Anfang also war eine Sehnsucht, wie sie tiefer nicht vorstellbar ist. Nicht die Erkenntnis mit den Mitteln des abendländisch definierten Verstandes, der die Möglichkeiten allen Erkennens auf den engen Rahmen eines rationalistischen Weltbildes beschränkt, sollte es sein, sondern ein Erkennen, das die künstliche Trennung von Körper, Geist und Seele einerseits und diejenige von erkennendem Subjekt und erkanntem Objekt andererseits überschreitet. Welterkenntnis wäre Selbsterkenntnis und vice versa.

Und damit wäre es noch nicht zu Ende: Auch das erkennende Ich in seiner grausamen Beschränktheit auf genetische Ausstattung und biographische Fundamente würde sich in diesem unendlich verlockenden Strom des Erkennens auflösen und alle Zweifel über die Natur der Dinge und Wesen hinter sich lassen. Vielleicht ist es ja letztlich dasselbe, was all jene gewollt haben, die sich über die Verlockungen von Macht, Besitz und Geliebtwerden hinaus nach diesem Anderen, Unsagbaren sehnen (nicht wenige von ihnen sogar verzehren): Die Philosophen und Mystiker aller Religionen und Epochen, die nach dem suchten, was in der christlichen Mystik als „unio mystica", im Zen-Buddhismus als „satori", im Hinduismus als „moksha" benannt wird: Der anhaltende Zustand der Erleuchtung. Dass gerade dieses unbändige Wollen sich als größtes Hindernis vor der Erfüllung erweisen wird, ist eines der Paradoxa dieses Weges.

Wie Millionen von jungen Menschen ab Mitte der Sechzigerjahre hat die zwanzigjährige Ulrike genug von dem lauen, für Geist und Seele zerstörerisch scheinenden Leben, das ihre Elterngeneration für sie vorgesehen hat, lässt die deutsche Langeweile zwischen abgeschlossenem Wiederaufbau, unbewältigten Kriegstraumata und beginnender Saturiertheit hinter sich und bricht – nach einem intensiven Umweg als Entwicklungshelferin in Äthiopien – nach Rishikesh im Norden Indiens auf. Meditation, ein Meister mit fantastischem Ruf (die Beatles und andere Prominente werden seinen Namen mit in den Westen tragen), Mantras und Yoga, am allerwichtigsten aber wahrhaftige Hingabe, die die Antwort auf alle Fragen als Lohn verspricht, das ist der Weg, den sie zu gehen versucht und in aller Konsequenz verfolgt. Sie begegnet Menschen, die sie beeindrucken und die die nächsten Schritte befördern.

Ulrike Schrott zeichnet in ihrem Buch die Geschichte ihrer Suche mit Sorgfalt und unnachahmlichem Humor nach, der aber keinen Zweifel an der Tiefe und Ernsthaftigkeit ihres Wegs offen lässt. Doch das zweifelnde, fragende, alles – auch den Meister – und vor allem sich selbst in Frage stellende Ich will nicht zur Ruhe kommen, und ich meine: glücklicherweise.

Dennoch wird hier nicht Bilanz gezogen, sondern der Versuchung einer wütenden Abrechnung widerstanden. Nicht urteilen, sondern wahrnehmen und sich erinnern in aller Bewusstheit darüber, dass „jeder Mensch eine Geschichte erfindet, die er für sein Leben hält" (Max Frisch), das ist der Tenor dieses Buchs, das, gerade weil es ohne alle Widersprüche einebnenden Urteile auskommt, dem eigenen Nachdenken und Erkennen einen weiten Raum eröffnet. Es wird erzählt, wunderbar lebendig, mit wachem Verstand und mit großer Einfühlung in die junge Frau (und in andere, mit denen sie ein Stück dieses Wegs teilte), die sowohl Euphorie als auch Verzweiflung mit bewundernswerter Hartnäckigkeit durchlebt und auch übersteht.

So formt sich aus den Bruchstücken für die LeserInnen ein vielfältiges Bild des Zeitgeists der Sechziger und Siebziger Jahre, es formt sich auch das Bild eines Menschen, dessen Suchen, Finden, Verlieren und Neufinden (vielleicht sogar: sich neu erfinden) bei aller Einzigartigkeit etwas Exemplarisches bekommt, das berührt. Nicht wenige sind auf diesem Weg zugrunde gegangen, auch das ist etwas, das Ulrike Schrott nüchtern im Blickfeld behält und in ihrem Buch nachzeichnet. Auch die Entwicklung der Nachfolgeorganisation Maharishis wird kritisch beleuchtet. Scheitern aber, dies ist vielleicht eine der Schlussfolgerungen dieses Buchs, ist kein hinreichender Grund, einen großen Versuch, ein großes Wagnis zu diskreditieren. Was ist Scheitern überhaupt, was Gelingen?

In Rainer Maria Rilkes „Die Aufzeichnungen des Malte Laurids Brigge" heißt es an einer Stelle: „Ist es möglich (...) dass man noch nichts Wirkliches und Wichtiges gesehen, erkannt und gesagt hat? Ist es möglich, dass man Jahrtausende Zeit gehabt hat, zu schauen, nachzudenken und aufzuzeichnen, und dass man die Jahrtausende vergehen hat lassen wie eine Schulpause, in der man sein Butterbrot isst und einen Apfel? Ja, es ist möglich."

Dieses Buch ist ein wunderbarer Versuch, gerade in aller Nüchternheit und großer, sich selbst wahrhaftig nicht schonender Offenheit, dieser Gefahr nicht zu erliegen.

Gudrun Seidenauer

Prolog

Ich schaute ihn an. Sein Blick war offen, ernst, zugewandt – ein ruhiges Schauen. Nur Kleinkinder hatten mich bisher so angeschaut und verunsichert. Viele Erwachsene sehen sich im Brennpunkt eines derartigen Kinderblickes gezwungen, Grimassen zu schneiden und unsinnige Laute von sich zu geben. Mit allen Mitteln versuchen sie, dem stillen Ernst ein Lachen abzuringen, das seine beunruhigende Tiefe verschleiert. Ich versank in Maharishis Blick wie ein Stein in einem tiefen Brunnen.

Das war Anfang 1970 in Indien. Ich hatte mich mit ca. achtzig Suchenden aus aller Welt in seinem Ashram in Rishikesh eingefunden. Er lag nördlich der Stadt auf einem der letzten Abhänge des Himalayas. Wenn man aus der Lecture Hall trat, öffnete sich der Blick an einem Steilufer über dem flach dahinfließenden Wasser des Ganges, wanderte hinüber zur Stadt und weiter in das trockene Ocker der Ebene, die am Horizont verschwamm. Wir waren Eindringlinge, Unwissende aus dem oberflächlichen Westen. Unter den Kursteilnehmern war kein einziger Inder. Sadhus[1] saßen auf der anderen Seite des Ganges am kieselsteinigen Ufer und meditierten so wie wir, oder meditierten wir so wie sie? Wir waren in ihren Augen wahrscheinlich ein Haufen verrückter Hippies, so wie sie damals zu Tausenden auf der Suche nach Erleuchtung nach Indien pilgerten. Ihre Religion, ihre Götterwelt, ihre Riten und Gebräuche waren für uns eine phantastisch bunte Märchenwelt, deren wahren Kern und deren Weisheit es zu entdecken galt. Sie sahen uns kritisch, erstaunt und gelassen zu, wenn wir zum Baden hinunter an ihren heiligen Fluss kamen. Unterhalb des Ashrams hatte die Strömung eine tiefe Mulde ausgeschwemmt, so dass wir tauchen und schwimmen konnten. Wir stürzten uns lachend und lärmend in die Flut. Wir nahmen kein rituelles Bad. Unser Zugeständnis an indische Wertvorstellungen bestand darin, dass Frauen nur züchtig in Punjabis[2] gehüllt ins Wasser sprangen. Aus der Pilgerstadt dröhnten heilige Gesänge in fremden Skalen und Rhythmen herüber, unentzifferbares Gedudel in meinen westlichen Ohren.

Ich wollte Maharishi so viel fragen, wollte ihm mein Herz ausschütten, wollte ihn die kryptischen Puzzlesteine, in die mein Leben zerfallen war, zusammenfügen lassen, wollte mich ihm öffnen – so glaubte ich jedenfalls – aber sein Blick wischte alles weg. *"I have heard that you were in Ethiopia. Tell me about the country, how are the people there?"* Ich war verwirrt, ich wollte nicht über Äthiopien sprechen, das Thema „Entwicklungshilfe" hatte ich abgehakt – ich stotterte herum und kam mir ziemlich dumm vor. Dann war das Gespräch auch

---

1   Heilige
2   Ein Ensemble aus weiter Hose und weitem Hemd, das im Punjab getragen wird

schon vorbei. Als ich im Gehen begriffen war, sagte Maharishi: *"People say, it's too dark in the lecturehall at night. Take care, that there is a candle at each seat tonight."* Ich tauchte noch einmal in seinen Blick, konnte aber nicht erkennen, ob er diese Anweisung ernst meinte. Er wandte sich schon dem Nächsten zu. Ich hatte für den Kurs bezahlt, 2.400 DM genau, inklusive Unterkunft, Verpflegung, Hin- und Rückreise. Das war damals viel Geld für mich. Ich war gekommen, um zu meditieren, um zu lernen. Wieso sollte ich mich um Kerzen kümmern? Ich gehörte nicht zum Personal.

Damals war Maharishi für mich alt, alt an Jahren. Sein ergrauendes Haar fiel lang und leicht gewellt auf seine Schultern. Sein Vollbart war dunkel und wallte nur in der Mitte weiß von seinem Kinn. Er war wohl Anfang sechzig, vielleicht auch etwas jünger. Niemand wusste es so genau. Seine dunkle Haut war glatt und strahlte Wärme aus, die braunen Augen waren klar. Gerüchten zufolge stand in jedem seiner Pässe, die über die Jahrzehnte hinweg ausgestellt worden waren, ein anderes Geburtsdatum. Einmal besuchte Tatwalla Baba, ein Hindu-Heiliger, den Ashram. Bis auf einen Lendenschurz aus Sackleinen war er nackt. Seine Haut war glatt und spannte sich goldbraun über einen aufrechten, muskulösen Körper. Er ging leicht und federnd. Aschfarbene Dreadlocks schleiften einen halben Meter am Boden hinter ihm her, wenn er sie nicht wie einen Turban um den Kopf geschlungen hatte. Ein Kursteilnehmer fragte Tatwalla Baba nach seinem Alter. Maharishi, der Fragen und Antworten ins Hindi übersetzte, wehrte ab: *"One does not ask a wave on the ocean, from where it comes."* Es hieß, Tatwalla Baba sei über vierhundert Jahre alt. Ich war fünfundzwanzig nach westlicher Zeitrechnung.

Ich sollte also Kerzen organisieren. Lustlos ging ich zum einzigen Laden im Ashram. Er war nicht weit von der Lecture Hall entfernt, direkt neben dem Speisehaus, und versorgte uns mit allem, was wir brauchten: Toilettenartikel, Schreibutensilien, Räucherstäbchen, Zigaretten und Zünder. Hefte, auf denen Maharishis Ebenbild prangte, gab es umsonst. Ein Amerikaner bediente mich. Dunkle, Beatle-lange Haare umrahmten sein asketisches, glatt rasiertes Gesicht. Er war immer ruhig und freundlich, aber in seinem Blick lag auch Trauer und tiefe Nachdenklichkeit. Ich hatte gehört, dass er ein Jünger Maharishis sei und schon lange hier im Ashram lebte. Trug er deshalb immer einen weißen Punjabi? Weiß war die Farbe Maharishis. Alle seine Dhotis[3] waren aus weißer Seide. *"Don't mind, what people tell about us. They say, that we are red or green or yellow, but we know, that we are white."* Ich kaufte sechs weiße Haushaltskerzen und Streichhölzer und ging zurück in die Lecture Hall.

In meiner Erinnerung sehe ich einen weißen, schmucklosen Betonbau, eine rechteckige Schachtel mit Fensterschlitzen. Das üppig wuchernde Grün des Ashrams tauchte seine schlichte Hässlichkeit in ein bewegtes Schattenspiel. Aber selbst diese Erinnerung ist verschwommen, denn meine Aufmerksamkeit galt allein dem Innenraum.

---

3   Gewickeltes Kleidungsstück der Männer, Pendant zum Sari der Frauen

Auf der einen Schmalseite befand sich die Bühne. Darauf stand ein riesiger, mit weißen Seidentüchern verhüllter Sessel. Auf der Sitzfläche lag ein kleines schwarzweißes Fell, möglicherweise von einer Ziege. Auch jetzt saß Maharishi auf diesem Fell und unterhielt sich leise mit einem anderen Kursteilnehmer. Vor der Bühne lag ein Freiraum, auf dem sich bei unseren Treffen all jene einfanden, die es für längere Zeit im Schneider- oder Lotussitz aushalten konnten. Dahinter stieg der Boden in großen Treppen an. Auf den ersten Stufen standen breite Holzsessel mit bequemen Armlehnen, von denen sich die rechte zu einer Schreibfläche ausbauchte. Die hinteren Reihen waren mit normalen Stühlen bestückt. Dort warteten jetzt andere Kursteilnehmer darauf, zum Gespräch mit Maharishi auf die Bühne gerufen zu werden. Er wollte jeden Einzelnen kennenlernen. Hinter seinem Sessel stand in Lebensgröße das Bild von Guru Dev[4], seinem Meister. In psychedelischen Farben gemalt, saß er kerzengerade im Lotussitz, sein Blick fixierte den Betrachter, wo immer er stand. Ein Heiligenschein verstärkte den bezwingenden Eindruck. Ich kannte bis dahin nur Darstellungen von christlichen Heiligen. Sie sahen den Betrachter nie an, sondern hielten den Kopf meist züchtig leidend zur Seite geneigt, während die Augen himmelwärts schielten. Manche sahen aus, als würden sie vor Verzückung gleich ohnmächtig werden. Andere waren von irgendwelchen abscheulichen Marterwerkzeugen durchspießt und eiferten dem Vorbild Jesu Christi nach. Sie waren Fleisch gewordener Vorwurf für alle, die es sich im Leben gemütlich einrichten wollten, und verursachten mir Übelkeit. Guru Dev strahlte Stärke, Klarheit und Unverrückbarkeit aus. Nie habe ich Maharishi ohne dieses Bild gesehen. Manchmal stand es klein neben ihm auf dem Tisch. Immer hing es als Medaillon an seiner Mala[5] und glitt zusammen mit den dunkelbraunen, runzligen Rudrakshaperlen[6] durch seine lockeren Hände. Diese Hände strahlten Wärme aus. Ich sah sie Blumen entgegennehmen und liebevoll vor dem Bild von Guru Dev ablegen, ich sah diese Hände segnen und ruhig im Schoß liegen, ich sah, wie sie sich zur grüßenden Geste vor der Brust zusammenlegten. *"Jai Guru Dev!"[7]* Ich sah nie, dass sie nach etwas griffen.

Ich stand bei den Sesseln der ersten Reihe und fragte mich immer noch, wie ich eine Kerze auf einer lackierten Holzfläche befestigen sollte. Widerwillig träufelte ich Wachs auf das schimmernde Holz und drückte die Kerze halbherzig in den erkaltenden Batzen. Als das Wachs ausgekühlt war, stieß ich zur Probe mit der Hand gegen mein Machwerk. Erwartungsgemäß fiel es um. Ich sah zu Maharishi hinüber. Er war im Gespräch vertieft und kümmerte sich nicht um mich. Niemand kümmerte sich um mich. Ich wusste auch nicht, wen ich fragen sollte. Ich wusste nicht, wer hier für was verantwortlich war. Lächerlich, es war einfach lächerlich – wie sollte man auf diesem glatten Holz eine Kerze befestigen, ganz

---

4   Göttlicher Meister
5   Gebetskette
6   Rudrakshasamen: Tränen von Shiva, mystische Perlen mit Shivas Energie
7   „Es lebe der göttliche Meister" – gemeint war Maharishis Meister Guru Deva

zu schweigen von den oberen Stühlen, die gar keine Lehnen hatten. Es war eine Schnapsidee. Sicherlich hatte er das nicht ernst gemeint, oder ich hatte mich verhört. Ich schaute noch einmal zu Maharishi. Er machte nicht den Eindruck, als ob er gestört werden wollte. Wie stellte er sich das vor? An jedem Platz eine Kerze! Ich gab auf, entfernte die Spuren meiner Bemühungen, so gut es ging, nahm die Kerzen und ging in mein Zimmer.

Wir waren in Gästehäusern untergebracht, die sich im hinteren Teil des Ashrams an einem Sandweg entlang auffädelten. In jedem wohnten vielleicht zehn Personen. Die Häuser waren aus Zementplatten zusammengeklebte Flachbauten, die in ihrer Schlichtheit etwas Rührendes hatten, als würden sie um Verzeihung bitten, dass es nicht besser gegangen sei. Sie hatten zwei Eingänge, die im Inneren des Hauses durch ein breitgezogenes, viereckiges U miteinander verbunden waren. In der Innenseite des U's lagen die Toiletten und Duschen, an der Außenseite reihten sich die Zimmer, besser gesagt: die Zellen. Die Fenster hatten weder Scheiben noch Rahmen. Es waren rechteckige Löcher mit Fliegengittern. Beim ersten Regen ergoss sich durch eine dieser Öffnungen ein Sturzbach auf mein Bett, das ich ahnungslos direkt unter meinen Lichtschacht geschoben hatte. Nach der Sintflut rückte ich es so weit in den Raum, dass man gerade noch die zwei Türen öffnen konnte, die mein Zimmer hatte. Die eine befand sich gegenüber vom Fenster auf der Längsseite des Bettes und führte an den Toiletten und Duschen vorbei ins Freie, die andere lag am Fußende des Bettes und führte in ein Eckzimmer des Gästehauses. Dort wohnte Susanne, eine Kursteilnehmerin aus Deutschland: schwarzes langes Haar, helle Augen, klare Gesichtszüge, schlanker Wuchs. Na bravo! Ich hatte ein Durchgangszimmer erwischt. Wie sollte das gehen? Ich war Susanne auf Meditationskursen in Deutschland begegnet, aber ich wusste nichts von ihr. Auch nach diesem dreimonatigen Kurs würde ich nichts von ihr wissen, denn wir alle würden die ganze Zeit nur meditieren, meditieren und noch einmal meditieren. Susanne würde mich dabei stören, stören und noch einmal stören, wenn sie frische Luft schnappen, einen Tee im Speisehaus trinken oder zur Toilette gehen wollte. Sie würde ein ständiges Ärgernis für mich sein. Aber das kam später und es kam anders.

Als ich ankam, war das eiserne, kahle Bettgestell mit Drahtverspannung das einzige Möbelstück in meinen ebenfalls kahlen Betonwänden. Wir mussten alle erst zum Versorgungshaus im westlichen Teil des Ashrams. Dort organisierten wir uns Träger und das Notwendigste zum Überleben: eine Matratze, ein Kissen, mehrere Decken. Ich hatte Glück und erwischte auch einen Stuhl. Schränke gab es nicht. Die Kleider blieben im Koffer. Aber das war kein Problem. Äußerlichkeiten spielten keine Rolle. Wir würden die meiste Zeit die Augen geschlossen haben. Ich ordnete meine Habseligkeiten, meditierte, ging zum Abendessen ins Speisehaus und danach mit den Anderen zur Lecture, die eigentlich nie eine Vorlesung war, sondern ein Vortrag, der sich aus einem freien Frage- und Antwortspiel entwickelte. Manche Fragen beantwortete Maharishi kurz, manche gar nicht. Über andere ließ er sich stundenlang aus, führte unsere Gedanken in einem weiten Kreis durch die Geschichte des Universums zum Ausgangspunkt der Fragestellung zurück. Die geschliffenen Ausführungen waren mit Humor durchsetzt. Das machte sie konsumierbar, ließ sie milder erscheinen, kaschierte ihren abgründigen Ernst und gewann unsere Herzen.

"*Time is precious. Nothing in the world what so ever is more important than this time of meditation.*" – *Nothing in the world what so ever* – kein Freund, kein Geliebter, keine Geschäfte, keine sonstigen Verpflichtungen, keine Verwandten, nicht einmal die eigenen Eltern – *nothing in the world what so ever*. Er meinte es tatsächlich so und nicht anders. "*Don't write letters.*" Das enthob mich meiner Nachrichtenpflicht: „Liebe Mutti, lieber Papi, ich bin gut angekommen. Es geht mir gut, es ist einfach toll hier…" Ich kann mich nicht daran erinnern, dass es im Ashram eine Möglichkeit zum Telefonieren gegeben hätte. Während der langen Meditationszeiten durften wir den Ashram – wenn überhaupt – nur mit schriftlicher Erlaubnis von Maharishi verlassen. Ich verließ ihn nie. *Time is precious.*

Als ich an diesem Abend zur Lecture Hall ging, hatte ich die Kerzen schon wieder vergessen. Ich betrat mit den Anderen den Raum und erstarrte vor einem Lichtermeer. An jedem Platz brannte eine Kerze. Es gab Beifall, Maharishi lachte zufrieden. Brutal hatte jemand große Nägel durch die Schreibflächen der vorderen Sessel gesplittert und Kerzen daraufgespießt, an die Rücklehnen der hinteren Stuhlreihen waren grobe Vierkanthölzer samt Kerzen gehämmert worden. Die Halle war in ein sanftes Licht getaucht. Niemand merkte, wie ich im Erdboden versank. Es traf mich kein vorwurfsvoller und auch kein triumphierender Blick, Maharishi sah mich nicht an. Es schien, als wüsste nur ich allein um mein Versagen.

Jemand anderer hätte in dieser Situation augenblicklich seine Koffer gepackt, hätte einem derartigen Idioten den Rücken gekehrt, der wegen ein paar Kerzen eine komplette Einrichtung ruinieren ließ, der es wagte, ein unerfahrenes Ding aus Deutschland derartig zu demütigen. Jemand anderer hätte mit den Schultern gezuckt – so what? – was hatte dieser Gartenzwerg von Maharishi mit seinen höchstens einssechzig schon zu sagen? Jemand anderer hätte sich möglicherweise gefreut, dass es nun doch gelungen war, jeden Platz mit einer Kerze auszustatten, hätte höchstens beleidigt hinzugefügt, dass er das auf diese Weise auch gekonnt hätte. Jemand anderer hätte vielleicht erkannt, dass es immer mehr Möglichkeiten gibt, als man gemeinhin annimmt, und sich vorgenommen, in Zukunft auch ungewöhnliche Wege in Betracht zu ziehen. Jemand anderer hätte sich geschmeichelt gefühlt, weil Maharishi eine ganze Einrichtung demolieren ließ, um ihm eine Lektion zu erteilen. Aber ich war nicht jemand anderer. Mich traf der helle Schein irgendwo im Zentrum meines Seins. Bis hierher war alles Spielerei gewesen, ein neues Abenteuer, in das ich mich neugierig und Hals über Kopf mit dem mir eigenen uneingeschränkten, hemmungslosen Enthusiasmus gestürzt hatte. Jetzt war ich betroffen. Maharishi hatte mir eine Aufgabe gestellt und ich hatte ihn und die Aufgabe nicht ernst genommen. Das war ein Fehler gewesen – ein kapitaler Fehler. Die Ohrfeige saß. Sein Wille war Gesetz. Ich hatte meine erste Lektion gelernt – nicht ganz, wie sich später herausstellen sollte.

Jetzt, nach fünfunddreißig Jahren, verwundert es mich, dass die Kerzen in Rishikesh nur an diesem einen Abend brannten. Ich kann mich auch nicht daran erinnern, dass an den folgenden Abenden leere Nägel nutzlos von den zersplitterten Stuhllehnen in die Höhe spießten. Selbst wenn jemand die Nägel wieder entfernt haben sollte, müsste mir doch wenigstens das ruinierte Holz in Erinnerung sein, aber ich kann mich nicht erinnern.

Ich habe auch nie den deutschen Tischler gefragt, der die hölzernen Sessel extra für den Kurs entworfen und gebaut hatte. Die Zerstörung seines Werkes musste doch für ihn weit schlimmer gewesen sein als für mich, eine Missachtung seiner Kunst, seiner Mühe, seiner liebevollen Hingabe an den Meister. Ich habe auch kein einziges Mal die zersplitterten Armlehnen aus der Nähe angeschaut. Ich habe mich nie davon überzeugt, dass das Lichtermeer keine Halluzination gewesen war. Die ganze Geschichte ist ein kryptisches Puzzleteilchen mehr in meinem Leben. Von Zeit zu Zeit nehme ich es in die Hände, drehe und wende es, sehe es schimmern und weiß nicht, wo es hingehört.

Sie wacht auf. Es ist schon hell. Falls sie geträumt haben sollte, weiß sie es nicht mehr. Sie sollte aufstehen, aber es gibt weder einen Termin, der sie dazu zwingt, noch ein Verlangen, das sie dazu treibt. Sie stützt sich auf, schiebt die Mullgardine zur Seite, und schaut aus dem kleinen Bauernfenster. Die zerfressenen, hohen Tannenwipfel jenseits der Straße sind angezuckert. Der Himmel ist trübe. Sie lässt sich ins Bett zurückfallen und sucht in der Holzdecke nach den vertrauten, astlöcherigen Gesichtern. Sie muss dringend aufs Klo. Sie wälzt sich zur Seite, kippt ihre Unterschenkel aus dem Bett und hebelt den Oberkörper in einem Schwung nach oben. Das schont die Wirbelsäule. Sie bleibt so lange auf der Bettkante sitzen, bis sie den Harndrang unter Kontrolle hat. Dann steht sie vorsichtig auf und schleicht ins angrenzende Bad. Die breiten Dielen geben unter ihrem Gewicht nach und die Kartons auf dem Pinzgauer Bauernschrank wackeln leise. Sie erreicht rechtzeitig die Toilette. Dann putzt sie sich die Zähne, füllt ihre Hände mit kaltem Wasser und wäscht sich das Gesicht. Für mehr Körperpflege ist es ihr im ungeheizten Badezimmer einfach zu kalt. Sie nimmt eine frische Unterhose vom Wäscheständer und geht zurück ins Schlafzimmer. Auf dem Fußboden vor dem Bett liegt ihre Winterkluft: ein BH, eine Trainingshose, ein Troier[8], Socken und Filzpantoffeln. Das T-Shirt hat sie über Nacht anbehalten. Sie schlüpft in das Outfit wie in eine zweite Haut, fährt sich mit den Fingern durch das lange, graumelierte Haar, wurstelt es auf dem Hinterkopf zusammen und hält es mit einer Spange fest, die sie auf dem überfüllten Nachttisch findet. Dort müsste auch ihre notdürftig, aber kreativ reparierte Brille liegen, doch die ist mal wieder runtergefallen.

Leise geht sie hinaus. Die niedrige Kirschholztür knarrt, bevor sie knackend ins Schloss fällt. Sie durchquert ihr Arbeitszimmer und startet im Vorbeigehen den PC, der jeden Tag ein bisschen langsamer wird. Kurti, der kastrierte Kater, kommt ihr auf der Treppe entgegen und maunzt. Er wird jetzt so lange um ihre Beine streichen, bis sie ihn füttert. Sie unterdrückt den Brechreiz, als sie das

Katzenfutter aus der Dose in sein Schälchen leert. Im Sommer muss er sich seine Mahlzeiten selber fangen.

In der Küche drängen sich schmutziges Geschirr, leere Weinflaschen und Essensreste vom Vorabend auf der Arbeitsfläche aus massivem Birnenholz. Dort steht auch das Minischränkchen an der Wand, in dem sie Marmeladen und Kaffee aufbewahrt und das als Ablage für ihre Tabletten dient: eine für die lahme Schilddrüse und eine halbe für den zu hohen Blutdruck. Mit einem leisen Knacken drückt sie die Pillen aus den Silberkärtchen. Die Blutdrucktablette sieht aus wie ein kleines Herz und hat einen Spalt in der Mitte, damit man sie gut teilen kann. Wie witzig. Wie passend. Sie stellt sich vor, wie diese winzigen zerbrochenen Herzen sich Stück für Stück in ihr zerfleddertes großes Herz einfügen. Zu spät, ihr Lieben, die Wunden sind vernarbt.

Sie setzt sich zum erkalteten Ofen und schlüpft in die bereitgestellten Fellstiefel. Dann nimmt sie die volle Aschenlade heraus und bringt sie zum Misthaufen. Als sie aus der Tür tritt, fliegen die Vögel vom Vogelhaus auf: Meisen, Rotkehlchen, Amseln und Kleiber. Seit zwei Jahren gibt es keine Spatzen mehr. Dafür ist ein ganzer Schwarm rot-schwarz gefiederter Bergfinken da, der auf seiner Reise nach Russland für ein, zwei Wochen ihre Futtermittelkosten in die Höhe treibt.

Der Firnschnee hat eine Haut aus gefrorenem Eis, die hell krachend unter ihren Schritten zersplittert. Grau staubt die Asche auf verrottendes Gemüse. Sie stapft zurück, holt Holz und heizt ein. Dann setzt sie Wasser für den Kaffee auf, räumt den Geschirrspüler aus und wieder ein, entsorgt die Weinflaschen, wäscht die Kochtöpfe ab und deckt den Frühstückstisch mit dem türkisen Gekringel der Gmundner Keramik. Die wirkt immer fröhlich. Sie holt Brot, Butter, Marmelade, Milch und Honig. Manchmal gibt es auch ein Ei oder Obst dazu.

Sie holt die Tageszeitung aus dem amerikanischen Postkasten, der beim Garteneingang auf einem schiefen Stempen steckt. Wieder in der Küche schaut sie nach dem prasselnden Feuer und gießt Kaffee auf. Sie setzt sich an den gedeckten Tisch, füllt ihre Tasse mit dem schwarzen Gebräu, das sie schon als Kind gerne getrunken hat, streicht ein Marmeladenbrot und sucht in der Zeitung nach den Todesanzeigen, unter denen sich meistens das Sudoku befindet. Manchmal vermutet sie hinter dieser Anordnung eine böse Absicht.

Heute findet sie eine auffallende Todesanzeige vor: eine ältere Frau lächelt sie mit geröteten Wangen aus einem Allerweltsfoto an. Daneben stehen die Worte „Ich musste leider gehen." Da muss sie selber auch lächeln. Das Sudoku ist heute nicht schwer. Sie trägt die Zahlen ein, deckt ihren Teller ab, nimmt ihre Kaffeetasse, stellt die Luftzufuhr beim Ofen auf die niedrigste Stufe und geht an ihren Computer im ersten Stock. Ihre Partner aus der Scrabble-Liga haben geschrieben. Ein Spiel wird sie verlieren. Das andere Spiel befindet sich in der Endphase. Sie liegen Kopf an Kopf. Alles hängt davon ab, ob sie ihr Ü anbringen kann. Sie überlegt sich ihre nächsten Züge, tippt die Worte in das Spielfeld und schickt sie ab.

Dann öffnet sie die Maharishi-Datei.

Auf der Suche

I

Meine erste Verbindung zu östlichem Gedankengut ist mir bis heute unerklärlich. Der Vater einer Klassenkameradin war gestorben. Der Tod war plötzlich nicht nur ein Wort, sondern eine Realität, die gefährlich nahe gerückt war. „Ein Mensch wird so oft wiedergeboren, bis er alles verstanden hat", sagte ich zu einer Freundin, mit der ich mich auf dem Heimweg befand, und drückte damit etwas aus, was für mich, solange ich denken konnte, Teil meines individuellen Selbst- und Weltverständnisses gewesen war, so klar wie die Sonne am Himmel, weshalb ich auch nie mit jemandem darüber gesprochen hatte. Was gab es da noch zu fragen? Es war doch so offensichtlich. Dieses Wissen mutierte zum Glauben, als ich im Gespräch mit meiner Schulfreundin plötzlich über die Tatsache stolperte, dass andere Menschen offensichtlich etwas anderes glaubten. Das war der Beginn meiner religiösen Suche, der Beginn endloser philosophischer Gespräche mit dem Vater meiner Schulfreundin, der mich darüber aufklärte, dass die Vorstellung der Seelenwanderung ein wesentlicher Teil uralter östlicher Religionen sei.

Ich habe immer wieder überlegt, durch wen oder durch welches Buch ich auf diese Gedankengänge gekommen sein könnte, aber ich habe nichts gefunden. Ich bin in der Nachkriegszeit groß geworden. Meine Eltern hatten in Danzig alles verloren und waren vollauf damit beschäftigt, den Verlust der Heimat zu verkraften und eine neue Existenz für ihre fünfköpfige Familie aufzubauen. Sie hatten keine Zeit für religiöse Fragen. Im Bücherschrank meiner Mutter gab es „Und ewig singen die Wälder" und „Hölle, wo ist dein Sieg?", aber weit und breit keine einzige religiöse oder philosophische Abhandlung. Mein Vater kannte nur seine Akten. Familiengespräche drehten sich – wenn überhaupt – nur um die Flucht, um die Flucht und noch einmal um die Flucht oder um praktische oder organisatorische Probleme, allenfalls noch um Klatsch und Tratsch: Ach, in Danzig war es so schön. Wenn der Krieg doch nicht gewesen wäre. Ich hatte gedacht, wir können wieder zurück. Sollen wir einen Fernseher anschaffen? Fahren wir am Sonntag an die See? Passt der Pullover zum Kleid? Was soll ich auf dem Geschäftsempfang anziehen? Der Ausschnitt ist zu tief und der Rock ist zu kurz. Tante Emma hat sich aber wieder mal herausgeputzt! Seid still, Papi muss arbeiten!

Meine Eltern waren Weihnachtschristen. Kein Weihnachten ohne „*Stille Nacht*" und stille Tränen in den Augen meiner Mutter. Das übrige Jahr war Religion kein Thema. Mein Vater gehörte der Gemeinde der Wissenschaftsgläubigen an und schlief Jahr für Jahr bei der Weihnachtspredigt ein. Während einer dieser obligatorischen, zum weihnachtlichen Familienritual zählenden Gottesdienste donnerte ein zorniger Pfarrer über die eingezogenen Köpfe der übrigen, zahlreich versammelten Weihnachtschristen: „Warum seid ihr denn überhaupt da? Ihr wollt euch doch nur eure weihnachtliche Himbeersauce abholen!" Da wachte sogar mein Vater auf. „Ich bleibe ja nur Mutti zuliebe in der Kirche." Diese Mutti war aber keineswegs tiefgläubig. Sie glaubte in der Manier, wie andere auf Holz klopfen. Unverstandene Fetzen eines wie auch immer zustande gekommenen Kinderglaubens ließen sich auch von der Gewissheit der Vergeblichkeit nicht ausrotten. Unsere Vorfahren waren Calvinisten gewesen. Meine Eltern waren es pro forma auch. Deshalb war ich vom Religionsunterricht befreit. Woher hatte ich also das für mich so selbstverständliche „Wissen" um die Seelenwanderung?

1965 kam ich in England erneut mit östlichem Gedankengut in Berührung. Ich war gerade einundzwanzig und war von meinen Eltern zum Sprachstudium nach Bournemouth geschickt worden. Meine Tante lud mich nach London ein und stellte mich einer Yogalehrerin vor. Ihr Kleid war leger. Das weiche Material war weit zugeschnitten und umschmeichelte schwingend ihren vollschlanken Körper. Dunkelblonde Locken umrahmten ihr ovales Gesicht und fielen ungezähmt auf die Schultern. Der volle Mund war ungeschminkt, die Augen klar und freundlich. Ich hatte als Teenager noch eng geschnürte Taille, Petticoats und Stöckelschuhe durchlitten, kannte die Frauengeneration meiner Mutter nur in eng sitzenden Kostümen mit hoch geschnalltem Busen und stramm sitzenden Strumpfgürteln, die Haltung in allen Lebenslagen erzwangen. Das dauergewellte Haar dieser Frauen war immer perfekt toupiert, frisiert und unter Spray erstarrt. Ungeschminkt fühlten sie sich nackt. Die Yogalehrerin war für mich wie ein Wesen von einem anderen Stern. Sie erzählte mir von Yogananda.

Ich kaufte mir sein Buch „*Autobiographie eines Yogi*" und verschlang es. Es erzählte von Materialisationen und Dematerialisationen, von einem Meister, der schon immer auf Yogananda gewartet hatte, von einem bei seiner Geburt aufgetauchten Amulett und anderen wundersamen Ereignissen, die die mir bekannte Welt auf den Kopf stellten und ans Märchenhafte grenzten. Besiegelt und bekräftigt wurde die Wahrheit des Beschriebenen durch die von mehreren Menschen bezeugte Tatsache, dass der Körper Yoganandas nach seinem Tod über Wochen nicht verweste. Ich sah mich vor eine Entscheidung gestellt: Wenn das, was Yogananda in diesem Buch beschrieb, wahr war, befand ich mich auf dem Holzweg, dann befanden sich alle Menschen, die ich kannte, auf dem Holzweg, egal, ob sie sich auf dem Kapitalisten-, dem Kommunisten-, dem Christen-, dem Karriere-, dem Sozial-, dem Schönheits-, Sport- oder Vergnügungstrip befanden. Denn wenn Yogananda in diesem Buch die Wahrheit beschrieb, gab es offensichtlich eine Parallelwelt zu der mir bisher bekannten Diesseitigkeit, mit der man Kontakt aufnehmen konnte. Es gab nur eine Möglichkeit, die Wahrheit herauszufinden: Ich musste selber Meditationserfahrungen machen.

Da es Yoga und Meditation damals noch nicht in jedem Supermarkt zu kaufen gab und die Yogalehrerein weit weg in London war, entschloss ich mich zu einem Experiment der Marke Eigeninitiative: Ich kaufte mir ein Buch über Meditationstechniken. Darin stand:

„Nehmen Sie einen Apfel und legen Sie ihn vor sich hin. Setzen Sie sich in den Schneidersitz, besser noch in den Lotussitz. (Siehe Abbildung Nr.1) Achten Sie darauf, dass Ihre Wirbelsäule gerade aufgerichtet ist und betrachten Sie den Apfel. Prägen Sie sich jede Einzelheit dieses Apfels ein. Nehmen Sie sich Zeit. Wenn Sie glauben, alle Einzelheiten des Apfels zu kennen, schließen Sie die Augen und stellen Sie sich diesen Apfel vor. Denken Sie nur an diesen Apfel, an nichts als an diesen Apfel. Wenn Sie merken, dass Sie sich an eine Rundung, eine Färbung, an den Glanz oder den Stiel des Apfels nicht genau erinnern können, öffnen Sie die Augen und betrachten den Apfel erneut. Dann schließen Sie wieder die Augen und vervollständigen das geistige Bild des Apfels. Wiederholen Sie den Vorgang so lange, bis Sie das vollständige Bild des Apfels unverrückbar vor Ihrem geistigen Auge haben. Denken Sie an nichts anderes als an diesen Apfel. Verweilen Sie bei diesem Bild, nur bei diesem Bild."

Darunter fand ich eine Fußnote: *„Es ist möglich, dass Sie Alpträume bekommen werden."*

In den folgenden Tagen verschlang ich regelmäßig meine Beine zum Schneidersitz, da der Lotussitz höhere Mathematik für meine Gelenke war, streckte meine Wirbelsäule und betrachtete einen Apfel, nur diesen Apfel, nichts als diesen Apfel, bis ich glaubte, vorher noch nie einen Apfel gesehen zu haben. Dann schloss ich die Augen und stellte mir diesen Apfel vor, nur diesen Apfel, diesen ganz individuellen etwas schiefen Apfel, nur diesen Apfel, nur diesen Apfel, nur diesen Apfel – und ich bekam Alpträume, nichts als Alpträume. Aber sie hatten keine Ähnlichkeit mit dem immer wiederkehrenden Teppichtraum meiner frühesten Kindheit: Immer wieder hatte ich einen Laden betreten, an dessen Wänden riesige aufgerollte Teppiche lehnten. Plötzlich entrollten sie sich und aus jedem wand sich eine Schlange. Bald bedeckten sie einander umschlingend den ganzen Fußboden. Sie schlossen mich von allen Seiten ein. Ich floh in die Mitte des Raumes, wo sich aus einem Teppich ein Brunnen gebildet hatte. Hilfe suchend beugte ich mich über seinen Rand und schaute durch ein bodenloses Loch in die Schwindel erregende Tiefe des Universums. Hinter mir die Schlangen, vor mir das Nichts – die Panik riss mich jedes Mal ins Wachbewusstsein. Ich wusste: Ich hatte nur geträumt.

Die Apfel-Alpträume hatten eine andere Dimension. Ich kann mich an keinen speziellen Inhalt erinnern, denn es waren nicht die Trauminhalte, die mich in Panik versetzten. Es waren die Zustände, in die ich geriet. Bisher kannte ich wachen, schlafen und träumen. Jetzt erlebte ich Zustände, die irgendwo dazwischen lagen. Manchmal wusste ich nicht mehr, ob ich träumte, schlief oder ob ich wach war, manchmal schien ich neben mir zu liegen. Die Wanderung zwischen den Bewusstseinszuständen nahm bizarre Formen an. Ich bekam es mit der Angst zu tun und brach die Apfel-Meditationen ab. Was blieb, war ein schlummerndes Gefühl, eine vage Gewissheit, dass es eine Dimension gab, die weit über alles hinausging, was ich bisher kannte, eine Zone des Lebens, die mich magisch anzog, die man aber offensichtlich nicht ohne kompetenten Reiseleiter betreten sollte.

Vielleicht hätte ich schon damals begonnen, intensiver auf die Suche zu gehen. Aber ich wurde gerade von meiner ersten, unerfüllbaren, unglücklichen, unschuldig bedingungslosen Liebe geschüttelt. Sie zerfranste mir die Seele, riss mich auf und heilte alle Wunden, raubte mir alle Kraft, beflügelte mich, ließ mir keine Ruhe, jagte mich und lähmte mich, schenkte mir himmelhohe Jauchzer und trieb mich zur Verzweiflung. ‚Dein ist mein Herz! Dein ist mein Herz, und soll es e-he-wi-hig, e-he-wi-hig bla-ha-ha-hahaheiben!'[9]

Also eigentlich alles ganz normal, aber meine Eltern spielten verrückt, denn als ich geboren wurde, hatte diese meine erste Liebe schon zwei Kinder und als ich Horst 1963 kennenlernte, waren es sechs – das jüngste zehn. Wir waren nicht gesellschaftsfähig. Ich lernte die ungesunde Kunst der Verstellung und kaute die Wahrheit wie Betelblätter. „Wir zeigen ihn wegen Verführung Minderjähriger an!", drohten meine Eltern. „Dann streite ich alles ab!", konterte ich. Sie stempelten mich zur Sünderin und ihn zum geilen Hurenbock und schickten mich nach England. Seine Frau wollte sich das Leben nehmen, seine Kinder stellten Abwehrraketen auf. Mein Beziehungsfeld wurde zum Schlachtfeld. Ich floh nach Afrika in die Entwicklungshilfe, genauso wie viele amerikanische Peace Corps Boys vor dem Vietnam-Krieg.

Ich sah mich schon lächelnd mit kleinen Negerlein im Arm, die allesamt glücklich darüber waren, dass ich endlich aus Deutschland gekommen war, um ihren Müttern zu zeigen, wie sie sie ernähren sollten. Alles würde gut werden: Ich würde im Dienst an der Menschheit meine Schuld verbüßen und selig werden. Aber ich hatte keine Ahnung von Kindern, keine Ahnung von Ernährung, keine Ahnung von Müttern, keine Ahnung von Sozialarbeit und keine Ahnung von Afrika. Ich hatte nur ein Jahr holprige Praxis als ungelernte Schreibkraft in der Zentrale des Deutschen Entwicklungsdienstes vorzuweisen, in die ich nach meinem Englandaufenthalt geflohen war. Dennoch schickte diese Organisation mich nach Arba Minch in die Provinz Gemu Gofa im fernsten Äthiopien, um einen Kindergarten aufzubauen. Ich hatte nur meinen Idealismus, meinen Enthusiasmus, große Abenteuerlust, mein Durchhaltevermögen, meine Überheblichkeit und Selbstüberschätzung und die Angst vor dem Stacheldrahtverhau meiner Beziehungen zu Hause. Ich hatte mich blutig losgerissen: Afrika, ich komme!

---

9   Lied von Franz Schubert aus dem Zyklus „Die schöne Müllerin"

Heute würde ich auf dem Absatz kehrtmachen, würde die Überforderung sofort und ohne Scham zugeben. Damals dachte ich, ich müsste diese Zeit unbedingt durchstehen, die Aufgabe unbedingt bewältigen, koste es, was es wolle, und es kostete mich viel.

Die Entwicklungshilfe litt damals noch an schweren Kinderkrankheiten, die da waren: ungenügende Projektvorbereitung, Fehlinformationen, Korruption im Gastland, unzureichende Ausbildung der Entwicklungshelfer samt ihren charakterlichen Schwächen. Ich erlebte nur ein einziges wirklich erfolgreiches Projekt: eine Hühnerfarm in der Provinz Gonder. Die Farm wurde von der einheimischen Bevölkerung angenommen und nach entsprechender Einschulung auch selbstständig betrieben. Das brachte dem Dorf relativen Wohlstand. Der Versuch, diesen Erfolg in Arba Minch zu wiederholen, scheiterte an Kommunikationsschwierigkeiten. Nachdem die Ställe gebaut worden waren, sollte der Entwicklungsdienst die Hühner liefern, die Stadt das Futter. Der Entwicklungsdienst bestand darauf, die Hühner erst zu liefern, wenn das Futter da wäre. Die Stadt bestand darauf, das Futter erst zu kaufen, wenn die Hühner da wären. Als ich ankam, zog sich die Debatte schon erfolglos über mehrere Jahre. Schließlich beschlagnahmten die Priester von Arba Minch die Ställe und machten sie zu ihrer komfortablen Wohnstatt. Der Deutsche Entwicklungsdienst konnte einen Teilerfolg verbuchen. Alle anderen Projekte sah ich im äthiopischen Alltag versanden, der da hieß: negge, negge, negge – morgen, morgen, morgen – aber negge kam nie.

Fünfhundert Kilometer südlich von Addis Abeba, mitten im Niemandsland, als ich mich mit Counterparts[10] und Behörden in der Stadt der „Vierzig Quellen"[11] um einen einzigen Eimer Wasser pro Tag für meinen Kindergarten herumschlug, erreichten mich wieder die Vorstellungen und Praktiken indischer Religion.

Horst schrieb von seiner ältesten Tochter: „Tabea meditiert in Indien in einem Ashram. Sie lässt sich zur Meditationslehrerin ausbilden. Sie empfindet eine tiefe Liebe für die ganze Menschheit." Ich schrieb zurück: „Ich kann mir gut vorstellen, dass Tabea in Liebe für die ganze Menschheit zerfließt, wenn sie sich in Indien zurückzieht und sich dem Nichtstun ergibt. Sie soll mich bitte besuchen kommen. Ich wage zu bezweifeln, dass sie angesichts von so viel Dummheit und Korruption, so viel Dreck, Elend, Halsabschneidereien und immerwährenden Scheiterns auch noch von Liebe für die ganze Menschheit erfüllt wäre." Er antwortete: „Ich habe auch angefangen zu meditieren. Es tut mir gut. Meine Wunden heilen. Ich gehe nach Indien." – Ich war offensichtlich dabei, ihn endgültig zu verlieren. Mein Herz verkrampfte sich und verdrängte, dass ich gerade deshalb nach Afrika gegangen war. Das verstärkte die Krämpfe. Ich verlängerte meinen Vertrag mit dem Deutschen Entwicklungsdienst von zwei auf vier Jahre und ging, sobald ich konnte, auf Heimaturlaub.

---

10   einheimische Mitarbeiter
11   „Arba Minch" heißt „Vierzig Quellen".

Dort scharrte ich wie ein verirrtes Huhn bei allen Verwandten, Freunden und Bekannten nach verloren gegangenen Beziehungen, erzählte immer wieder dieselben Geschichten, erntete ungläubige Blicke und fand nirgendwo ein nahrhaftes Korn für meine Seele. Die Überflussgesellschaft war mir fremd geworden. Schließlich traf ich auch Tabea, die als frisch gebackene Meditationslehrerin aus Indien zurückgekommen war und sich Initiatorin nannte. Ich kannte sie von früher. Sie war zwei Jahre älter als ich und das einzige von Horsts Kindern, das Verständnis für mich gehabt hatte. Sie war mir auch in emotional schwierigsten Zeiten vorurteilslos entgegengekommen. Während ich in England war, hatte sie einen schweren Unfall. Danach litt sie an plötzlichen Lähmungserscheinungen und starken Kopfschmerzen. Durch die Meditation waren diese Beschwerden völlig verschwunden. Ich wurde neugierig und ließ mich von ihr in die Transzendentale Meditation einweisen.

Sie sieht den Schneepflug die einspurige Straße entlang donnern und durch den Wald hindurch entschwinden. Ein dichter Vorhang feiner Schneeflocken bauscht sich fast waagerecht über dem großen Feld, das ihr Grundstück vom Wald trennt. Der vereiste Teich verschwimmt mit der Wiese. An seinem Ufer steht der kleine Pavillon, der im Sommer von Schwarzäugiger Susanne und Hopfen überwuchert wird. Jetzt heben sich seine dünnen Eisenstützen mit ihren Verzierungen zierlich vor der weißen Welt ab, und der eiserne Scherenschnitt von Münchhausen auf der Kanonenkugel, der als Wetterhahn fungiert, schwankt im böigen Westwind, als würde er ihr zuwinken. „Komm, flieg noch einmal mit mir zu den Sternen!" „Sei still, Lügenbaron! Du bist nie zu den Sternen geflogen, sondern nur zum Mond und jetzt thronst du auf einer umgedrehten Satellitenschüssel, die aufgehört hat, Botschaften aus fremden Welten zu entziffern. Ich werde dich im Sommer besuchen und unter deiner Obhut davon träumen, wie es wäre, wenn ich mich noch einmal auf die Reise zum Mittelpunkt der Welt begeben würde."

Ihr Nacken schmerzt. Sie kreist die Schultern, lässt den Kopf auf die Brust sinken, hebt ihn und wendet ihn nach rechts und links. Es knackt. Ihre Halsmuskeln sind verspannt. Sie steht auf, um Mittag zu kochen.

II

Alles an Tabea war stark. Sie war groß und schlank. Ihr volles, lackschwarzes Haar sank glatt und glänzend über die kräftigen Schultern und kontrastierte ihren hellen Teint. Schwarze, gerade Augenbrauen unterstrichen den offenen Blick ihrer Husky-Augen. Ein fliehendes Kinn und eine fliehende Stirn betonten die starke Nase. Das einzig Zarte an ihr waren die weichen, fein gezeichneten Lippen, die die kräftigen Zähne zu einer weiteren Überraschung machten. Sie brauchte sich nicht zu schminken. Die Natur hatte ihr genügend eigene Farben geschenkt. Aufrecht und lächelnd erwartete sie mich im Hippie-Look, der so selbstverständlich zu ihr passte wie ein Versace-Kleid zu einem Model. Ihr Seidenpunjabi hatte kräftige Farben. Sie trug mehrere lange Ketten und etliche Armreifen. Ich hatte mitgebracht, worum sie mich gebeten hatte: eine Blume, ein weißes Taschentuch und ein Stück Obst. Ich hatte mich, wie konnte es anders sein, für einen Apfel entschieden. Merkwürdig, was man alles tut, wenn man nicht mehr weiter weiß. Tabea führte mich in ein von Räucherstäbchenschwaden erfülltes Zimmer. Der Anblick, der mich dort erwartete, stellte meine Nackenhaare auf.

Die Calvinisten waren Bilderstürmer. Sie nahmen das zweite Gebot, das die Katholiken aus dem Kanon verbannt hatten, wieder auf. *„Du sollst dir kein Gottesbildnis machen, keinerlei Abbild, weder dessen, was oben im Himmel, noch dessen, was unten auf der Erde ist, noch dessen, was in den Wassern unter der Erde ist."*[12] Die calvinistische Kirche in Hamburg war dementsprechend schlicht. Es gab keine Bilder, keine Statuen, keine flackernden Lichter und keinen Weihrauch. Es gab keinen Altar und kein Kreuz. Es gab nur einen Abendmahlstisch, an dem normales Weißbrot und Rotwein geteilt und auch als genau solches verzehrt wurden. *„Tut dies zu meinem Gedächtnis."* Es gab keine Wandlung, kein Gebimmel, das die Anwesenheit des Heiligen Geistes signalisierte. Es gab auch keinen heruntergeleierten liturgischen Wechselgesang. Weder standen wir beim Gottesdienst auf, noch knieten wir uns hin. Wir bekreuzigten uns nicht und sprachen noch nicht einmal gemeinsam das Vaterunser. Das Sprechen war dem Pastor vorbehalten. Die Gemeinde betete im Stillen mit oder ließ es auch bleiben. Es gab nur eine Kanzel, harte Bänke und ein donnerndes Orgelspiel, dem der Gesang der Gemeinde brav, aber in angemessenem Abstand folgte. Die Beziehung zu Gott war ganz in den Innenraum verbannt, wo jeder sehen musste, wie er damit fertig wurde.

Jetzt ließ ich mich durch Schwaden duftenden Sandelholzes vor einen Tisch führen, auf dem ein Bild stand, aus dem mir ein gestrenger Inder mit Heiligen-

---

12 2. Mose 20,4

schein entgegenblickte. Davor standen auf einem kleinen Messingtablett ein Kerzenhalter, Räucherstäbchen, ein Schälchen mit Wasser, ein Schälchen mit Reis und eine Minisauciere aus Messing, die mit einem grobkörnigen Salz gefüllt war. Wie ich später erfuhr, handelte es sich um Kampfer. Meine Nackenhaare wurden stachelig. Tabea bedeutete mir, mich auf einen der beiden Stühle zu setzen, die vor dem Tisch standen. Sie nahm mein Taschentuch, meine Blumen und den Apfel und wandte sich dem kleinen Altar zu – denn offensichtlich war dies ein Altar, ein Altar, an dem kein Gott sondern ein Mensch angebetet wurde. Augen zu und durch, dachte ich, mitgefangen, mitgehangen. Ich würde es wie die Calvinisten halten, die keine Lust hatten, das Vaterunser mitzubeten – einfach an etwas anderes denken. Was konnte schon Großartiges passieren? Vielleicht nützte es nichts, aber schaden konnte es auch nichts, hörte ich meine Mutter flüstern.

Tabea erklärte, dass sie diese Zeremonie zu Ehren jener Meister ausführen würde, die diese Meditation tradiert hätten. Dann entzündete sie die Kerze und ein weiteres Räucherstäbchen und begann in einer mir fremden Sprache zu singen, die viele „a's", „amm's", „schamm's" und „schiamm's" enthielt. Die Melodie vollzog sich in einem langsamen Dreivierteltakt und hatte zusammen mit der weichen Sprache etwas angenehm Einschläferndes. Es war ein sanfter Singsang, währenddessen Tabea verschiedene Rituale vollzog. Sie beschrieb mit der Kerze und den Räucherstäbchen einen senkrechten Kreis vor dem seltsamen Bild, entzündete den Kampfer zu einer blendend weißen Flamme, tupfte mit meinen Blumen ins Wasser und verspritzte es über dem Tablett, streute Reiskörner, legte mein Taschentuch auf das Tablett, verbeugte sich immer wieder, kniete sich schließlich hin, beugte den Kopf zum Boden, richtete sich wieder auf und schaute mich an. Mit der Hand deutete sie mir, dass auch ich mich niederknien sollte. Meine Widerstandsgeister, die sich während des Singsangs zur Ruhe begeben hatten, meldeten sich wieder zu Wort, aber ich rutschte dennoch von meinem Stuhl und setzte mich im Fersensitz vor Tabea auf den Boden. „Verbeugen tust du dich aber nicht!", zeterte eine ganze Armee von Widerstandsgeistern. „Kusch!" Ich wusste, dass ich nichts erfahren würde, wenn ich mich nicht ein Stück weit einlassen würde. Erwartungsvoll schaute ich Tabea an. Sie beugte sich vor, ich tat es ihr spiegelgetreu nach. Als unsere Köpfe sich nahe genug waren, flüsterte sie mir ein Mantra zu, eine Sanskritsilbe, die in der deutschen Sprache keinerlei Bedeutung hat. Ich nahm sie auf. Wir flüsterten es gemeinsam, Tabea hörte auf und signalisierte mir, fortzufahren. Ich wiederholte das Mantra. Leiser flüsterte Tabea, noch leiser, und jetzt nur noch in Gedanken.

Etwas in mir wurde weit. Ich fing an zu weinen. Tabea holte mich zurück und gab mir neue Anweisungen. Ich durfte mich wieder auf den Stuhl setzen. Die Überraschung war, dass ich den Zustand kannte. Tabea holte mich noch einmal zurück, gab mir noch einmal Anweisungen und überließ mich dann meinem inneren Prozess. Es war, als käme ich nach Hause.

Nach dieser ersten Meditation wusste ich: Darüber möchte ich mehr erfahren, darüber möchte ich mehr wissen, das möchte ich intensiver erleben. Hier hatte ich plötzlich ein Werkzeug in der Hand, was den Zugang zu jener anderen Seite jederzeit möglich und vor allem dosiert erlaubte. Wann immer ich Fragen hatte, konnte ich mich kostenlos an einen beliebigen Initiator wenden. In jeder größeren Stadt gab es damals Zentren für Transzendentale Meditation.

Ich kündigte die gerade abgeschlossene Verlängerung meines Vertrages mit dem Deutschen Entwicklungsdienst, kassierte meine Wiedereingliederungshilfe von 5.000 DM und benutzte sie schnurstracks für meine nächste Wiederausgliederung: Ich belegte alle Kurse für Transzendentale Meditation, die es damals in Deutschland zu belegen gab. Das führte mich in die Nähe von Husum in die damals einzige Akademie. Dort meditierte ich erstmalig länger als nur 20 Minuten am Morgen und 20 Minuten am Abend. Ich lernte Yoga Asanas[13] und ließ mir von anderen Initiatoren die Theorie, besser gesagt das Wissen, das hinter der Transzendentalen Meditation stand, so gut erklären, wie sie es eben damals vermochten.

Rückblickend finde ich es erstaunlich, eigentlich schon verrückt, mit welchem Elan, mit welcher Intensität und Ausschließlichkeit ich mich damals fast wie eine Verdurstende in die Gewässer der Meditation gestürzt habe. Ich wollte das und nur das, und ich wollte es sofort, hier und jetzt und auf der Stelle. Fast zeigte ich Anzeichen einer Sucht. Ich wollte immer tiefere und längere Meditationen. Ich wollte es unbedingt wissen, wobei „es" das sehr verschwommene Bild einer letzten Erkenntnis, das Erleben einer allerletzten, tiefsten Wahrheit war. In der Pubertät hatte mich oft eine unendliche, namenlose Sehnsucht erfasst. Sie war nicht unangenehm gewesen, aber es war ein Zerren meiner Seele, das irgendwohin über den mir bekannten Horizont hinaus ausgerichtet war. In einem Augenblick des Wahnsinns erzählte ich meinen Eltern davon, woraufhin sie meinten, das wäre die Sehnsucht nach einem Mann. Seit damals zweifelte ich an ihrem Verstand.

Während meiner Konfirmandenzeit – es gehörte zur unumstößlichen Tradition der Weihnachtschristen, ihre Kinder konfirmieren zu lassen – fragte ich meinen Pastor, was es eigentlich heiße, zu beten. Er konnte es mir nicht wirklich beantworten. Er konnte nicht den Beweis dafür antreten, dass ein Gebet nichts anderes ist als ein Selbstgespräch mit dem frommen Wunsch, jemand außerhalb der eigenen Gehirnzellen möge es hören und so gütig sein, auf die Fragen und die Bitten auch zu antworten. Die christlichen Gebete, so wie ich sie kennen gelernt hatte, waren für mich mit ihren endlosen Wunschlisten der reinste Gotteshohn. Sie bewiesen geradezu, dass das Ganze nichts, aber auch gar nichts nützte, und dass der Gott, an den sie sich wandten, entweder taub, unfähig oder unwillig war, oder sie zeigten, dass die Gebete falsch waren: Hilf uns, steh uns bei, erhöre uns, gib uns Kraft, erfülle uns mit deinem Geist, segne uns, vergib uns unsere Schuld, erlöse uns von dem Bösen – eine endlose Litanei irdischer Jammerei, die dokumentierte, dass diese Menschen keinen Funken Göttlichkeit erfahren hatten, dass sie seit Jahrtausenden nicht erhört wurden, dass ihnen jegliche göttliche Kraft und jeglicher göttliche Geist fehlte oder abhanden ge-

---

13 Leichte Yogaübungen

kommen war, und dass niemand sie jemals von ihrer angeblichen Schuld erlöste hatte – warum hätten sie sonst noch darum bitten müssen? Wäre nur ein winziger Teil ihrer Gebete erhört worden, hätten sie in einen einzigen schmetternden Dankes- und Lobgesang ausbrechen müssen: Danke für die Kraft, danke für den Geist, danke für deine Hilfe, Halleluja! Aber alle träge dahingeleierten Dankes- und Loblieder, die ich jemals in einer Kirche vernommen hatte, klirrten in meinen Ohren vor Heuchelei – das „Halleluja" von Händel ausgenommen.

Ich hatte nie das Gefühl, dass es da wirklich irgendein jenseitiges Gegenüber gab, und wenn, dann nur ein zynisches: Sprich nur ein Wort, dann wird meine Seele gesund – Ja, warum spricht ER das Wort dann nicht? In Gottes Namen, warum spricht ER es nicht? Ich fand im Christentum keine Beziehung zu irgendetwas, was mir auch nur den blassesten Schimmer einer Göttlichkeit vermittelt hätte. Die ganze Opferei war mir zutiefst zuwider. Ich hatte nie gewollt, dass sich jemand für mich aufopferte, geschweige denn für meine Sünden sein Leben hingäbe. Wenn ich denn schon etwas verbrochen haben sollte, konnte es wohl nicht so schlimm sein, dass jemand dafür ans Kreuz genagelt werden musste. Was war das für ein merkwürdiger Gott, der das Opfer seines eigenen Sohnes brauchte, um der Menschheit, die ER so unvollkommen erschaffen hatte, vergeben zu können. Ein Jesuit erklärte mir einmal lang und breit, dass nicht Gott dieses Opfer gebraucht hätte, sondern die von ihm erschaffene, offensichtlich verblödete Menschheit. ER hätte dieses Opfer als ein starkes Zeichen geschaffen, auf dass sie endlich zum Glauben finden könnte. Welch ein Schwachsinn! Nein, ich fand im ganzen Christentum nicht die geringste Spur einer Göttlichkeit. Ich fand nur sehr menschliche Vorstellungen von Gut und Böse, von Schuld und Sühne, von Moral und Moralaposteln, ich fand falsche Demut, Heuchelei und letztendlich nichts als eine tiefe Unsicherheit.

Den Schlusspunkt unter meine Christianisierung setzte dann meine Konfirmation. Ich erwartete, dass wenigstens jetzt irgendetwas passieren würde. Jetzt würde Gott mir seine Allgegenwart, seine bloße Existenz in irgendeiner Weise offenbaren, in irgendeiner winzigen Kleinigkeit, in einem Lichtstrahl, einer inneren Bewegung oder in einem nicht zu erklärenden Zufall. Aber nein, nichts geschah. Ich verließ die Kirche, wie ich hineingegangen war, als pubertierendes Mädchen mit Pickeln im Gesicht, mit Hormonen, die als ungebetene Gäste gekommen und geblieben waren und auch nicht so aussahen, als wollten sie wieder gehen, mit einer Mutter, die der dramatische körperliche Wandel ihres kleinen Mädchens in Panik versetzte, und mit einem Vater, den diese Metamorphose offensichtlich auch nicht unberührt ließ, und mit einem Konfirmationsspruch auf dem Buckel, der sich gewaschen hatte: „Da du so gut und so wert bist, geachtet vor meinen Augen, musst du auch herrlich sein und ich habe dich lieb."[14] Welch ein moralischer Anspruch, welch eine unzumutbare Verpflichtung! Ich sonnte mich den Rest des Tages im Mittelpunkt meiner Familie, nahm wertvolle Geschenke in Empfang und wusste: Das war's.

---

14   Jesaja 43, 4-5

Sie hat sich die Hände gewaschen und abgetrocknet. Jetzt zieht sie den abgebrannten Stängel eines Räucherstäbchens aus dem Heck des langen Silberschiffchens und legt ihn zu den anderen, die neben einem überbordenden Häuflein Asche und einem Stapel abgebrannter Streichhölzer fein säuberlich im flachen Bauch des Schiffchens aufgeschichtet sind. Jetzt müssen es genauso viele Streichhölzer wie Stängel sein, denkt sie. Nur die Asche verrät nichts über die Anzahl der Räucherstäbchen, die hier verglüht sind. Sie wird sich auch verbrennen lassen. Das Wasser ihres Körpers wird himmelwärts fliegen und die übrigen Rückstände werden in einer Salzurne im Meer versinken und bald ein Teil von ihm sein, auch wenn das Meer nicht mehr das ist, was es einmal war. Wenn es so weit ist, will sie so schnell wie möglich zurück in den Kreislauf, spurlos verschwinden, unerreichbar sein, frei und vergessen. Sie sieht, dass das Schiffchen ausgeleert werden müsste, aber sie hat keine Lust auf die lästigen kleinen Handgriffe und verschiebt es – wie so oft – auf irgendwann. Äthiopien lässt grüßen.

Stattdessen greift sie zu den Räucherstäbchen, einem Geschenk ihrer langjährigen Freundin. *„Divine Magic"* steht im Querformat auf der länglichen Packung. Neben dem Schriftzug legt der blauhäutige Lord Krishna seinen Arm um die Schulter einer indischen Schönheit, greift wie selbstverständlich nach ihrem prallen Busen und schaut ihr bezwingend tief in die Augen. Sie erwidert seinen Blick ergeben und wie hypnotisiert, wobei sie in einer Hand den Zipfel seines weiten, nachtblauen Mantels hält, der sich hinter den Verliebten bläht, als stünden sie im Sturm. *„Cherish the mystic experience"* steht auf der Rückseite der Packung.

Sie zieht ein schwarzes Räucherstäbchen heraus und steckt es in die Halterung am Heck des Silberschiffchens. Demütig neigt es sich über die abgebrannten Streichhölzer, die Stängel und das Häuflein Asche, auf dem auch seine Überreste landen werden. Sie greift zu den vier Zündholzschachteln, die sie zu einem flachen Quadrat verklebt und mit einem Bild von bunten Pralinen verziert hat. An jeder Seite befinden sich eine Reibfläche und eine Streichholzschublade mit grüner Holzperle als Knauf. Sie öffnet eine der kleinen Laden, aber sie ist leer. Sie öffnet eine andere, entnimmt ihr ein Streichholz und reibt es an der abgewetzten Reibfläche an. Irgendwann würde sie sie erneuern müssen. Sie hält die Flamme an das Räucherstäbchen, bis es Feuer fängt, schüttelt das Zündholz aus und legt es zu den anderen im Bauch des Schiffchens. Jetzt sind die Streichhölzer in der Überzahl. Dann fächelt sie mit einer schnellen Handbewegung die Flamme des Räucherstäbchens aus. So hat sie es in einem anderen Leben gelernt.

Die Spitze des Stäbchens glüht auf und zieht sich zu einem winzigen Feuerpunkt zusammen, der einen kräuselnden Duftfaden in diese fremde Welt entsendet. Er drösselt sich auf und mäandert in immer breiteren, verschwimmenden Schlingen in die Höhe, wo sich seine Spur verliert. Sie atmet den süßen Duft der Blumen von Vrindavan ein und verspürt das Echo eines vertrauten, angenehmen Schwindels.

Mit einem kritischen Blick streift sie das großflächige Blumenaquarell, vor dem der Rauch eine Weile seine zarten Spuren ziehen wird. Vor vielen Jahren hat sie es ohne große Überzeugung gemalt. Dafür ist es gar nicht mal so schlecht, findet sie, wendet sich ab, stellt die Lüftung an und verlässt das Klo.

III

In der kleinen Akademie in der Nähe von Husum traf ich zum ersten Mal eine größere Gruppe von Meditierenden. Die meisten waren in meinem Alter, manche jünger, wenige älter. Es waren Sekretärinnen, Ärzte, Lehrer, Geschäftsleute, Studenten – alles Mitglieder der gehobenen Mittelschicht, die Geld und Zeit genug hatten, sich diese Spinnerei zu leisten, gleichzeitig aber nicht über so viel Geld verfügten, dass sie den Verlockungen des Luxuslebens hätten verfallen können. Alles erwachsene Menschen, die, abgesehen von mir, irgendwo in der deutschen Gesellschaft verankert waren. Sie waren intelligent, gepflegt und hatten gute Umgangsformen. Auf fast enttäuschende Weise war kein einziger wirklich durchgeknallter Typ dabei, was meine Eltern beruhigte, die angereist waren, um sich anzuschauen, was ihre Tochter denn jetzt schon wieder trieb.

Hier lernte ich Gabriela kennen. *„Angels we do need"*, würde Maharishi später in Rishikesh lächelnd zu ihr sagen, als sie einmal zu spät zur Lecture kam, und fortan das A am Ende ihres Namens weglassen. Sie war klein und unscheinbar, jemand, den man kaum bemerkte, was sie aber nicht zu stören schien. Ihr braunes Haar war damals zum Pagenkopf geschnitten. Der Pony kaschierte die hohe Stirn und betonte ihre klugen, graublauen Augen. Sie beteiligte sich nicht an Diskussionen, sondern lächelte nur still vor sich hin, wenn wir uns die Köpfe heiß redeten. Sie war eine ganz und gar zarte Erscheinung und bewegte sich so vorsichtig, dass man wirklich an einen sanften Engel erinnert wurde.

Wir alle waren in mehrfacher Hinsicht Außenseiter der Gesellschaft: Das Wirtschaftswunder hatte uns keine Antworten auf irgendwelche existenzielle Fragen zu bieten. „Kannste was, haste was, biste was!", lautete die allgemeine Devise. Rudi Dutschke und Konsorten kämpften politisch gegen die Profiteure dieses Wunders, agierten aber letztendlich auf derselben grobstofflichen Ebene wie diese und wie die Kommunisten. Die Hippies waren zwar auf dem richtigen Weg, waren aber aufgrund ihres Drogenkonsums für uns indiskutabel. Die Kirche konnte jeden Einzelnen von uns sowieso auf die immer länger werdende Liste der verlorenen Schafe setzen. Wir waren von so vielen Gruppen ausgeschlossen, dass es selbstverständlich war, das wir eine neues Gemeinschaftsgefühl entwickelten: WIR hatten die Wahrheit gefunden, WIR hatten einen Weg gefunden, den alle anderen übersehen hatten, WIR würden die Gesellschaft erneuern, WIR hatten einen heiligen Yogi, der uns und die Gesellschaft auf dem einzig richtigen Weg in die Seligkeit führen würde – alles Kriterien, die ich auf einer Sektenfahndungsliste wiederfand. Man konnte sie aber auch auf Teile des Christentums anwenden. Die katholische Kirche wäre demnach der Prototyp einer Sekte: Niemand kommt zum Vater, denn durch mich, du sollst keine anderen Götter haben neben mir, gehet hin und lehret alle Völker. Mit der

Taufe werden schon die Unschuldigsten vergewaltigt, mit der Erstkommunion wirkungsvoll indoktriniert, mit der Firmung einzementiert, die Beichte schult ihr Schuldbewusstsein und befähigt sie zur Sünde, die Absolution führt sie in die Abhängigkeit, die Kommunion gaukelt ihnen eine Einheit mit Gott vor und friedlich sterben kann man nur mit der letzten Ölung und versehen mit allen Sterbesakramenten, und den schwarzen Schafen wird mit der Exkommunikation gedroht, hinter der gleich das Höllenfeuer lodert. Wer ist jetzt eine Sekte?

Wir hatten nur ein Ritual, die Puja, die Tabea bei meiner Einweisung zelebriert hatte. Sie wurde vor dem Bild von Maharishis Meister vollzogen, aber nicht jeden Tag, nicht jede Woche, sondern nur bei den Einweisungen. Ich erlebte sie zum ersten Mal in Indien wieder. Dort allerdings jeden Abend zum Abschluss des Tagesgeschehens. Wie unschuldig nahm sich diese kurze kleine Zeremonie im Vergleich zum gesamten Heckmeck aus, den die katholische Kirche veranstaltete. Wir mussten auch keine Kirchensteuer abführen. Wir hatten nur einmalig 50 DM für die Einweisung bezahlt. Natürlich waren die Kurse nicht umsonst, aber sie waren nicht teurer als andere ähnliche Angebote auch. Wir hatten weder Ge- noch Verbote. Wir konnten tun und lassen, was wir wollten. Wir konnten uns kleiden, wie wir wollten, konnten essen und trinken, was wir wollten und konnten Sex haben, mit wem und wann wir wollten. Das Einzige, was uns verband, waren die morgendlichen und abendlichen Meditationen. Aber selbst die waren kein Gebot, sondern nur ein Angebot.

Im Haupthaus der Akademie trafen wir uns am Abend zu Vorträgen über die *"ever changing sphere of existence and the never changing sphere of existence"*. Wie kann etwas, das sich ewig wandelt, überhaupt existent sein? Kaum willst du es begreifen, ist es schon etwas anderes. Allein das Ewige ist existent, das Unwandelbare, das alles Andere erhält. Das ist zwar genauso wenig begreifbar, aber es war doch wenigstens beruhigend, dass jemand tatsächlich bezeugen konnte, dass es da war, und dass es eine Möglichkeit gab, dieses Numinosum, dieses mystische, unbeschreibbare Etwas, selber zu erfahren. Ich fühlte mich entfernt an die Gottesvorstellung des Christentums erinnert. Gott ist ewig und unwandelbar. Aber der christliche Gott personifiziert sich in einem liebenden Vater, und der ist so entsetzlich weit weg. *"The never changing sphere of existence"* ist weder männlich noch weiblich, aber vor allem ist sie überall, auch in jedem Menschen, und jeder kann mit dem Mittel der Meditation Kontakt mit dieser Ebene seines Seins aufnehmen.

So machten wir uns auf, um das Himmelreich Gottes in uns zu suchen, sanken in immer tiefere Schichten der eigenen Existenz und näherten uns so der *"never changing sphere of existence"* langsam aber stetig an, als hätten wir einen Fahrstuhl in uns entdeckt, der uns jeden Tag etwas näher zum Zentrum allen Seins brachte. Sinn und Zweck der Meditation an sich wurde nie ernsthaft in Frage gestellt. Es war doch klar wie die Sonne: Wir taten etwas für unsere Vervollkommnung und taten dadurch gleichzeitig auch etwas für die Vervollkommnung der Gesellschaft. Eine Gesellschaft aus lauter Vollkommenen wäre notgedrungen auch vollkommen. So einfach war das. Alle wollten es nur noch besser verstehen, wollten noch mehr erfahren, noch mehr wissen.

Frau Bauer war die Erbauerin und Leiterin der Akademie. Ich schätzte sie auf Mitte vierzig. Sie wirkte resolut, keine Spur von einer Meditationsfee. Sie wusste, was sie wollte.Ich sehe sie mit dunklem Kurzhaarschnitt und klarem meergrünem Blick hinter der Bar stehen. Sie kleidete sich sportlich und trug knallige Pullover und bunte Hemdblusen zu ihren diversen dunklen Hosen, dazu Pumps mit flachem Absatz. Sie hatte jene klare und glatte Haut, die sich manche Frauen bis ins hohe Alter bewahren. Ihre Wangen hatten von Natur aus ein intensives, frisches Rouge, zu dem sie den passenden Lippenstift trug. Sie versorgte uns mit Mineralwasser, Orangensaft und Limo, denn wir nahmen nicht nur keine Drogen, wir tranken auch keinen Alkohol und nur die Wenigsten rauchten, wir sahen nicht fern und gingen früh ins Bett. Wir glichen in unserer Bravheit eher Mormonen oder den Zeugen Jehovas als einer Gruppe von Pionieren, die sich zu neuen, unerforschten Ufern aufgemacht hatte. Selbst Sex spielte eine absolut untergeordnete Rolle. Was war schon ein Orgasmus, für den man sich auch noch abstrampeln musste und der einen am nächsten Morgen möglicherweise mit ungeahnten menschlichen Problemen konfrontierte, verglichen mit dem Kosmischen Bewusstsein, dem Göttlichen Bewusstsein, und Unity, dem Bewusstsein der Einheit. Wann und wie werden wir es endlich erreichen? Gab es schon jemand, der es erreicht hatte? War es innerhalb eines Lebens zu erreichen oder würden wir zahllose Reinkarnationen brauchen? – Was für eine Frage! Die Antwort lag auf der Hand. Natürlich würden wir keine unendlichen Inkarnationen brauchen, denn wir hatten ja die Transzendentale Meditation, den Highway aller geistigen Techniken. War Maharishi tatsächlich erleuchtet? Das waren die Fragen, die uns umtrieben.

Jahre später war ich in Kössen dabei, als jemand wagte, Maharishi vor ungefähr 400 Zuschauern ganz offen zu fragen. *"Are you enlightened?"* Wow! Niemand von uns hätte den Mut gehabt, diese Frage zu stellen, bedeutete sie doch gleichsam einen Zweifel an seiner Heiligkeit, bewies sie doch, dass man selber ein Zweifler war. Maharishi schwieg, streckte sich, schaute beinahe hilfesuchend nach rechts und nach links, als wüsste er nicht, was er mit einer solchen Frage anfangen sollte. Die Spannung wuchs. Natürlich wollten wir es alle wissen. Ein klares Statement von ihm würde endlich einen Schlusspunkt unter die mühseligen Diskussionen zu diesem Thema setzen. Er ließ uns lange warten, dann antwortete er: *"For you it is better, to be on the positive side."* Dieser Schlingel! Dieser mit allen Wassern gewaschene Meister der Kommunikation spielte den Ball einfach zurück! Was hatten wir anderes erwartet?

Frau Bauer hatte Maharishi auf seiner ersten Weltumrundung kennengelernt. Diese begann nach unseren damaligen Informationen, als er absichtslos in Südindien herumwanderte. Seine Kritiker sagten abwertend „ziellos", und stempelten damit etwas unschuldig Kindliches zum schweren Verbrechen des Versandelns, des Herumlungerns, der Tatenlosigkeit, ganz im westlichen Sinne. *"Once you have reached cosmic consciousness, you will remain out of the field of action. You will be just the silent witness, of all that happens."* Nach dem Tod seines Meisters hatte Maharishi viele Jahre am Ganges meditiert, bis er eines Tages nach Südindien aufbrach. Dort wurde er auf der Straße angesprochen und gefragt, ob er nicht einen Vortrag halten könne. Er erzählte während einer Lecture, dass er gar nicht gewusst habe, was er den Menschen überhaupt sagen solle. Nach seinen eigenen Schilderungen fielen ihm die Worte dann einfach zu. Die Bewegung zur Geistigen Erneuerung der Welt war geboren. Man reichte ihn nach Japan weiter, von dort in die USA und von dort weiter nach Europa und auch nach Deutschland.

Frau Bauer ließ sich von ihm einweisen. Jeder gab damals so viel, wie ihm die Sache wert war. Sie hatte 10 DM bezahlt und war sich dabei schon großartig vorgekommen. Erst später hätte sie gemerkt, welch einen Schatz sie entgegengenommen hatte. Irgendwann offenbarte Maharishi ihr: *"You will build an academy."* Ihr sei das sehr seltsam vorgekommen, aber ihr Mann hatte eine Baufirma, und jetzt stand die Akademie ziegelrot und weiß verfugt da. Außer dem Haupthaus gab es noch die Gästehäuser, mehrere schmale Gebäude mit jeweils einem langen Gang, von dem die kleinen Zimmer abgingen. Alles sehr einfach, aber sauber. Das große Versammlungshaus, das extra stand, erinnerte mich an unsere calvinistische Kirche, aber wir benutzten diesen Raum fast nie. Uns genügte der kleine, gemütliche Raum im Haupthaus. Der Kurs dauerte vierzehn Tage. In der zweiten Woche zeigten sich die ersten Folgen:

Wir saßen am Abend zusammen und die gemeinsame Meditation sollte beginnen: „Wir schließen die Augen", sagte Frau Bauer. Kurz darauf hörte man ein kaum unterdrücktes Lachen, das sofort um sich griff und in einem allgemein Gekicher mündete. Nachdem wir uns wieder beruhigt hatten, wiederholte Frau Bauer: „Wir schließen die Augen." Ich spürte, wie die Lehne des Sofas, auf dem ich saß, zu wackeln begann. Mein Nachbar wurde unaufhaltsam und immer heftiger von Lachanfällen geschüttelt, die er krampfhaft zu unterdrücken versuchte. Da war es auch um mich geschehen. Ich prustete los. Beim dritten Anlauf platzten wir schon brüllend in die Anweisung „Wir schlie............" Es war vorbei. Eine Lachsalve donnerte in die nächste. Viele verließen den Raum und fanden sich kichernd, schreiend, schluchzend, nach Luft ringend, sich die Bäuche haltend an der Bar ein. Wir lachten ohne Grund und ohne Ende. Die Tränen liefen uns über die Wangen, wir brauchten nur daran zu denken, die Augen zu schließen, schon ging es los. Gerade, dass wir uns nicht am Boden wälzten. Spät in der Nacht fanden wir schließlich immer noch glucksend, auflachend und vergnüglich grunzend den Weg in unsere Betten.

Am nächsten Morgen meldete sich unser Zwerchfell zu Wort: Wir hatten einen Muskelkater, der jeden Lacher augenblicklich bestrafte und in ein Wehgeschrei übergehen ließ, das das Lachen aber noch einmal verstärkte. Das Lachen ließ uns einfach nicht los. Frau Bauer erklärte, dass das Stresslösung sei. Durch die tiefe Ruhe in den Meditationen lösen sich Spannungen. Jeder hätte diverse Drucktöpfe in seiner Seele, Punkte, die er unter Spannung hielte, die er eben nicht nur bildlich, sondern tatsächlich unterdrückte, unter Druck hielte. „No na neet!"[15], würden die Österreicher sagen, wer hat keine Leichen im Keller? Ich hatte sogar besonders viele, besonders dicke und besonders hässliche, wie ich mir einbildete. Durch die Meditation entspannten wir uns, der Druck wurde verringert. Das, was unter Druck gehalten wurde – bildlich gesprochen der Wasserdampf –, konnte entweichen. Das konnte sich ganz unterschiedlich äußern: in nicht enden wollenden Gedankenströmen, in Weinkrämpfen und anderen Gefühlsduseleien oder auch in körperlichen Reaktionen. Lachausbrüche gehörten zur Stresslösung der angenehmeren Sorte. Die gemeinsamen Abendmeditationen waren in diesem Kurs allerdings gestorben.

Die Meditationen selbst waren nicht spektakulär. Es passierte nichts, was einer Erleuchtung auch nur im Entferntesten ähnelte. Bei mir stellte sich immer ein leichtes Schwindelgefühl ein. Der ganze Körper wurde schwer und schwerer, manchmal vergaß ich ihn total. Der Atem wurde flach und flacher, bis er manchmal ganz zu versiegen schien. Ein tiefer Seufzer brachte die Sauerstoffzufuhr wieder in Gang. Gedanken kamen und gingen. Gefühle blubberten in die Höhe und trieben mich um. Ich heulte wie ein Schlosshund, kicherte vor mich hin, bekam Wutausbrüche, aber auch das ging vorüber. Es war, als hätte sich eine Tür geöffnet. Ich betrat diesen neuen Innenraum immer wieder voll Staunen.

Ich meldete mich für einen Kurs in Rishikesh an. Ich wollte mich zum Initiator ausbilden lassen. Ich wollte Maharishi kennenlernen und sehen, was an ihm nun tatsächlich dran war. Der Kursleiter, dessen Unsicherheit nicht zu seinem massigen Körper und seiner stattlichen Größe passen wollte, sprach fast unterwürfig von Maharishi, voll Verehrung, voll Vertrauen, voll Hingabe und – irrte ich mich? – auch voll Angst. Was Maharishi sagte, war die Wahrheit, die Wahrheit und nichts als die Wahrheit. Was er sagte, musste getan werden. Wenn wir etwas nicht verstanden, dann lag es an uns, an unserer Unwissenheit, an unserem mangelnden Bewusstsein, an unserer mangelnden Intelligenz. Ein weiteres Sektenkriterium.

Im Buch „Die Wissenschaft des Seins und die Kunst des Lebens" ist „His Holiness Maharishi Mahesh Yogi" als Autor angegeben – „Seine Heiligkeit, der große Seher und Yogi", was in westlichen Ohren an sich schon eine Anmaßung ist. Die evangelischen Christen geben wenigstens ehrlich zu, dass sie keine Heiligen kennen, und die katholischen Heiligen sind höflicherweise alle tot. Das erleichtert den Umgang. Man betet sie an, bittet sie um Hilfe und lässt sie ansonsten in Ruhe, so wie sie ihre Gefolgschaft in Ruhe lassen. Sie sind wie ein Taschenspielertrick, den man bei Bedarf hervorzaubert. Aber hier war ein Heiliger, der lebte. Oh Gott! Das schien sogar gestandene Frauenzimmer wie Frau Bauer zu irritieren. Wenn sie von Maharishi sprach, leuchteten ihre Augen und ein verklärtes Lächeln gab ihr das Flair eines frisch verliebten jungen Mädchens. Also, wenn schon nichts an Maharishi dran war, dann wirkte er offensichtlich wenigstens wie ein Jungbrunnen. Das war doch schon mal was. Ich war skeptisch und neu-

---

15 Sinngemäße Übersetzung: „Wie denn nicht" – Wird umgangssprachlich verwendet, um etwas als selbstverständlich zu entlarven. Anm. der Autorin

gierig. Ich wollte unbedingt für drei Monate nach Rishikesh. Ich war ein solcher Frischling, dass ich mir gar nicht vorstellen konnte, schon in einem halben Jahr selber andere Menschen in die Transzendentale Meditation einzuweisen. Was mich nach Indien trieb, war die Aussicht auf lange Meditationen und auf tiefe, spektakuläre Erfahrungen der anderen Dimension und die Aussicht, alle meine Probleme mit einem Schlag zu lösen, wie seinerzeit Alexander der Große den gordischen Knoten: Zack Bumm, und alles ist in Butter! *"The solution of all problems is, that there are no problems."* Ha ha ha! Natürlich war ich neugierig auf den Menschen, der diese Plattheit oder Weisheit von sich gegeben hatte.

Maharishi ist kein Guru, auch wenn er in den Medien als solcher gehandelt wird. Selbst die größten Kritiker müssen zugeben, dass das Wort „Guru" in seinem Namen gar nicht auftaucht. Maharishis Meister dagegen war tatsächlich ein Meister gewesen und wird auch heute noch genau als solcher bezeichnet: „Sri Guru Deva, His Divinity Swami Brahmananda Saraswati Jagadguru Bhagwan Shankaracharia von Jyotir Math". Ich kannte und kenne mich immer noch nicht wirklich im Urwald der indischen „Gurulogie" aus, aber dieser Name vermittelte eindeutig, dass sein Träger in der Rangliste der geistigen Führer weit über Maharishi gestanden haben muss. Maharishi hat sich uns auch immer nur als Vermittler, als Link zwischen ihm und uns, präsentiert. Er war vermittelndes Glied zu seinem Guru, der auch unser Guru sein sollte. Auch dieser war gestorben, wie Jesus, allerdings nicht leidend und nicht für die Menschheit und er war auch nicht auferstanden, vielleicht eher *"never born, never died"*, wie auf dem Grabstein von Osho/Bhagwan steht.

Sri Guru Dev, der göttliche Meister, war kein Mensch gewordener Gott, sondern ein göttlich gewordener Mensch gewesen. Oh, welche Sünde! Hatte die Schlange Adam und Eva nicht mit dem Versprechen verführt: „Ihr werdet sein wie Gott"? Welch ein Gegensatz: Auf der einen Seite ein Gott, der sich herabwürdigt und zu einer seiner leidenden Kreaturen wird – beinahe möchte man sagen: Recht geschieht ihm! – und auf der anderen Seite ein Mensch, der sich zur „Göttlichkeit" erhebt, oder erhoben wird, oder von anderen so erlebt wird. Meine christlichen Wurzeln reichten offensichtlich tiefer, als ich gedacht hatte. Die Fotos von Sri Guru Dev strahlten jedenfalls eine absolut bezwingende Autorität aus, die mich unangenehm berührte. Wer lässt sich schon gerne zwingen? Ich hielt mich lieber an Maharishi. Er wirkte auf den Bildern, die ich bisher gesehen hatte, sanfter, väterlicher, zugänglicher, freundlicher, eben ganz wie ein Weihnachtsmann, der gute Gaben verteilte.

Auf dem Kurs in Husum erreichte mich die Nachricht, dass ich für den Herbstkurs in Rishikesh nicht angenommen worden war, dass ich aber zum nächsten Kurs im Frühjahr 1970 kommen dürfe. Maharishis Autorität war bis nach Husum spürbar. Es wurde keine Begründung gegeben. Es hieß nicht, „Wir bedauern sehr, Ihnen mitteilen zu müssen, dass der Kurs ausgebucht ist. Wir setzen Sie auf die Warteliste." Nein, es war definitiv so, dass Maharishi die Liste aller Bewerber vorgelegt wurde und er dann entschied, wer kommen durfte und wer nicht. Ich zappelte an den Fäden meiner Ungeduld, musste aber eingestehen, dass ein halbes Jahr längere Meditationspraxis sicherlich eine sinnvolle Vorbereitung für das Unternehmen Rishikesh war.

In der verbleibenden Zeit arbeitete ich in der Ausbildungsstätte von Entwicklungshelfern in Schloss Wächtersbach, erzählte jedem, der es hören wollte, und auch denen, die es nicht hören wollten, von der Transzendentalen Meditation, und dass es sich dabei um jenes „Sesam öffne Dich" handelte, das der ganzen Menschheit Wohlergehen und Erleuchtung bringen würde. In den Blicken las ich Unverständnis, Kritik, Misstrauen und die unverhüllte Botschaft: Du spinnst! Die Reaktionen übertrafen alles, was mir entgegengebracht worden war, als ich der mir bekannten Welt eröffnet hatte, dass ich in die Entwicklungshilfe gehen wollte. Damals waren meine Zielsetzungen wenigstens noch diesseitig gewesen. Jetzt präsentierte ich mich als Apostel einer mehr als fragwürdigen Transzendenz. Jahre später nahm ich wie einen unverdienten Doktortitel mein Horoskop entgegen, in dem stand, dass schon die Sterne mich bei meiner Geburt zum Außenseiter geadelt hatten: Sternzeichen Löwe, Aszendent Krebs und sieben Planeten in der Jungfrau.

Meine damaligen Brüder und Schwestern im Geiste waren in der Bundesrepublik verteilt und bereiteten sich wie ich auf die Begegnung mit Maharishi vor. Dazu gehörte auch, dass ich das Kursgeld einzahlen musste. Mein Vater war dabei, als ich in der Bank 2.400 DM überwies. „Rausgeschmissenes Geld!", murmelte er, und ich hasste ihn dafür ein kleines bisschen mehr. Dann war es endlich so weit: Wir waren vielleicht acht oder zehn Meditierende, die Ende Januar 1970 mit ihrem Mantra im Gepäck in Frankfurt abhoben, um nach Rishikesh zu gelangen. Gabriela war auch dabei.

Sie ist keine gute Hausfrau. Eigentlich ist sie überhaupt keine Hausfrau. Sie hat sich damit abgefunden, dass das ganz und gar nicht ihr Metier ist. Die Wohnungen ihrer Freunde und Bekannten sind immer aufgeräumter, sauberer und perfekter gestylt als ihr eigenes Zuhause, aber obwohl sie es manchmal auch gerne schöner hätte, atmet sie immer auf, wenn sie in ihre gewohnte Unordnung zurückkehrt. Sie umgibt sie wie ein warmes Nest – innen weich, nach außen stachelig. Das ist sie, das gehört zu ihr, hier sagt ihr niemand, wie sie zu sein und was sie zu tun habe. Sie legt auch keinen besonderen Wert mehr auf ihr Äußeres. Solange sie sich nicht nackt im Spiegel sieht, fühlt sie sich wohl in ihrem rund gewordenen Körper. Sie trägt Kleidergröße achtundvierzig, was ihr garantiert, dass Männer kein Interesse mehr an ihr bekunden. – Und tschüss!

IV

Ich liebte Indien vom ersten Moment an. Es war heiß, es war farbenprächtig, es war verwunschen und roch nach Kreuzkümmel und Räucherstäbchen. Äthiopien war lange nicht so heiß gewesen und weniger bunt. Seine Farben reichten von Braun und Ocker über alle schmutzigen Weißschattierungen bis zum klaren Kalkweiß der Schamas, der Nationaltracht der Frauen: weiße Kleider aus dünnster, handversponnener und handverwebter Baumwolle, so weich und durchsichtig, dass man feinste Gardinen daraus hätte nähen können. Dazu gehörte ein großes, ebenso feines Schultertuch, das genau wie der Rocksaum am Rand mit leuchtenden Bordüren verziert war, die einzigen Farbkleckse in ganz Äthiopien. An das äthiopische Nationalgericht hatte sich mein Magen erst nach einem halben Jahr der Revolte widerwillig gewöhnt. Das Whot, eine Art Gulasch, war so scharf mit Barbare gewürzt, dass es einem am nächsten Tag den Hintern verbrannte und Injera, den Hirsefladen aus Sauerteig, hatte ich zunächst für einen grauen Schaumgummilappen gehalten. Erst als ich sah, dass die anderen Stücke davon abrissen, um Whot darin einzuwickeln, realisierte ich, dass man diesen unappetitlichen Fetzen essen konnte. Indiens Gewürze dagegen machten das Essen zum Fest: Kardamon, Nelken, Zimt, Curry, Ingwer, Gelbpulver, Chili in immer neuen Varianten zusammengestellt. Reis und Gemüse, Gemüse und Reis, und dazu herrlich weiche Chapatis[16] ließen mich mit wehenden Fahnen zum Vegetarier werden. Als ich das erste Mal Dhal[17] kostete, hatte ich das Gefühl, dieses Gericht schon viel zu lange vermisst zu haben.

Wir wohnten zunächst in einem Mittelklasse-Hotel in Delhi. Die Zimmer waren groß, der Speisesaal großzügig angelegt und dennoch hatte man das Gefühl, dass Kinder hier ein Hotel unter dem Motto gebaut hatten: „Wir spielen mal Fünf-Sterne-Hotel." Die Fliesen in den Bädern waren schlecht verfugt, die Duschen funktionierten nur bedingt, die Toiletten zeigten heftige Spuren der Verkalkung und andere unerfreuliche Ränder. Den Lift benutzten wir nur mit Zittern und Zagen. Aber von Äthiopien war ich Schlimmeres gewohnt. Hier fühlte ich mich wohl und war gewillt, alles positiv zu sehen. Eigentlich sollten wir nach zwei Tagen in Delhi zum Ashram weiterreisen, aber es erreichte uns die Nachricht, dass dort noch nicht alles bereit sei.

Wir stromerten durch die Basare voll prachtvoll bunter Seide und weicher Baumwolle, tauchten in Düfte aus Sandelholz, Jasmin und Kreuzkümmel und deckten uns mit Punjabis ein. Ich kaufte mir, wie die anderen auch, eine Mala. Bis dahin hatte ich aufgefädelte Apfelkerne getragen, warum jetzt also keine

---

16 Kleine aufgeblähte Pfannkuchen
17 Rote Linsen mit Kreuzkümmel

Kette aus Rudrakshasamen? Die Legende erzählt, dass Lord Shiva, der in einem ewigen Rhythmus von Werden und Vergehen tanzend die Welt erschafft und sie auch tanzend wieder zerstört, lange für das Wohl der Menschheit meditiert hatte. Als er seine Augen wieder öffnete, quollen heiße Tränen aus seinen Augen, nässten die Erde und ließen Elaecarpus-Bäume wachsen, die ihrerseits Rudrakshasamen hervorbrachten, die manifesten Tränen Shivas. Sie erhielten die Gesundheit, stärkten das Selbst, führten zu einem furchtlosen Leben, zur Erleuchtung und zur Befreiung. Sie waren ein Geschenk des allmächtigen Gottes an die Menschheit und befreiten von Sünde und Schmerz. Apfelkerne konnten das meines Wissens nicht, oder doch? Welcher namenlose Gott hatte geweint, damit Apfelkerne entstehen?

Ich schaute mir die Rudrakshasamen genauer an: Sie waren braun, rund und runzlig und hatten der Länge nach vier tiefe Einschnitte, Mukhis, Gesichter genannt. Die Zahl der Mukhis konnte unterschiedlich sein, wobei jede Zahl eine besondere Wirkung erzeugte. Eine Ein-Mukhi-Rudrakshaperle war von unschätzbarem spirituellen Wert und kostete angeblich zwischen 1.000 und 2.000 Dollar – aber angeblich wurde noch nie eine gefunden. Unsere Malas waren aus vergleichsweise einfachen Rudrakshas. 108 dieser Perlen hingen fortan um meinen Hals, weil für Hindus 108 eine Glückszahl ist. Die Göttin Lakshmi hat 108 Namen, Lord Shiva hat 1.008 Namen, ich habe nur vier: Ulrike, Ilse, Gertrud, Frieda. Zur Göttin fehlt mir noch einiges.

Wir besuchten das weitläufige Areal eines Hindu-Tempels. Wie die Gläubigen zogen auch wir unsere Schuhe am Eingang aus und betraten einen mit hellem Marmor ausgelegten Platz, um den herum sich verschiedene weiße mit Kuppeln verzierte Gebäude gruppierten. In jedem wurde eine Gottheit verehrt, und mit jeder Gottheit öffnete sich für uns eine neue Wunderwelt. Sie hatten vier Arme, Elefantenköpfe und trugen Kobras um den Hals, sie tanzten, meditierten im Lotussitz oder saßen bequem auf einem Thron. Ihre grellbunten Farben wirkten auf meine europäischen Augen kitschig, ihr Goldschmuck übertrieben, ihre Heiligenscheine naiv. Aber sie lächelten mich direkt und unergründlich an. Keiner wurde gemartert, was mir sehr sympathisch war, keiner sah mitleidig auf mich herab, was mir noch sympathischer war, und vor allem: Keiner schielte schräg nach oben. Sie alle schienen in einer Welt zu existieren, die zwar an einer göttlichen Überbevölkerung litt, die aber ansonsten ganz und gar in Ordnung war. Die Gemeinschaft der katholischen Heiligen wirkte im Vergleich zu diesem sinnlich fröhlichen Göttergarten wie ein armes Irrenhaus. Mir war diese Welt so vollkommen fremd, dass ich noch nicht einmal protestieren konnte.

In einem der Tempel befand sich ein kleiner, reich verzierter, achteckiger Schrein, den man nur einzeln betreten konnte. In der Mitte auf einem Sockel meditierte Brahma, der Schöpfer, der sich immer wieder inkarniert, um das Gleichgewicht der Welt wiederherzustellen. Seine vier Gesichter schauten in die vier Himmelsrichtungen. Dort und auch in den dazwischenliegenden Winkeln öffnete sich der kleine Raum durch eine vollständige Verspiegelung ins Unendliche, so dass das Abbild des Schöpfers immer kleiner werdend bis in den letzten

Winkel der Ewigkeit gegenwärtig war. Welch eine Metapher: Das Universum als eine millionenfache Widerspiegelung einer einzigen in sich ruhenden Gottheit, die Welt als vielfaches Echo der Stille.

Müde vom Schauen, verwirrt von den unverständlichen Eindrücken, setzte ich mich im halben Lotussitz in einem Tempel auf den Mosaikboden vor eine Lakshmi-Statue und meditierte. Lakshmi, die Göttin der Schönheit, des Glücks und des Reichtums, lächelte mir auf einer Lotusblume stehend zu und segnete mich mit einem ihrer vier Arme. Um mich herum war ein ständiges Kommen und Gehen. In keinem der Tempel hatten wir einen Gottesdienst erlebt. Es gab auch keine Bänke. Die Menschen kamen, beteten oder meditierten, entzündeten Kerzen und Räucherstäbchen, verneigten sich, verweilten und gingen wieder. Eine Oase des Friedens inmitten der geschäftig lärmenden Großstadt. Ich vergaß, wo ich war. Die ohnehin leisen Geräusche verschwammen. Irgendwann spürte ich, wie mir jemand etwas vorsichtig unter den rechten Oberschenkel schob, aber ich war zu versunken, zu weit weg, als dass ich es geschafft hätte, meine Augen zu öffnen. Ich vergaß die sanfte Berührung und überließ mich wieder der Schwerkraft meines Geistes, die mich tiefer und tiefer in eine sich ausdehnende Stille zog. Als ich wieder zu mir kam, fand ich unter meinem Oberschenkel einen Geldschein, in den ein paar Reiskörner eingewickelt waren. Niemand konnte mir sagen, was das zu bedeuten hatte. Ich steckte beides zu mir, in der Hoffnung, dass ich eines Tages wissen würde, was ich damit zu tun hatte.

Abends erfuhren wir, dass wir immer noch nicht nach Rishikesh durften. Man stelle sich das einmal im Westen vor: Man bezahlt einen Kurs, der am 1. Februar beginnen soll und wartet nach einer Woche immer noch auf den Beginn. Was würden die Terminkalender der Manager dazu sagen? Welche Aufregung, welche Empörung über mangelnde Organisation! Alles würde durcheinander geraten. Aber niemand von uns wurde nervös. Es war eben so. Wir konnten es nicht ändern, es gab auch keinen, bei dem wir uns hätten beschweren können, und wenn, hätte es sowieso nichts genützt. Stattdessen fuhren wir nach Agra zum Taj Mahal, diesem Märchenschloss für eine Tote, um das kein Indienbesucher herumkommt. Aus einer ockerstaubigen Landschaft erhob sich der „zu Stein gewordene Seufzer" am Westufer des Jumna wie ein Sinnbild einer anderen, besseren Welt. Ich erfuhr, dass Schah Jahan das Mausoleum aus weißem Marmor 1632 für seine geliebte Frau Arjumand Bano Begum, auch Muntaz Mahal genannt, hatte errichten lassen: 1.000 Elefanten haben das Material herbeigeschafft, 20.000 Handwerker haben es unter der Leitung türkischer Ingenieure und persischer Kalligraphen in einer zweiundzwanzigjährigen Bauzeit erschaffen. Über alle Wände rankte sich ein vielfach verschlungenes Blätterwerk kunstvollster Einlegearbeit, in das 60 verschiedene Sorten von Edel- und Halbedelsteinen verwoben waren.

Etwa zur selben Zeit wie das Taj Mahal entstand in Österreich ein kleines hölzernes Bauernhaus mit winzigen Fenstern. Es lag an einem kleinen Teich, in dem im Sommer die Frösche quakten. Ein Bauer hatte es für seinen Austrag errichtet. Auch dieses kleine Haus hat die Jahrhunderte überdauert, hat viele

Menschen beherbergt und schließlich geduldig darauf gewartet, dass jemand es vor dem völligen Zerfall retten würde. Das Froschkonzert beim Bauernhaus sollte meine Zukunftsmusik werden, aber sie erreichte meine Ohren noch nicht, als ich staunend durch den weißen Marmortraum am Jumna wandelte.

Als wir nach Delhi zurückkamen, wartete dort die erlösende Nachricht auf uns: Morgen geht es nach Rishikesh. Jai Guru Dev! Endlich! Es lebe der göttliche Meister!

Am kommenden Samstag wird sie mit dem Chor die deutsche Messe von Schubert singen, noch dazu in Maria Plain, einem Wallfahrtsort. „Wohin soll ich mich wenden, wenn Gram und Schmerz mich drü-hü-hü-hücken? Wem künd' ich mein Entzücken, wenn freudig pocht mein He-he-he-he-herz? Zu Dir, zu Dir, o Va-ha-ter, komm ich in Freud' und Leiden, du sendest ja die Freu-heu-den, du heilest jeden Schmerz."

Sie hofft, dass ihr nicht wieder die Stimme versagen wird.

Im Ashram

I

In Rishikesh hatten wir am Anfang drei Lectures am Tag – eine vormittags, eine nachmittags und eine abends. Wie einer Herde dummer Gänse erklärte Maharishi mit Engelsgeduld immer wieder *"the never changing and the ever changing sphere of existence". –*

"You dive in and you dive out, in and out, in and out. When you want to colour a cloth, you put it into the colour and then you dry it in the sun, till nearly all the colour has vanished, then you put it again into the colour, and afterwards, you put it again in the sun and let the colour fade away, and so on and so on, till the colour does not vanish anymore, even in the brightest sun. Then the neverchanging is constant also in the ever-changing. Through the simple method of Transcendental Meditation your mind dives into the never changing sphere of existence, when you come out of meditation, it fades away a little bit. Then you dive again, and you come out again, and so on till your mind is founded so deeply in the neverchanging, that it does not fade away, even if you are acting in the ever changing sphere of existence. You become a silent witness of all that is happening."

Wir versanken also in unser Selbst, so tief es eben ging. Anfangs nur einmal am Morgen und einmal am Abend. Dann durften wir "aufrunden". Eine Runde bestand aus einer halben Stunde Meditation mit anschließenden Yoga-Asanas. Leichte Yoga-Übungen ohne große Verrenkungen, einfach zur Entspannung zwischendurch. So lange uns Zeit blieb, gingen wir schwimmen, und diskutierten beim Mittagessen über das, was Maharishi uns vorgetragen hatte. Wenn er in die Lecture Hall kam, standen wir auf. Ein Journalist fragte ihn einmal, warum die Menschen aufstünden, wenn er den Raum betrete. Die pädagogische Welt ertrank damals gerade im Tsunami der antiautoritären Erziehung. Es war geradezu obszön, aufzustehen, wenn ein Lehrer den Raum betrat. Man war kumpelhaft auf Du und Du. Maharishi wiegte seinen Kopf: *"To stand up is a sign of respect. What can you learn from someone, whom you don't respect?"*

Ringelblumen und tomatengroße Tagetis verschwendeten überall im Ashram ihr goldenes Gelb. Auf jedem Sonnenfleck leuchtete das Orange der Kapuzinerkresse. Aber die Rabatten waren nicht nur zur Zierde gedacht. Am Eingang zur Lecture Hall bildete sich regelmäßig eine kleine Gasse von Kursteilnehmern, die Maharishi eine Blume überreichen wollten. „Komm doch mit!" forderte mich Constanze auf, eine große, schlaksige junge Frau mit blonden Locken, die nicht von meiner Seite wich. Aber mir war das noch zu fremd. Ich kannte Maharishi ja gar nicht. Warum sollte ich ihm eine Blume schenken? Nur um ihn einmal aus nächster Nähe zu sehen – wie ein Voyeur? Ich wartete ab, war offen für alle Eindrücke, aber blieb ganz bei mir.

Am Abend nach der Puja, bei der wir alle die Hände vor der Brust zusammenlegten und wie die Engel sangen, und nach dem letzten „Jai Guru Dev" bildete sich regelmäßig so etwas wie ein kleiner Laternenzug, der Maharishi zu seinem Haus begleitete. Da ging ich dann auch mit, trottete wie ein Schaf hinter diesem kleinen Mann her und genoss die warmen, stillen Abende und die friedliche Atmosphäre. Hinterher begaben wir uns meistens noch zum Abendtrunk ins Speisehaus. Es bestand aus der Küche und einem großen Buffet-Raum, an den zwei längere Speisesäle v-förmig angedockt waren. Der eine war für Raucher, der andere für Nichtraucher. Das Speisehaus ist in meiner Erinnerung eines der wenigen Häuser, das Fenster hatte und mit sehr viel Holz ausgestattet war.

Meistens gab es vegetarisches Essen, aber ab und zu auch ein Hähnchen für die Nichtvegetarier. Wir wurden richtig verwöhnt. Keine billige Abspeisung – im Speisehaus ebenso wenig wie während der Lectures. Das Beste schien gerade gut genug zu sein. Vor dem Schlafengehen wartete immer warme Milch auf uns, Tee, Kakao, Kekse, Brot und Honig. Es war ein gemütlicher Tagesabschluss, bei dem wir uns in unserem Tun gegenseitig bestätigten. Ich kann mich nicht erinnern, dass es jemals Streitgespräche gegeben hätte. Worüber auch?

Dann rundeten wir langsam auf. Morgens drei Runden, abends drei Runden, morgens vier Runden, abends vier Runden. Der Tag wuchs zu. Bald fiel das Mittagessen aus und es gab nur noch abends eine Lecture. Für alle, die das Schicksal eines Durchgangszimmers ereilt hatte, gab es extra Meditationszellen, in die wir nach dem Frühstück umzogen. Sie lagen in einem Trakt, der ausgehend von der Lecture Hall in die Erde eingelassen war und der nur aus einem langen Gang und den abzweigenden Zellen bestand. Wenn man drinnen war, wähnte man sich in einem Keller, aber es gab über dem flachen Dach dieses Kellers keinen Aufbau. Das Gebäude ragte lediglich einen halben Meter aus der Erde heraus. Ich habe nie gefragt, warum das so war, ich nahm es hin, wie so vieles andere auch. Mit Sicherheit hatten wir es stiller und kühler als alle anderen in den Häusern. Aus den benachteiligten Bewohnern der Durchgangszimmer waren Privilegierte geworden.

Meine Zelle war so klein, dass ich nur diagonal darin liegen konnte. Abblätternde Farbschichten verwandelten die Wände in eine Landkarte aus unterschiedlichsten Blau- und Grüntönen. Die Türöffnung hatte keine Tür und das Fenster unterhalb der Decke keine Scheibe, sondern nur ein Fliegengitter – türlose Tür und fensterloses Fenster – das Letztere war ich ja schon gewohnt. In der Wand neben dem Eingang war eine kleine Nische eingelassen, in die ich eine Kerze, Räucherstäbchen und Blumen stellte. Mit Decken und Kissen aus dem Vorratsgebäude machte ich es mir in meinem neuen Zuhause gemütlich und verhängte den Eingang mit einem großen Tuch. Hier wollte ich in den nächsten Wochen die Welt vergessen und meine ganze Aufmerksamkeit nach innen kehren – nach innen, nach innen, nach innen. Die Yoga Asanas machte ich in der Lecture Hall, wie alle, die in diesen Zellen untergebracht waren. Es war ein stilles Kommen und Gehen. Niemand kümmerte sich um den anderen, alle wussten, worum es ging.

Bei den Treffen am Abend wurde anhand von Fragen geklärt, wie man mit bestimmten Phänomenen, die innerhalb der Meditation auftreten konnten, umzugehen hatte. *"If there are thoughts, don't mind. Don't leave your room. Don't go out. Stay in your room and meditate. Thoughts are like clouds: they go as they come. They may tell you, that it is very important, that you phone home. Don't listen. Nothing is more important, than this time of meditation."*

Sie klappt den Laptop zu und starrt aus dem kleinen Fenster, vor dem ihr Schreibtisch steht. Ein inneres Zittern rieselt durch ihren Körper. Sie liest noch einmal den Anfang ihrer Erinnerungen an Maharishi, die sie vor fünf Jahren ohne lange zu überlegen, ohne Gliederung und ohne Korrektur in einem Guss aufgeschrieben hat. Die Worte waren einfach aus ihr herausgeflossen, herausgestürzt, herausgepoltert. Sie kennt diese mit Angst gepaarte Erregung, die ihr Inneres aufwühlt, wenn sie sich an die Zeit der langen Meditationen erinnert.

Münchhausen auf der Satellitenschüssel schaut besorgt.

II

Am Anfang waren die Meditationen wie immer: Mantra – Gedanken – Mantra – Gedanken – Mantra – Gedanken – in einem ewigen Wechsel, nur die Phrasierung änderte sich. Manchmal war die Mantraphase länger, mal kürzer, manchmal ließen die Gedanken das Mantra nicht mehr zu Wort kommen. Mein Körper wurde schwer, der Atem und die Atemfrequenz gingen zurück, – alles wie immer – mein Kopf begann sich zu weiten, der Körper wurde schwer, es stellte sich ein Gefühl des Sinkens ein – alles wie immer. Ganz beschäftigt mit dem Mantra und den Gedanken, versank die Umwelt in Bedeutungslosigkeit. Geräusche verschwammen oder klangen wie ein Echo aus einer anderen Welt. Manches hörte ich auch gar nicht. Das indische Gedudel aus Rishikesh, das mich an manchen Tagen zur Weißglut trieb, blendete mein Geist an anderen Tagen ganz aus.

Langsam nahm dieser Innenraum immer stärker meine Aufmerksamkeit gefangen. Eine Talkshow hatte angefangen. Die Teilnehmer waren meistens meine Eltern, Horst, seine Frau, seine Kinder, meine Brüder, ich als Kind, als Pubertierende, als Entwicklungshelferin, als Trotzkopf, Jammerlappen, Richter, Verteidiger oder Mediator. Und alle redeten, ohne sich gegenseitig zuzuhören. Es schien einen Talkmaster zu geben, der mit einem Mikrofon herumging und mal die eine, mal die andere Stimme verstärkte, aber das Gemurmel der restlichen Stimmen blieb im Hintergrund immer vernehmbar. Es war zwar dunkel, aber alle schienen in bequemen Sesseln zu sitzen und die Beine mal in die eine, mal in die andere Richtung übereinanderzuschlagen. Sie nippten sicherlich auch ab zu an einem Glas Wasser. Sie redeten ohne Punkt und Komma. Wenn es dem Talkmaster zu langweilig wurde, rief er „Stopp" und begann das Mantra zu wiederholen, kräftig und deutlich, aber ohne Gewalt. Wie ein sanfter, beruhigender Herzschlag schwang sich die Runde darauf ein, aber nach einer Weile wurde das Mantra leiser und leiser, wurde schließlich zur Hintergrundmusik, und erst flüsternd, dann unbekümmert lauter werdend ging das Gequatsche wieder los:

Was machen Mutti und Pappi? Was fragst du dich das überhaupt? So ein Blödsinn, was gehen dich die beiden – Juhuu, ich bin in Indien! – Haben dich nur in die Welt gesetzt – ich bin frei – Rieckerchen, was machst du nun schon wieder? Ich mache mir solche Sorgen. Komm nach Hause! Mutti weint sich die Augen aus, weint sich die Augen, aus, aus, AUS! Mantra, Mantra, Mantra, Mantra, Mantra, Mantra. Es wäre das Schlimmste für mich, wenn – und Horst, dieser Filou, Horst, Horst, Horst, Horst! – Ich kann meine Frau nicht alleine lassen, sie bringt sich um, sich um, sich um. So viel Leid auf beiden Seiten, so viel Leid, Leid, leid, ich bin es leid, leid, leid – Mantra, Mantra, Mantra, Mantra, Mantra, Mantra, Mantra, Mantra, Mantra, Mantra – dieses Gedudel aus Rishikesh – nein, wieso hätte er, was hätte er, ich hätte eigentlich – macht mich noch wahnsinnig

– ja, was denn nun – er ist ein Schwächling, ein Schwächling, nein, ein hintertriebener – verdammt, es juckt mich am Bein – Dandy, seine Tochter, seine Tochter, wie hieß sie doch, die eine, die mit den kurzen Haaren, die blöde Kuh, macht muh, muh hu hu hu hu, und der Mond, der lacht dazu – konnte mich nicht leiden, hi hi hi, auf der Alm gibt's – holladrihi, na ja, recht hat sie gehabt, ich war fies, wirklich fies, arme Frau, hilflose arme Frau – – ka Sünd' – der Mann im zweiten Frühling – Krokus, Tulpen, Majoran, wächst in meinem – auf Freiersfüßen – Mantra, Mantra, Mantra, Mantra, Mantra, Mantra, Mantra, Mantra, Mantra, Mantra – ach ja, das MantraMantraMantraMantraMantramantramantra Mantra ... kalte Füße, habe kalte Füße, wieso habe ich kalte Füße, heißes Herz, welch ein Schmerz, ist doch warm, bald gibt's Abendbrot. Dhal? Ist es gefährlich? Nein, du kannst abspritzen, ist es gefährlich? Ja – und die ganze Sauce landete auf meinem Bauch. Blöder Horst – Reis, nichts als Reis und Gemüse, eigentlich langweilig, laaaaangweilig, Füße, wo sind meine Füße? – Eingeschlafen, natürlich, faule Säcke, egal, das Mantra, wo ist das Mantra ... und diese Dudelei, wann hört sie auf? Dudelidudelidudelo – bin in Indien, dudeledi – ine ane uh, und raus bist du – weißt du eigentlich, wie gerne ich ein Kind von dir gehabt hätte, weißt du das? Weißt du das? Weißt du das??????????? Stopp – Mantra, Mantra, Mantra, Mantra – weißt du das? Weißt du das? Weißt du das? Mantra, Mantra, Mantra, weißt du das? Weißt du das? Weißt du das? Mantra, Mantra, mantra mantra mantra, weißt du das? Weißt du das? Weißt du das? Schluss – Zeit für Yoga Asanas.

Mein Gehirn verwandelte sich in einen Plapperkasten. Ich konnte kaum noch zu meinem Mantra zurückfinden, dümpelte wie ein Schnorchler an der Oberfläche herum und schlief häufig ein. Wenn ich wieder aufwachte, begann das Kauderwelsch von vorne, stundenlang, tagelang. In meinem Kopf schepperte ein endloser Strom von Klatsch und Tratsch und nichtssagendem Kauderwelsch. Die Gedankenflut sprang von einem Stein zum nächsten, stürzte Abhänge hinunter und verfing sich bei manchen Themen in einem Strudel, der mich in seine Tiefe riss. Wenn ich wieder auftauchte, ging das Gequassel weiter, unaufhaltsam, ohne Pause, ermüdend, zum Verrücktwerden, hörte denn das niemals auf? – Und dafür war ich nach Indien gefahren?

Langsam, fast unmerklich veränderte sich der Prozess. Meine Aufmerksamkeit verlagerte sich auf das Zentrum. Dort lag irgendetwas, das ich noch nicht fassen konnte. Ich spürte es ganz deutlich. Je öfter meine Aufmerksamkeit dorthin schweifte, desto intensiver wurde das Gefühl, dass dort etwas lag, was mich direkt betraf. Tiefgefrorenes – klack klack klack – fein säuberlich nebeneinander, seit ewigen Zeiten verleugnet, abgeschoben, aber nicht abgestorben. Ich spürte es deutlich, aber ich wagte nicht daran zu rühren, hatte so viele Jahre nicht daran gerührt, aus gutem Grunde nicht daran gerührt. Verdrängung ist auch ein Schutz, ein legitimer Schutz. An diesen Eisklumpen würde ich kleben bleiben, sobald ich sie berühren würde. Aber ich brauchte sie gar nicht zu berühren und ans Licht zu zerren. Unter meinem Blick verloren sie den Raureif, tauten auf, gewannen Farbe, Geruch, Duft zurück und erwachten zu dem Leben, das ich ihnen genommen hatte. Das Gebrabbel um mich herum verstummte. Meine Aufmerksamkeit weichte das Gefrorene auf, es begann sich zu bewegen, reckte sich, streckte sich, wurde quirliger und ungeduldiger, wie ein Hund, der an der Leine zerrt, bis es mich schließlich ansprang. Spitze Kinderschreie, die an ihrer Machtlosigkeit verzweifelten, verlorenes Lieb, das vor unerfüllter Sehnsucht wimmerte, todesstumme Verlassenheit, glühende Wut, eiskalte Rachegefühle – alles überschwemmte mich in immer neuen Wellenbrechern, die mir den Boden unter den Füßen wegzogen und mich in ein versunkenes Land der Gefühle rissen, dem ich mich lange verweigert hatte.

Du Schwein, du Arschloch, wieso hast du mir das angetan, nein Horst, verzeih, ich lieb dich, ich verbrenne, verbrenne, ich brenne, hilf mir, wo bist du, Horst, meine Liebe zu dir verkohlt meine Eingeweide: Was ist mein Herz – HILFE –, wenn meine Füße andere Wege geh'n als den zu Dir – schluchz – es ist ein machtloser Tyrann – SCHLUCHZ –, der seinen Zorn in meinen Tränen zu ertränken sucht. Hooooooorst! Plärrrrrrrrrrrrrrrr, schluchz, schluchz, plärrr, du Arschloch, du Schwein, du Haderlump, grausiger, du hättest wissen müssen, was du mir antust. Und ihr Scheißeltern, warum habt ihr euch da eingemischt, ihr blöden Canaillen, wieso habt ihr mich nicht in Ruhe gelassen, es ist alles eure Schuld. eure Schuld, nur eure Schuld!!!!! Mantra? Was ist das? Mutti, nein, tu das nicht, schlag mich nicht, nein, bitte nicht, ich habe doch nichts getan, Mutti, nein – ich hasse dich, ich hasse dich, ich hasse dich! Du schreist? Ach, kannst du aber schön singen! Sing mir doch noch ein Liedchen, sing! Sing! Sing! Schrei, solange du willst! – Und du blöder Affe von Vater warst nie da, du Ekelpaket, du Luftikus, du Schlappschwanz, ich war Luft für dich, nie warst du da, nie da, nie da, hätte dich gebraucht, gebraucht in tiefster Not, oh, es tut so weh – so weh – weh – weh' mir – wer hilft mir? Die Leichen im Keller waren munter geworden, besoffen sich, veranstalteten einen Hexentanz auf den Saiten meiner angespannten Seele, spielten Fußball mit meinen Gefühlen und TOR! Nein, Abseits, FOUL! Rote Karte, Schwein von einem Schiedsrichter! Ich bringe ihn um. –

"If you have feelings, strong feelings, feel the body. There must be something within the body, some place, that hurts, it could be very small, but there must be something in the body. Just have your awareness on the body. And when you have found it, just stay with your awareness with that pain, just stay there. Don't do anything special, just feel the pain." Allmählich verstand ich, warum Maharishi davon abriet, dass Paare gemeinsam auf lange Meditationskurse gehen. *"If you want to destroy a partnership, just go together on a long time meditation course. Your partner will change into anything from devil to angel. Just feel the body."*

Leichter gesagt als getan. Es riss mich in die finstersten Verliese meines Hasses, wo ich gefoltert wurde, bis eine Welle des Selbstmitleids mich vor die Füße eines gnädigen Engels spülte, der mich aufhob und in seinen Armen wiegte. Dort vergab ich der ganzen Menschheit und überschüttete sie mit all meiner Liebe. Aber der Engel machte mich zum Spielball und schleuderte mich der Verzweiflung in den Rachen, die mich zerfetzte und meine Reste in den zersetzenden Schleim der Eifersucht kotzte. Ich war unerbittlicher Staatsanwalt, glühender Verteidiger, schwor als Zeuge jeden hinterfotzigen Meineid und schickte mich als Partei ergreifender Richter aufs Schafott. Niemand hatte mir gesagt, dass Operationen an der Seele bei vollem Bewusstsein durchgeführt werden.

Das Szenario der Talkshow verwandelte sich in einen kreischenden Jahrmarkt. Fiesdreckige Waschweiber keiften sich Gemeinheiten ins Gesicht, Geilheit griff ihnen zwischen die Beine, der drohende Zeigefinger meiner Mutter bohrte im Mist meiner Schuldgefühle, eine Frau ohne Unterleib gellte Schreie nach einem verlorenen Vater, Angst paarte sich mit Wut zur Raserei, stinkende Ratten krochen aus ihren Löchern und verpesteten den Rest allen guten Glaubens, sadistische Scharfrichter wetzten grinsend die Messer, irgendwo schissen sich meine Eltern vor Angst in die Hose, meine verlorene Liebe loderte wie ein riesiges Sonnwendfeuer in den Himmel voll kalter Trauer.

"Don't care, it's just stress leaving your body."

Es gab wohl viele unruhige Spaziergänger in jener Zeit. Ich weiß es nicht. Ich hatte gar nicht mehr die Kraft, mich um irgendjemand anderen zu kümmern, mich überhaupt noch zu fragen, wie es den anderen ginge. Die Lectures waren ein Ruhepol, eine Quelle der Kraft und Erholung. Alles ist in Ordnung, was immer auch passiert. Alles ist nur Stress, der sich löst.

Don't mind.

Sei froh: Je schlechter es dir geht, desto mehr Stress löst sich.

Feel the body, feel the body, feel the body ...

Sie steht breitbeinig und aufrecht, aber mit leicht gebeugten Knien. Sie hat die Hände unterhalb des Nabels übereinandergelegt und kreist das Becken – in die eine Richtung, dann in die andere, dann wechselt sie noch einmal die Richtung. Linksherum – rechtsherum – linksherum ... die Halsschmerzen lassen sofort nach. Sie stellt das rechte Bein vor, stemmt den linken Arm in die Taille und kreist den rechten Arm rückwärts – Wechsel – linkes Bein vor, rechter Arm in die Taille, linken Arm kreisen. „Wir Chinesen haben sehr poetische Namen für unsere Übungen." Neugierige Blicke. Sie hat die Stimme ihres Qi-Gong-Lehrers noch im Ohr. „Diese heißt Armkreisen." Allgemeines Schmunzeln. Der Schultergürtel dreht sich mit den Brustwirbeln unter den Halswirbeln. Es knackt. Aber es ist nicht unangenehm. Die Halsschmerzen verlieren ihre Schärfe, sind wie in Watte eingepackt.

III

Und eines Tages fühlte ich sie, diese zwei Schmerzpunkte, zwei nadelspitze Schmerzpunkte. Einer saß genau zwischen meinen Brüsten, der andere genau in meinem Kehlkopf. Da saßen sie und schmerzten, schmerzten mich schon seit so langer Zeit. Ich erkannte sie wieder wie einen alten Feind. Jetzt wusste ich: Niemand hatte mir jemals etwas angetan, sie, nur sie allein hatten mir alles vermasselt. Diese Schmerzen waren mir seit frühester Kindheit vertraut. Jetzt erkannte ich ihr hintertriebenes Spiel, das mir immer eingeredet hatte, die anderen wären schuld, aber die anderen waren nicht schuld, dieses janusköpfige Ungetüm traf ganz alleine alle Schuld. Sein eines Gesicht war ein Konglomerat aus Hass, Trotz, Liebe, Sehnsucht, Verzweiflung, Scham und ich weiß nicht, was noch alles – zu sehr waren die widersprüchlichen Gefühle miteinander verwoben – und sein anderes Gesicht war der physische Schmerz, der Dorn, der in meinem Fleische saß. Der war eindeutig und nicht wegzuleugnen. Sobald ich diesem Schmerz meine Aufmerksamkeit schenkte, verflüchtigten sich die lauthals lärmenden Gefühle mit ihrem gesamten Gewäsch. Ich konnte sie noch nicht einmal entfliehen sehen. Sie waren einfach verpufft, waren einfach weg, als wären sie nie da gewesen, als wären sie nur Vorspiegelungen meiner überhitzten Fantasie gewesen wie eine Fata Morgana.

Stattdessen breitete sich Ruhe aus, die eiskalte Ruhe vor einem Duell. High Noon. Der Schmerz oder ich. Ich war bereit. Ich schärfte meinen Blick. Ich fixierte meinen gestaltlosen Feind, spürte seine Gegenwart und wartete konzentriert auf seine erste Angriffsbewegung. Wo vor kurzem noch meine Gefühle getobt hatten, standen die Ruinen einer Geisterstadt. Aus hohlen Fenstern gähnte eine ohrenbetäubende Stille. Ich stand meinem Erzfeind gegenüber. Highlander war noch nicht geboren, aber ich war bereit für seinen letzten Kampf. Ich kannte keine Angst und kein Erbarmen. Lange genug hatte mein Gegner mich gequält. *Narajanam padma bhavam Vashishtam* ... ich wartete ... *Govinda Yogindra Mathasia Shishyam* ... ich wartete ... *tam Trotakam vartik – karam anyan* ... Brahma schaute zu, Lakshmi wünschte mir immer noch Glück und Wohlstand ... *asmad gurun santata manatoasmi* ... und Shiva tanzte, tanzte bis in alle Ewigkeit. Fensterlose Fenster, türenlose Türen, augenlose Augen, seelenlose Seele – der Singsang der Puja nahm meinem Zorn die Spitze. Mein Todfeind war noch nicht einmal meinen Hass wert. Auch er war nur eine Stressfantasie. Stress, der sich löste, alles nur Stress. Gab es eigentlich auch noch etwas anderes als Stress? Wie Elektrosmog trübte er mein Gemüt, vernebelte meine Sinne, und die Beatles sangen „Let it be". Und wer nahm das alles wahr?

"There is a silent witness deep inside yourself, far beyond of any experience." Wirklich?

"Look at a movie! Nothing but pictures on a white screen, maybe fascinating pictures, maybe horrifying pictures, may be pictures, that make you cry, anything is possible. But no matter, what kind of pictures the screen reflects, the screen itself is not affected. The never-changing is not effected by the ever-changing. The screen upholds the pictures, but the ever changing pictures have no reality, only the never changing screen is real."

Okay, ja, nur die Leinwand, aber wo war sie? Ich saß in einem Film, dessen Anfang ich nicht mitbekommen hatte und der anscheinend niemals aufhören wollte. Ich hatte die Leinwand noch nie gesehen und würde sie wohl auch nie sehen, ich fühlte nur meine seelische Erschöpfung, aber auch die war wohl nichts anderes als ein Bild auf dieser verflixten Leinwand.

Die Schmerzpunkte wurden zu meinen treuen Begleitern. Ich wachte mit ihnen auf, meditierte mit ihnen, ging mit ihnen schlafen. Ich war mit meiner Aufmerksamkeit immer bei ihnen, nur bei ihnen, *feel the body*. Sie rührten sich nicht, veränderten sich nicht, stachen mir ins Fleisch und in die Seele wie eh und je, je und eh, eh und je ... kein Duell, kein erlösend kurzes Entweder-Oder, kein sie oder ich, sondern wir, wir zusammen auf immer und ewig, nimmer getrennt, auf dass der Tod uns niemals scheide. Alle würden mich verlassen – meine Eltern, Horst, meine Brüder, meine Freunde –, aber die beiden Schmerzpunkte würden bleiben, sie würden immer bei mir sein, verschworene, ungewollte, gehasste, geduldete Gefährten auf meinem einsamen Weg durch eine ferne, fremde Galaxis. Ich beteiligte mich nicht mehr an Gesprächen, fiel während der Lectures in einen tranceähnlichen Zustand und befolgte nur noch eine einzige Anweisung: *Feel the body, feel the body, feel the body. Stay with your awareness just there. Stay with it, stay with it* – es war, als hätte ich ein neues Mantra bekommen.

Wie im Traum bekam ich mit, was um mich herum geschah. Ein vereinsamter Skorpion hatte seinen Stachel ausgerechnet im Zimmer von Frau Bauer in die Luft gestreckt, die aus Angst vor diesen possierlichen Tierchen nie nach Indien hatte fahren wollen. Wer glaubt jetzt noch an Zufall?

Auf meinem Weg in meine Zelle sah ich, wie ein indisches Ehepaar Maharishi begrüßte. Wie ein vom Wind gepflücktes Blütenblatt sank die Frau in ihrem roten Sari vor Maharishi zu Boden und berührte mit dem Kopf die Erde zu seinen Füßen. Er empfing die Ehrerbietung mit einer Geste, die zwischen sanfter Abwehr, liebevollem Verständnis und Segnung schwebte.

In der Nacht sollte ein Tiger durch den Ashram geschlichen sein. Wer schleicht in der Nacht durch den Ashram, um so etwas zu sehen?

Am Abend nahmen die Erzählungen der Meditierenden bizarre Formen an: Jemand war durch die verschlossene Tür seines Zimmers gegangen. Jemand anderer konnte durch Wände sehen und ein ungläubiger Thomas fragte, ob man das beweisen könne. Maharishi wischte die Angelegenheit vom Tisch:

*"This could be very easily proved, but it is not important. During long time meditation anything can happen. But all the things you experience are still in the realm of experience. Our aim lies far beyond the realm of experience, our aim is the sphere of pure being, of pure consciousness. You can only **BE** it, you cannot experi-*

ence it. The experiencer is left alone without any experience. Listen to a sound that fades out. The more silent it becomes the more alert you become, till in the end alertness alone is left without any experience. Nothing else is important, no matter what kind of experiences you make, no matter how fascinating they are. Our goal is the never changing pure being. Go for it!"

Aber ich ging nirgendwo mehr hin. Ich ging im Kreis. Wir gingen gemeinsam im Kreis, meine Schmerzpunkte und ich, wir tanzten Ringelreiher, sind der Kinder dreier, aber wir saßen nicht unterm Hollerbusch, ich saß in meiner Zelle und trottete mit meinen Schmerzpunkten wie auf einem Gefängnishof immer schön brav rundherum von einer Meditationsrunde zur anderen. Ich war müde, sie waren müde, aber wir hörten nicht auf, uns zu belauern. Es war auch nicht ganz klar, wer der Gefängniswärter war. Ich hatte mir das ja selber eingebrockt. Ich hatte ja unbedingt Erfahrungen der anderen Art machen wollen. Jetzt hatte ich sie, aber anders als erwartet. Kein Hollerbusch, kein husch husch husch und schon gar keine Erleuchtung in Sicht.

"In Cosmic consciousness you are totally separated from the ever-changing. You are eternal bliss consciousness, anything else is just changing and changing and changing. Why is that so? Pure consciousness has no characteristic what so ever. It is not blue ore red, nor any other colour, it has no smell, it is nothing, you can feel or hear, you cannot perceive it with your senses, and yet it is the basis of all experience, like the screen upholds the pictures of a cinema. The screen has no colour. It is white. Otherwise it would influence the pictures, may be it could not at all reflect some colours. So is pure consciousness. It has no qualities of its own. Because of that, it can reflect all qualities, what so ever, strong qualities as well as the softest ones. And it is not affected by anything. If something has no qualities, it is eternal, it cannot change. Change exists only in the sphere of different qualities. Now, if something is eternal, it is satisfied within itself. There is no need for a change, and if something is satisfied within itself, it has to be blissful. There is nothing that can hurt it, nothing that can destroy it, nothing that can change it. It is eternal pure bliss consciousness. This is the basis of all your experiences. It is just overshadowed by your day to day experiences. If you don't realize, that in reality you are eternal bliss consciousness, and nothing but that, you live like a poor man, who does not know, that he has an enormous bank account."

Sehr wahr. Ich merkte nichts von irgendeinem *bliss consciousness*. Ich war nicht nur arm, ich war immer noch im Gefängnishof und zog Runde um Runde. Das war das einzig Ewige, was ich gerade durchlebte. Aber was Maharishi sagte, klang so logisch, so überzeugend. Also setzte ich weiter einen Schritt vor den anderen, spürte meinen Körper, war mit meiner Aufmerksamkeit bei meinen Schmerzpunkten, schwirrte ab und zu mit meinem Mantra in verschwommene Tiefen, und vergaß schließlich sogar das Warten auf Besserung.

Wir waren vielleicht am Anfang der dritten Woche der langen Meditationszeit, das heißt in unserer siebenten Woche im Ashram. Halbzeit. Mein Tagesablauf war einfach: Morgens duschen, eine Meditation in meinem Zimmer, Frühstück, dann in die Zelle, meditieren und Yoga Asanas im Wechsel bis zum

Abendessen, Lecture, Laternenumzug zu Maharishis Haus, Nachttrunk, schlafen. Die einzigen Unterbrechungen waren die Gänge zur Toilette oder ein Tee im Speisehaus. Viele waren in Silence, das heißt, dass sie mit niemandem sprechen wollten. Damit ihr Schweigen nicht als Unhöflichkeit ausgelegt wurde und auch damit niemand sie ansprach, trugen sie ein kleines Schild an ihrer Kleidung, auf dem "Silence" stand. Ich sprach zwar wenig, war aber so weit weg von allem äußeren Geschehen, dass ich ein solches Schild nicht brauchte. Wie unter einer Käseglocke sah ich, was um mich herum geschah, aber es tangierte mich nicht wirklich.

In den Lectures nahm ich mehr und mehr hinduistische Philosophie in mich auf. Es erschien mir alles klar und logisch. Viele wollten mehr über den Begriff des Karma wissen. Nachdem Maharishi mehrmals abgelehnt hatte, darüber zu sprechen, sagte er eines Tages wenigstens ein paar Sätze dazu: *"It is very simple: As you sow, so shall you reap. If you don't wash yourself, you get dirty. It's nothing more than that. Let me tell you about Arjuna."* Und dann hörte ich zum ersten Mal die Geschichte der Bhagavad-Gita: Gut und Böse standen sich auf dem Schlachtfeld des Lebens gegenüber. Arjuna kämpfte auf der Seite der Guten, auf der Seite der Bösen kämpften die Kauravas. Beide Parteien hatten Lord Shiva um Hilfe gebeten. Lord Shiva aber ist neutral. Er stellte die Parteien vor die Wahl: Eine Partei sollte seine Kampftruppen bekommen, auf der anderen Seite aber würde er selber kämpfen. Die Kauravas wählten die Kampftruppen. So kam es, dass Lord Shiva an der Seite von Arjuna in die Schlacht zog. Arjuna wusste, dass die Kauravas böse waren und war entschlossen, sie zu töten, koste es, was es wolle. Er war bereit, sein Leben in diesem Kampf zu opfern. Bevor es aber zum Kampf kam, lenkte Lord Shiva den Wagen von Arjuna in die Mitte zwischen die streitenden Parteien und öffnete seinen Blick dafür, dass die gegnerische Partei in Wirklichkeit seine Brüder waren. Arjuna brach zusammen, nicht aus Schwäche, sondern weil sein Herz so weit entwickelt war, dass die Kraft der Liebe für seine Brüder und der Wille sie zu töten sich die Waage hielten. Arjuna fiel Lord Shiva zu Füßen und bat ihn um Rat, weil er nicht mehr fähig war, eine Entscheidung zu treffen und entsprechend zu handeln. Genau das hatte Lord Shiva beabsichtigt, denn nur in dieser Situation war Arjuna bereit, die höchste Weisheit zu empfangen. Lord Shiva lehrte ihn die Kunst des Handelns, das heißt so zu handeln, dass der Handelnde nicht in den Prozess involviert ist. Arjuna ritt schließlich als ein Erleuchteter in die Schlacht, als stiller Zeuge eines Geschehens, an dem er nicht mehr beteiligt war, als ein reines Werkzeug in den Händen der *"upholding force of nature"*.

Was hatte ich mit Arjuna zu tun? Oder mit Lord Shiva? Oder mit Sri Guru Dev? Oder mit Tatwalla Baba? Oder mit Maharishi? Ich hatte ihn seit der Kerzenmisere nicht mehr persönlich gesprochen, hatte mich auch immer noch nicht in die Blumengasse eingeordnet, liebte aber seine Lectures über alles. Niemals mehr habe ich jemanden Vorträge dieser Länge völlig frei halten sehen, niemals wieder habe ich einen derart messerscharfen Verstand erlebt, vor allem aber habe ich niemals wieder eine solche Symbiose von klarem analytischen Denken und überströmender Liebe und Humor erlebt. Keine Lecture verging ohne Lachen, ohne Schmunzeln, und niemals wieder habe ich jemanden gesehen, der bei all diesen Superlativen so unglaublich bescheiden war, der alle Ehre immer und immer wieder an seinen Meister weiterreichte.

ER war derjenige, der all dieses Wissen wieder für die Menschheit greifbar gemacht hatte, **ER** hatte uralte Geheimnisse zum Wohle der Menschheit wieder aufgedeckt, **ER** hatte Maharishi auf dem Weg begleitet, der ihn zu dem gemacht hat, was er jetzt für uns war – ein Erleuchteter voller Würde, Liebe und Weisheit, ein Exponent der Transzendenz, des reinen Glückseligkeitsbewusstseins.

Ich war dabei, seinem Charisma zu verfallen, wie alle anderen auch.

„Was werden die Leute sagen?!", zetert Münchhausen.

„Sei still, seit wann kümmert es dich, was die Leute sagen?"

In irgendeine Schublade werden sie sie schon stecken – es gibt ja Gott sei Dank genug davon: die Märchenschublade samt dem Horrorteil, das Trauma, den Vaterkomplex, eine Neurose, Schizophrenie, harmlose Spinnerei, Lügen mit transzendentalen Beinen. „Sie war ja schon als Kind überspannt." „Auch so kann man sich wichtigmachen."... Und dann ist die Welt wieder in Ordnung, dann braucht man nicht mehr darüber nachzudenken, was diese Person da alles erzählt, dann hat das Kind einen Namen, ist ordentlich angezogen und kann einen Knicks machen.

„Münchhausen, sie werden vergeblich nach einer Schublade suchen und sich schrecklich ärgern, wenn sie keine finden!"

Da lachte er und drehte sich wie wild im Kreis.

Plötzlich blieb er abrupt stehen:

„Sie werden eine neue einrichten und beschriften."

IV

Eines Morgens verselbstständigte sich mein Körper. Während der ersten Meditation begann mein Oberkörper sich vor und zurück zu wiegen, langsam erst, dann heftiger. Nach einer Zeit der Ruhe begann sich mein Kopf zu schütteln, bis ich glaubte, ihn gleich zu verlieren. Dann wanderten meine Hände in unvorhersehbaren Bahnen um meinen Körper. Ich war so fasziniert von diesem Geschehen, dass ich meine Schmerzpunkte vergaß. Ich überließ mich den Impulsen, die – ich weiß nicht woher – kamen.

Nach dieser ersten Meditation ging ich frühstücken und zog mich dann in meine Zelle zurück, aber dort war an Meditation nicht mehr zu denken. Mein Körper war ständig in Bewegung, wand sich in alle möglichen Yogapositionen, solche, die ich von Bildern her kannte und solche, die ich noch nie gesehen hatte, die ich aber eindeutig als Yogapositionen identifizierte. „So geht das also. Die Yoga-Positionen hat sich niemand ausgedacht, sondern sie sind im Körper angelegt. Der Körper weiß, was er braucht. Sensible Menschen haben sie irgendwann kennengelernt, so wie ich sie jetzt gerade kennenlerne. Dann sind andere gekommen und haben sie sich abgeschaut, haben die Yogapositionen aufgezeichnet, benannt, nachgemacht und eine Lehre daraus gemacht. Sie haben den Prozess einfach umgedreht. Erst die Positionen, dann die geistige Entwicklung."

Es war so klar. Wie gebannt ließ ich alles geschehen, was mein Körper wollte, lag still, wenn er wollte, rollte, wann er wollte, verrenkte mich, wie er wollte, ließ meine Beine über den Kopf rollen und legte meine Knie gehorsam neben den Ohren ab. Das war der Pflug. Den kannte ich. In dieser Position verharrte mein Körper immer wieder und auffällig lange. Aber was immer meinem Körper auch einfiel, ob er sich wie eine Schraube verdrehte, zur Seite neigte, nach vorne wie ein Taschenmesser zusammenklappte oder ob die Arme auf der Bauchlage den Oberkörper in die Höhe stemmten, keine der Bewegungen war unangenehm, und so überließ ich mich willig allen Impulsen, die da kamen. Ich weiß nicht, warum ich mit niemandem darüber sprach. Vielleicht hatte ich Angst, man könnte es mir verbieten und mich wieder in den Gefängnishof zurückschicken, oder auf den kreischenden Jahrmarkt der Gefühle. Denen war ich Gott sei Dank entronnen, und auch die nicht geschlagene Schlacht von Highlander gehörte der Vergangenheit an.

Keine Gedanken, keine Gefühle, keine Schmerzpunkte mehr. Ich wurde nur noch geknetet – von morgens bis abends, als wollte jemand meine Einzelteile zu etwas Neuem umformen. Fragte sich nur, wer mich knetete, und zu was er mich formen wollte. So ging es mehrere Tage dahin. Zu den Mahlzeiten und zu den Lectures stellte die Knetmaschine ihre Tätigkeit brav und regelmäßig ein, aber kaum war ich in meiner Zelle und setzte mich hin, um zu meditieren, ging es wieder los. Meine Zelle war zu einer Teigschüssel geworden.

Mit der Zeit wurden die Bewegungen heftiger, zwingender. Immer wieder kippten meine Beine nach hinten über den Kopf, wurden aber nicht gemütlich neben den Ohren abgelegt, sondern in gestreckter Stellung nach hinten weiter geschoben, bis mein ganzes Gewicht nur noch auf dem Hinterkopf ruhte. In dieser Position wiegte sich mein Körper vor und zurück, vor und zurück, als wollte er die Rundung meines Nackens in die entgegengesetzte Richtung drücken. Irgendwann merkte ich, dass ich nicht mehr in der Lage war, den Prozess zu stoppen, selbst wenn ich es gewollt hätte. In der Hoffnung, dass er am Abend wieder aufhören würde, machte ich gute Miene zu diesem verwirrenden Prozess, der mich zum hilflosen Spielball machte. Meine Unruhe wuchs. Es war, als säße ich in einem Kettenkarussell, dessen Bewegung ich anfangs durchaus lustvoll erlebte, dessen Temposteigerung ich auch als selbstverständlich hingenommen und genossen hatte, das aber nicht aufhörte seine Drehungen zu beschleunigen. An ein Aussteigen war nicht zu denken. Die Bewegungen wurden langsam, aber stetig massiver: Schließlich wurde ich so heftig in meiner kleinen Zelle hin und her gerollt, verbogen, gestreckt, gedehnt und gestaucht, dass ich darüber meine wachsende Angst vergaß.

Ich zog mich immer mehr in mich zurück, suchte einen inneren Punkt, der mir Sicherheit bot, den das alles nicht tangierte. Es war, als würde ich von den stillen Tiefen des Ozeans das wilde Aufbäumen der Wellen an der Oberfläche beobachten. Weder Faszination noch Angst noch sonst irgendwelche Gefühle konnten mich in dieser Tiefe erreichen. Aus sicherer Distanz erlebte ich, wie es mich wand, rollte und verbog, wobei ich mir nicht sicher war, was dieses „es" eigentlich war. Die Kraft kam aus meinem Körper. Das war das Einzige, was ich mit ziemlicher Sicherheit feststellen konnte, aber von wo aus in meinem Körper, das konnte ich nicht sagen. Dieser Körper, der sonst alles, na sagen wir fast alles getan hatte, was ich ihm aufgetragen hatte, tat jetzt im Augenblick eben einfach mal das, was ihm taugte. Ich hatte nichts mehr zu sagen, nichts mehr zu tun, konnte ihm nur mit meiner Aufmerksamkeit folgen und beistehen.

Wie durch tausend Schleier nahm ich irgendwann ein Schlurfen wahr: die anderen Zellenbewohner gingen zum Essen. Mich aber drehte und wendete es in meiner Zelle weiter, nicht mehr wie Teig in einer Schüssel, sondern eher wie Wäsche in einer Waschmaschine. Bewegung, Bewegung, Bewegung – Ruhe – Bewegung, Bewegung, Bewegung – Ruhe. Wahrscheinlich hatte jemand den Knopf für „stark verschmutzte Wäsche" gedrückt, weil der Waschgang kein Ende nehmen wollte. Doch bevor der Schleudergang einsetzte, war es plötzlich vorbei, als hätte jemand den Stecker rausgezogen. Kein Schleudergang. Einfach so. Vorbei. Plötzlich war es vorbei. Es war tatsächlich vorbei. Ich konnte es gar nicht begreifen. Ich hatte mich schon darauf eingestellt, dass es die ganze Nacht so weitergehen würde. Erschöpft lag ich in meiner Zelle und sah mich um. Es war dunkel geworden. Bald würde die Lecture anfangen, aber noch umfing mich eine tiefe Stille.

Ich sammelte meine Knochen zusammen, stand langsam auf, ging zu meiner türlosen Tür und schob den Vorhang zur Seite. Stille schlug mir entgegen. Von der Halle her sickerte etwas Licht hinein. Ich ging hinüber: keine Menschenseele. Ein paar trübe Glühbirnen unterstrichen die ungewohnte Leere der Halle, die sonst von leisem Gemurmel, von Maharishis Stimme, Gelächter oder der Puja erfüllt war. Der Raum wirkte nicht nur leer, er wirkte verlassen, vereinsamt, als hätte er seine Existenzberechtigung verloren. Guru Devas Blick herrschte über das Nichts. Hatte ich herumkugelnd die Zeit der Lecture verpasst, oder war die Lecture ausgefallen? Warum hatte mir niemand Bescheid gesagt? War beim Essen niemandem aufgefallen, dass ich nicht da war? Hatte mich niemand vermisst? Noch nicht einmal Susanne, die doch durch mein Zimmer gehen musste? Noch nicht einmal Constanze, die doch sonst wie eine Klette an mir hing? Was immer wir noch zusammen machen konnten, hatten wir zusammen gemacht: Wir hatten zusammen gegessen, hatten bei den Lectures immer nebeneinander gesessen, waren anschließend in trauter Zweisamkeit zum Laternenumzug gegangen, hatten den Nachttrunk gemeinsam eingenommen und uns mit einem liebevollen „Jai Guru Dev" verabschiedet. Hatte sie sich keine Gedanken darüber gemacht, wo ich sein könnte? Hätte ich mir Gedanken gemacht, wenn sie plötzlich nicht aufgetaucht wäre?

Constanze war die Einzige, die für mich überhaupt noch wahrnehmbar geblieben war, zwar weit entfernt wie der Mond, aber immer noch deutlich sichtbar, auch wenn die Sichel im Schwinden war. Wenn sie plötzlich nicht aufgetaucht wäre, hätte ich sicherlich geglaubt, die Zeit des Neumonds sei gekommen. Alle anderen Kursteilnehmer waren für mich entfernte, winzige Lichter, wie der verstreute Sternensand der Milchstraße. Wir alle drehten uns um eine einzige, leuchtend helle Mitte, um Maharishi. Die direkte Kommunikation zwischen den Kursteilnehmern war unmöglich geworden. Wir waren Lichtjahre voneinander entfernt, jeder in seinem eigenen Universum voll unerfüllter Träume, verdrängter Schmerzen, unverstandener Probleme und mit Phänomenen konfrontiert, die keiner recht fassen konnte. Nur die unsichtbare, gewaltige Anziehungskraft von Maharishi und dem, was er lehrte, verband uns zu dieser kleinen Galaxie am Fuß des Himalayas, die wiederum Lichtjahre von der übrigen Welt entfernt war.

Ich ging zur Tür. Es musste Neumond sein oder der Himmel war bedeckt, denn der Ashram lag in völliger Dunkelheit. Keine Laternen. Das Speisehaus war dunkel. Auch von den Gästehäusern, die vielleicht fünfzig Meter gegenüber lagen, schimmerte kein Licht herüber. Offensichtlich waren alle schon schlafen gegangen. In der lauen Luft hing der scharfe Geruch von Tagetis. Schlanke Baumstämme säumten bläulich verkrümmt den hellen Kiesweg, der sich in der Dunkelheit verlor – müde Wächter, die mich nicht beschützen konnten. Ihr Blattwerk warf eine blaugraue Spitzendecke über den schwarzen Himmel. Keine unruhigen Schlafwandler in Sicht. Kein Rascheln, kein Knistern, kein Geflüster, keine Seufzer, kein Gekicher – nichts – kein Hauch, keine Bewegung, noch nicht einmal eine Mücke suchte nach mir. Ich war allein. Alles schien den Atem anzuhalten. Es war, als wäre ich gar nicht da. Ich versuchte, mit all meinen Sinnen wahrzunehmen, was los war. Aber meine Sinne nahmen nur die tiefe Ruhe wahr, die über dem Ashram lag.

War nicht ein Tiger gesehen worden? Meine Augen versuchten erfolglos, die Nacht zwischen den Bäumen zu erforschen. Maharishi hatte gesagt, dass wir nicht in den Zellen schlafen sollten, aber der Grund für diese Anweisung war mir entfallen. Vielleicht hatte er ihn auch nicht genannt. Maharishis Anweisungen wurden nicht begründet. Vor mir der lauernde Tiger, hinter mir Maharishis Verbot, das ich nicht verstand. Vor mir eine möglicherweise lebendige Gefahr, hinter mir eine unbekannte Gefahr. Ich schaute zurück in die leere, aber immerhin beleuchtete Halle, schaute wieder hinaus in die undurchdringliche, stille Dunkelheit. Der Sprung eines leibhaftigen Tigers aus dem Hinterhalt schreckte mich dann doch mehr als alles, was mir in einer einsamen Nacht in meiner Zelle begegnen könnte. Was sollte denn schon Großartiges passieren? Nach einer Nacht ohne geputzte Zähne würde ich nicht gleich ein Gebiss brauchen. Ich drehte um, überquerte den freien Platz vor der Bühne, begegnete kurz dem Blick Guru Devas, der mich stoisch verfolgte, betrat den schmalen Gang, der zu den Zellen führte, und schlupfte nach ein paar Metern unter dem Vorhang hindurch in meine mit Decken und Kissen ausgepolsterte Meditationshöhle.

Hier fühlte ich mich zu Hause. Diese Zelle gehörte inzwischen zu mir, wie der Panzer zu einer Schildkröte. Ab und zu kroch ich heraus, schnupperte etwas Luft, aß, verrichtete meine Notdurft, machte Yoga Asanas, und dann zog ich mich wieder in meinen Panzer zurück. Vielleicht rührte dieses Gefühl auch daher, dass auf diesem Kurs niemand sonst diese Zelle betreten hatte. Noch nicht einmal Constanze. Sie gehörte mir so absolut ganz allein, wie mir bisher in meinem Leben noch nie etwas ganz allein gehört hatte. Zu Hause waren viele Menschen in meinem Kinderzimmer ein- und ausgegangen; meine Mutter, die Putzfrau, meine Brüder, Freunde, Klassenkameraden. In Afrika war mein Zimmer Teil einer WG gewesen und wurde als solches immer vom Leben im Haus in Mitleidenschaft gezogen. Aber diese Zelle bedeutete mir ein paar Quadratmeter Geborgenheit in einer Welt, die mir unlösbare Rätsel aufgegeben hatte. Hier roch es nur nach mir und nach Sandelholz. Hier musste ich nichts verbergen, hier brauchte ich keine Rollen zu spielen. Hier war ich allein mit mir. Die Wolldecken kannten meinen Körper, die Kissen meine Träume, die Wände meine Fragen, das Fenster meine Sehnsucht. Ich legte mich hin, deckte mich zu und fiel augenblicklich in einen traumlosen, tiefen Schlaf.

Ich wachte davon auf, dass ich hoch oben unter der Decke schwebte und auf mich herunterblickte. Ich sah meinen Körper dort unten am Boden liegen. Er lag auf der linken Seite, die Beine leicht angezogen, der Rücken etwas gekrümmt, die Hände ruhten übereinander neben meinem leicht geneigten Kopf. So lag ich dort und rührte mich nicht. *Anything can happen during longtime meditations.* Aber das ging zu weit! Ich reagierte schlagartig: Zurück! Zurück! Zurück! Aber wie? Keine Ahnung! Gellend stumme Schreie, kreischend stilles Entsetzen, körperloses Herumgefuchtel, ich schlug mit nichts ins Nichts, konnte nichts fassen, nichts begreifen, nichts bewirken – zurück! Zurück! Zurück! Panik schleuderte mich in die Bewusstlosigkeit des Tiefschlafes.

Als ich erwachte, lag ich am Boden, auf der linken Seite, die Beine leicht angezogen, der Rücken etwas gekrümmt, die Hände ruhten übereinander neben meinem leicht geneigten Kopf. Ich lebte noch und wusste: Das war kein Traum gewesen. In Träumen sehe ich mich nie, noch nicht einmal im Spiegel. Mein Traum-Ich ist der Traumwirklichkeit genauso verhaftet wie mein Wach-Ich der so genannten Realität. Es wandelt durch den Traum, sieht, hört, fühlt, handelt genau wie das Wach-Ich in seiner Wirklichkeit. Es erinnert sich weniger an das Wach-Ich als das Wach-Ich an die Traumrealität, aber durch eine vage Erinnerung an ein andere Sphäre wunderte es sich manchmal darüber, dass es fliegen kann, dass die Raum-Zeit-Kontinuität anderen Gesetzen gehorcht, dass es Verstorbenen begegnet. Aber noch nie war ich im Traum aus meinem Körper geschlüpft, um ihn von außen zu betrachten, noch dazu in einem Zustand, der nicht der Traumwirklichkeit sondern jener anderen Realität angehörte, der wir im Traum entrinnen – und diese Realität war, dass ich auf der Seite lag und schlief. Nein, dieser kurze Ausflug an die Decke war kein Traum gewesen. „Es war einmal ein Chinese, der träumte, er sei ein Schmetterling. Doch dann wusste er nicht mehr, ob er ein Chinese war, der träumte, er sei ein Schmetterling, oder ein Schmetterling, der träumte, er sei ein Chinese."[18] Oben an der Decke war ich weder Chinese noch Schmetterling gewesen. Dort hatte ich einer dritten Sphäre angehört. Hellwach hatte mich die Panik gepackt, als ich mich plötzlich getrennt von meinem Körper, getrennt von Wach-, Schlaf- und Traumbewusstsein erlebte. Keinen Moment konnte ich diesen Zustand ruhig erleben, zu erschreckend war diese körperlose Wahrheit. Hätte ich mich doch wenigstens ein bisschen umgesehen! Wer weiß, was alles möglich gewesen wäre.

---

18 Metapher des taoistischen Philosophen Chuang-Tzu

Sie wälzt sich von einer Seite zur anderen. Sie ist müde. Seit ihre Mutter gestorben ist, kann sie nur schwer einschlafen. Als sie die Wohnung in Hamburg auflöste, hatte sie nur vor dem Fernseher einschlafen können. Das seichte Geplätscher lenkte ihre Gedanken von der leeren Wohnung und den Erinnerungen ab, die sie aus allen Ecken ansprangen. Als sie wieder zu Hause war, hatte sie eine Zeitlang Schlaftabletten genommen, aber dann war sie wieder dazu übergegangen, vor dem Fernseher einzuschlafen und sich irgendwann in der Nacht im Halbschlaf ins Bett zu schleppen. Seit sie Qi Gong macht, kann sie das offene, weite Land der Gedanken und Gefühle kurz vor dem Einschlafen wieder besser ertragen, manchmal sogar genießen, aber manchmal hilft alles nichts.

Sie steht auf, nimmt ihr Bettzeug und geht hinunter auf die Couch. Sie versucht ein Sudoku zu lösen, ist aber zu müde. Sie beginnt zu lesen, aber nach einer Weile verschwimmen die Buchstaben vor ihren Augen. Sie zappt im Fernseher herum, sucht nach einem seichten Krimi. Im ZDF bringen sie „Die Klavierspielerin". Oscar und Nobelpreis hin und her: Das kann sie jetzt gar nicht gebrauchen. Sie steht auf und trinkt ein Glas Wasser. Sie legt sich wieder hin, löscht das Licht, wendet sich nach rechts, nach links und wieder nach rechts. Das Sofa ist zu weich. Sie legt sich auf den Rücken. Morgen wird ihr alles wehtun. Das Zimmer ist hell. Es ist Vollmond.

V

Ich konnte nicht lange geschlafen haben. Es war immer noch stockfinster, das Rechteck meines Zellenfensters wurde vom Dunkel verschluckt. Benommen stand ich auf und tastete mich zur kleinen Nische neben der Tür, fingerte nach den Streichhölzern und entzündete eine Kerze. Ihr Lichtkranz stand völlig still, als hätten meine Hände, die das Streichholz anrissen, nicht den geringsten Luftzug erzeugt, als wenn der Hauch, der sie in flackernde Bewegung versetzen könnte, noch nicht geboren worden wäre. Das Licht stand wie gemalt, als hätte ich aufgehört zu atmen, aber wenn ich tatsächlich noch geatmet haben sollte, dann hielt ich jetzt mit Sicherheit den Atem an: Noch nie hatte ich eine Kerze mit einem so weichen, goldenen, alles durchstrahlenden Glanz gesehen. Die kitschigen Farben auf den indischen Heiligenbildern, das Geflimmer der Opferkerzen in katholischen Kirchen, der schönste Weihnachtsbaum, den ich mir in Erinnerung rufen konnte, all das war nichts gegen das Licht dieser einzelnen Kerze in einem schmucklosen Loch in meiner Zellenwand.

Staunend stand ich vor ihrer Wärme, ihrer Klarheit, ihrer unendlich fein abgestuften Aura, die nicht nur Licht spendete, sondern zusätzlich von einem inneren Licht erleuchtet und überhöht zu werden schien. Zerbrechlich zart vibrierte sie, in sich voll Leben und unzerstörbarer Kraft. Verzaubert stand ich regungslos wie die Flamme selbst. Dann griff ich mit traumwandlerischer Sicherheit nach dem Orange der Kapuzinerkresse, die ich in einem anderen Leben gepflückt, in einem Wasserglas dekoriert und in die Nische gestellt hatte. So wie mein Körper gewusst hatte, welche Yogapositionen die richtigen für ihn waren, schienen meine Hände jetzt zu wissen, was sie zu tun hatten. Sie streuten keine Blumen, sie spielten nicht herum. Ruhig und gezielt suchten sie einige der leuchtenden Blüten aus. Unter der plötzlichen Bewegung schaukelten sie wie leuchtende Schmetterlinge auf ihren zarten, zerbrechlichen Stängeln. Dann legten meine Hände sie präzise und ohne Zögern an einen offensichtlich ganz bestimmten Platz vor dem stillen Leuchten der Kerze.

Auf diese Weise entstand ein Muster. Meine Hände rückten hier und da eine Blüte zurecht und beschlossen irgendwann, dass ihr Werk vollendet war. Ich betrachtete das Werk und bemerkte, dass von dem, was jetzt dort lag, eine unerwartete Kraft ausging. Ich spürte eine fremde Gegenwart, die ich weder erfassen noch benennen konnte, so als wenn man ein Haus betritt und spürt, dass jemand da ist. Die Gegenstände sind weniger tot, die Stille ist belebt und scheint zu vibrieren, die Atmosphäre ist erfüllt mit der Energie des anderen Menschen, auch wenn dieser sich noch verbirgt. *During long meditation* – ich verharrte – *anything* – und dann – *can happen* – wusste ich genau, was ich zu tun hatte. Ich suchte in meinem Beutel, der in einer Ecke lag, nach dem Geldschein mit den Reiskörnern, die mir ein hoffender und gläubiger Mensch in Delhi zugesteckt hatte. Das damalige Erlebnis war mir in der Zwischenzeit völlig entfallen. Die neuen Eindrücke hatten es völlig überlagert. Nie mehr hatte ich einen Gedanken daran verschwendet. Dabei hatte ich die ganze Zeit den Geldschein und die Reiskörner mit mir herumgetragen. Jetzt neigte ich mich vor dieser fremden Anwesenheit und vollzog zum ersten Mal in meinem Leben ein rituelles Opfer. Ich legte den Geldschein in den Blumenkranz und streute den Reis darüber. Dann legten sich meine Hände vor meiner Brust zu einer anbetenden Gebärde zusammen. Ich war sicher, die richtige Adresse für das Geld und die Reiskörner gefunden zu haben. Jai Guru Dev! Wer weiß, welcher Wunsch dadurch in Erfüllung gegangen ist. Ich verweilte, weiß nicht wie lang, versunken, selbstvergessen, traumverloren.

Wie die Kerze, erlosch auch irgendwann die fremde Anwesenheit. Ich war definitiv wieder allein. Ich glaubte – und glaube auch heute noch – nicht an Geister, aber in dieser Nische hatte sich eine Kraft geballt, die so wirklich war, dass ich sie nicht hatte leugnen können.

Was ich gefühlt hatte, ist vielleicht jener Überraschung vergleichbar, die einen zum Innehalten zwingt, wenn sich bei einem Waldspaziergang abseits aller Wege unvermutet eine stille Waldlichtung vor Einem öffnet. Man steht einer Welt gegenüber, die bis zu diesem Augenblick in selbstvergessener, weltfremder Harmonie vor sich hingeträumt hat. Alles scheint zu lauschen und wachsam jede fremde Regung wahrzunehmen, um sie verzaubernd in Bann zu schlagen.

Ich entzündete eine neue Kerze, die denselben Glanz ausstrahlte wie die erste, aber ich geriet nicht mehr in dieselbe tiefe Verzückung, betrachtete das Licht, als würden ab jetzt sofort alle Kerzen nur noch so aussehen – wie schnell man sich gewöhnt! Neu war, dass ich plötzlich meine Spucke nicht mehr herunterschlucken konnte. Mein Speichel schien giftig geworden zu sein. Er widerte mich an wie Affenhirn oder gekochte Ochsenaugen oder Frösche am Spieß. Zwanghaft spuckte ich zunächst in ein Glas, dann in ein Taschentuch, schließlich in ein Handtuch, doch auch das war bald durchnässt. Noch nie war mir bewusst geworden, wie viel Speichel sich jeden Tag in meinem Mund ansammelte. Dabei nahm der Speichelfluss kontinuierlich zu. Ich sabberte, was das Zeug hielt, spuckte ohne Ende. Mein Körper schied durch meinen Mund offensichtlich irgendetwas aus, was absolut ungenießbar war. Leber und Niere genügten offenbar nicht mehr, arbeiteten zu langsam oder hatten sich Urlaub genommen. Ich legte mich hin, aber die Spuckerei dauerte an, und allmählich machte ich Pferden Konkurrenz. An Schlaf war nicht mehr zu denken, an Meditation schon gar nicht und Kaugummiyoga hatte aufgehört. Wenigstens war ich beschäftigt: Ich musste ständig nach neuen Tüchern suchen. Als keine mehr da waren, griff ich nach einem T-Shirt und nach einer Hose, die ich zum Wechseln dabei hatte, dann zu meinem Baumwollbeutel und als auch der nass war, ließ ich den ganzen Schlatz einfach in mein Kopfkissen sickern.

That's just stress, leaving your body.

Die zweite Kerze war lange verloschen. Ich lag elend in blinder Dunkelheit und war einem ungewollten, zähflüssigen Prozess ausgeliefert. Hilflos, machtlos, endlos sabbern. Irgendwann löste sich das Fenster kaum wahrnehmbar aus der Dunkelheit. Das verblassende schwarze Rechteck verwandelte sich langsam und stufenlos in einen silbergrauen und schließlich blassblauen Hoffnungsschimmer. Die Dämmerung ergoss sich erlösend auf die blaugrün wogende Welt meiner Zellenwände. Ich war wieder hier. Die Welt hatte mich wieder.

Um mich herum lagen vollgeschlatzte Handtücher und feuchte zerknüllte Kleidungsstücke. In der Nische ermattete das Muster der Kapuzinerkresse um den Geldschein und die verstreuten Reiskörner, daneben ein vollgespucktes Glas, dahinter der Kerzenleuchter mit einem Kranz aus geronnenen Wachstränen. Nichts erinnerte an das überirdische Licht. Abgesehen vom kurzen Tiefschlaf vor und nach meinem Ausflug an die Zimmerdecke, hatte ich die ganze Nacht durchwacht. Ich war schmutzig und angeschlagen, aber irgendwie dennoch hellwach. Yoga Asanas? Meditieren? Duschen? Frühstücken? Ich konnte noch immer nicht schlucken. Völlig ausgetrocknet fragte ich mich, woher mein Körper den ständig fließenden Speichel überhaupt nahm.

Bevor ich mich für irgendetwas entscheiden konnte, begann ich plötzlich tief einzuatmen, nein, mein Magen begann tief einzuatmen, pumpte sich voll Luft, rülpste sie dann wieder heraus, um sich erneut vollzupumpen. Ich konnte den Vorgang nicht stoppen, gerade, dass ich zwischen den einzelnen Etappen kurz nach Luft schnappen konnte. Ging es zehnmal, fünfzehnmal? Ich weiß es nicht. Dann hörte es auf und aus meiner Nase entleerte sich eine ungeahnte Menge an Schleim. Alles was an feuchten Tüchern um mich herumlag, musste noch mehr aufnehmen. Dann fing mein Magen wieder an, Luft einzupumpen und wieder auszurülpsen, und in der nächsten Pause rotzte die Nase wieder mein halbes Hirn aus. Ich hatte Angst, zu ersticken, weil ich kaum noch zum Luftholen kam. Ich hörte, wie die anderen wieder die Zellen bezogen. Ich rülpste wie ein Schwein, aber niemand schaute herein, niemand fragte, ob ich Hilfe bräuchte. Die Heftigkeit der körperlichen Reaktionen hatte mich längst aus den Tiefen des Ozeans gerissen. Ich war aufgetaucht, wurde von unbekannten Kräften geschüttelt und bekam Angst. Ich bekam immer weniger Luft, da mein Magen nicht aufhörte, Luft einzusaugen und meine Nase immer mehr Schleim produzierte: Panisch lief ich ins Freie, brach irgendwo zwischen Bäumen und Büschen zusammen, wälzte mich im Dreck, pumpte Luft in meinen Magen, rülpste und rotzte, bis mich jemand fand.

Einatmen -- ausatmen -- einatmen -- ausatmen -- einnnnnnnns -- zwwwwwwwei -- drrrrrrrrrei -- viiiiiiiiiiier -- Schritt nach links in die Grätsche, gleichzeitig Arme in die Waagerechte heben, Handflächen nach hinten drehen und Kopf nach links wenden, währenddessen langsam einatmen – alle Bewegungen gleichzeitig beginnen und gleichzeitig abschließen – Hände nach vorne drehen und die Arme waagerecht zu einem großen Kreis führen, als hielte man einen Wasserball in den Armen, die Hände beenden die Bewegung senkrecht hintereinander ohne sich zu berühren, die linke Hand innen, gleichzeitig den Kopf wieder nach vorne wenden, ausatmen – die Innenfläche der linken Hand der Innenfläche der rechten Hand zuwenden, dabei den Kopf nach links wenden, einatmen – Kopf nach vorne wenden, linke Hand zurückdrehen, Arme seitlich senken, Gewicht verlagern und linken Fuß anstellen, ausatmen – dasselbe spiegelgleich nach rechts ... einatmen -- ausatmen -- einatmen -- ausatmen -- von Neuem beginnen ... sie überlässt sich ganz dem langsamen Rhythmus der fließenden Bewegungen und des begleitenden Atems. Da ist sie, die Kraft, diese vertraute Kraft, die die Initiative ganz selbstverständlich übernimmt. Sie braucht nichts zu tun. Sie schaut zu, wie diese Kraft ihre Arme hebt und senkt, wie sie ihre Wirbelsäule aufrichtet, die Schultern entspannt und den Kopf nach links und rechts wendet. Die Halsschmerzen lassen nach. Ihr Kopf wird leicht. Gedanken nur in weiter Ferne. Nichts ist mehr wichtig außer dieser Bewegung, außer dieser Kraft. Zunächst wagt sie ihren Qi-Gong-Lehrer nicht zu fragen, ob es normal ist, dass die Bewegungen von alleine geschehen. Dann fasst sie sich ein Herz und beschreibt während einer Unterrichtsstunde das Phänomen. „Oh, das kenne ich auch", sagt er. „Hat sonst irgendwer das Gefühl, dass die Bewegungen automatisch gehen?" Nein, es hat niemand das Gefühl, aber es scheint dennoch nichts Außergewöhnliches zu sein. Es ist etwas, das Jedem zu jeder Zeit passieren kann. Wu Wei nennen es die Chinesen, liest sie später in einem Buch über Qi Gong. „Beim Nichtstun bleibt nichts ungetan", sagt Laotse. Wie einfach. Wie erlösend. Wie normal.

VI

Sie brachten mich ins Haus von Maharishi. Ich weiß nicht, wer diese Frauen waren. Bis dahin hatte ich nicht registriert, dass es Kursteilnehmer gab, die keine Kursteilnehmer waren, sondern zum Kurspersonal gehörten. Was sie genau taten, war mir bis zum Schluss nicht klar. Wahrscheinlich hatten sie die Anmeldungen gesichtet, sie Maharishi vorgelegt und die Antworten verfasst. Irgendjemand musste sich ja auch um die Organisation des Ashrams kümmern, um die Verbuchung der Kursgelder, um die Bezahlung der Lebensmittel. Jemand musste das Reinigungspersonal und die Arbeiter bezahlen, die jeden Tag am Ashram weiterbauten und auf Maharishis Geheiß Bachbetten anlegten, deren Verlauf am nächsten Tag wieder verworfen wurde. Nie hatte ich mir Gedanken über die Organisation gemacht, die hinter dem Ganzen stand.

Jetzt hatten mich zwei dieser Helferinnen aufgesammelt und zu Maharishis Haus gebracht. Es war ein flacher Bungalow, der abseits von allen anderen Häusern stand. Eine breite Treppe führte mit wenigen Stufen hinauf in den Empfangsraum, der vielleicht zwölf Quadratmeter hatte. Wie der Speisesaal war auch Maharishis Haus mit Glasfenstern ausgestattet. Bis auf einen mit weißer Seide verhängten Sessel auf der einen Längsseite war der Raum leer. Ein roter Teppich bedeckte den Boden. Dort legte ich mich hin. Maharishi war nicht da. Aber ungefähr fünf Frauen saßen am Rand des Raumes und hielten Wache. Sie taten nichts mit mir, sagten nichts, berührten mich nicht, sondern ließen mich „unstressen", signalisierten mit ihrer Gegenwart nur, dass alles in Ordnung war.

Das Pumpen, Rülpsen und Rotzen hatte aufgehört. Jetzt wälzte ich mich wieder ohne Punkt und Komma im Kaugummiyoga durch den ganzen Raum. Das kannte ich ja schon, das schreckte mich nicht mehr wirklich, aber es faszinierte mich auch nicht mehr. Ich ließ es einfach über mich ergehen, nahm es hin, wie man sonst den eigenen Atem hinnimmt, wie man hinnimmt, dass man Wasser lassen und den Darm entleeren muss. Was soll man dagegen tun? Nichts. Man kann es nur geschehen lassen. Es ist etwas, was der Körper tut und fertig. Jemand bot mir Wasser an, das ich gerne trank. Irgendwann hörte ich Maharishi im Nebenzimmer lachen. Er hatte Besuch. Wenn sogar *er* lachte, war wirklich alles in Ordnung. *Nothing to worry about, just unstressing.* Irgendwann würde es vorbei sein. Und es war auch irgendwann vorbei. Irgendwann lag ich ganz ruhig auf dem Rücken. Meine Augen waren geschlossen, mein Hirn war leer, meine Seele gefühllos. Ich war einfach geistig, seelisch und körperlich ausgepumpt, total fertig und doch nicht kaputt, wie ein Lappen, den man versehentlich immer wieder gewaschen, gespült und mit 1.000 Touren geschleudert hatte, und der nun endlich zum Trocknen ausgebreitet worden war.

So lag ich da und genoss die Stille, bis sich ungehemmte Schreie aus mir lösten. HORST, HORST und immer wieder HOOOOORST! War das ich? Dieses schreiende Etwas? Ich hatte doch immer alles heroisch ertragen, hatte gedacht, ich werde schon mit allem fertig. Ich schaff' das schon. Reine Liebe ist halt reine Liebe. „Sie fordert nichts, sie trägt nichts nach, die Liebe höret nimmer auf"[19] – und jetzt diese Brüllerei? Der Schmerz war unmenschlich, brutal, unerträglich, ich kreischte ihn wie eine Gebärende heraus. HOOORST! Wie jemand, der in höchster Not nach seinem Retter schreit. Und der Schrei kam direkt aus dem Schmerzpunkt zwischen meinen Brüsten. Er vibrierte heiß und katapultierte den Schmerz in meine Kehle, wo sich der Schrei löste, und weiter in meinen Mund, der den Namen Horst formte. Um mich herum rührte sich niemand. Niemand kam zu mir, niemand streichelte mich, niemand nahm mich tröstend in die Arme und niemand verabreichte mir Valium oder sonst ein Psychopharmakon. Im Nebenraum lachte Maharishi. Es war paradox: Aber dass sich niemand um mich kümmerte, bestätigte mir ein zweites Mal, dass alles ganz normal sei, dass ich keine Hilfe brauchte, dass alles wieder gut werden würde. Mir ging es ähnlich wie einem kleinen Kind, das hingefallen ist und sich wehgetan hat, aber nicht ernsthaft verletzt ist. Es taxiert genau den Gesichtsausdruck seiner Mutter, um herauszufinden, ob es schreien soll. Schaut sie besorgt und bekümmert, fängt es an zu brüllen; lacht sie, verwandelt sich der zum Weinen bereite Gesichtsausdruck in ein Lachen. Genauso taxierte ich die Reaktion der Menschen in meiner Umgebung. Ich bildete mir ein, dass ich mir keine Sorgen um meine geistige Gesundheit machen müsste, solange sie sich nicht rührten.

Meine Schreie nach Horst erstarben. Als nächstes löste sich ein NEIN aus mir, das ich selber nicht verstand und immer noch nicht verstehe. Immer wieder NEIN, NEIN, NEIN, NEIN, N--E--I--N--!!! So lange, bis meine geschüttelte Seele fand, dass es genug sei. Ich lag wieder still, wie ein Schlachtopfer, wie ein Patient vor einer Herzoperation mit einer Wurschtigkeitsspritze im Leib. Was soll's? Maharishi hatte Besuch und kicherte vor sich hin, niemand kümmerte sich darum, dass ich hier wie abgestochen herumbrüllte. So what? Unstressing, heftiges Unstressing, es wird schon wieder werden.

Dann schrie ich nach Gott, schrie aus meiner tiefsten Verzweiflung, aus den Abgründen der Hölle nach Gott. Nie war mir diese tiefe Sehnsucht bewusst geworden. Ich war doch immer recht weltlich gewesen, ja, mit einer Neugierde auf Überweltliches, aber nicht nach Gott. Aber hier lag ich, und aus dem Schmerzpunkt zwischen meinen Brüsten löste sich eine Sehnsucht, so schmerzvoll, so unendlich, so unbeantwortet, so unerfüllbar, dass ich es selbst nicht fassen konnte. Das war ich? Das kam aus mir? So wenig hatte ich mich gekannt?

In den sechziger Jahren gab es einmal ein Drogen-Entzugsprogramm mit dem Namen „Daytime". Wer hinein wollte, musste eine Jury davon überzeugen, dass es ihm wirklich ernst war, mit Drogen aufzuhören. In der Dokumentation,

---

19 Das Hohelied der Liebe , 1. Korinther, 13

die ich im Fernsehen gesehen hatte, begann der Süchtige damit, ganz einfach zu sagen: „Ich will aufhören. Ich will bei Daytime mitmachen." Die Jury sagte, dass sie das nicht überzeugt. Der Süchtige wurde lauter, bettelnder, verzweifelter, aber nichts schien die Jury zu überzeugen. Schließlich brach er schluchzend zusammen und konnte nur noch stammeln, dass er nichts mehr mit Drogen zu tun haben wolle. Er wurde aufgenommen. Er hatte es geschafft, mit seiner tiefsten Not Kontakt aufzunehmen und sie glaubhaft auszudrücken.

Ich hatte offenbar auch Kontakt mit einer Not aufgenommen, von der ich vorher keine Ahnung gehabt hatte. Meine Seele kreischte ihre tiefste Sehnsucht ohne Rücksicht auf irgendwen oder irgendwas heraus. Anders als der Süchtige hatte sie dabei noch nicht einmal ein Ziel. Sie wollte nichts erreichen. Das Unterfangen war so unendlich hoffnungslos, dass sie gar nicht daran glauben konnte, sie könnte irgend einen gnädigen Gott erreichen, und dennoch schrie sie hemmungslos nach ihm, immer wieder, immer wieder und gab so ihrer Verlorenheit den einzigen ihr möglichen Ausdruck.

Danach trat wieder Stille ein, eine tiefe Stille, eine noch tiefere Stille als vorher. Ich atmete aus, ich atmete tief aus, ich atmete immer tiefer aus, tiefer, als ich es je für möglich gehalten hätte, und schließlich wusste ich, dass ich dabei war, zu sterben. Der Atem, der mich verließ, war jedes Mal ein bisschen tiefer als der Atem, den ich schöpfte. Ich hatte keine Angst, dachte nur „du stirbst", dachte nicht, was das für meine Eltern bedeuten würde, was das für mich bedeuten würde, fragte mich nicht, warum denn jetzt niemand kam, um mich zu schütteln und von der Schwelle des Todes zurückzuholen, ich dachte gar nichts, stellte nur ganz lapidar fest: „Du stirbst."

Mein Atem verließ mich, wie das Meer den Strand verlässt, wenn der Mond es fortzieht. Mit jeder Welle gibt das Meer ein weiteres kleines Stück Land der Sonne preis. Genauso atmete ich immer tiefer aus, immer tiefer, bis ich plötzlich wusste: Jetzt atmest du zum letzten Mal in deinem Leben aus. Eine letzte, sich zurückziehende Welle versandete im Meeressand zu einer ewigen Ebbe. Niemals wieder würde ich diesen Kick verspüren, der das Zwerchfell zwingt, sich zu senken und Luft in die Lungen zu saugen. Es war vorbei. Stattdessen begann sich ein modriger Gestank in meinen Lungen auszubreiten.

Aufmerksam, ja fasziniert verfolgte ich dieses Phänomen, als Maharishi plötzlich den Raum betrat. Zu meiner Überraschung fand ich mich augenblicklich zusammengekauert, mit dem Kopf den Boden berührend, zu seinen Füßen wieder, zu den Füßen meines Meisters. Mit welchen Sinnen hatte ich seine Gegenwart gespürt? Gerade eben war ich doch noch für diese Welt verloren gewesen, hatte atemlos mein letztes Verhauchen beobachtet. Jetzt kauerte ich in einer für mich absolut ungewohnten, nie in Erwägung gezogenen Demutshaltung vor einem Mann, den ich eigentlich immer noch nicht kannte. Das war so übergangslos und still geschehen, als hätte jemand die Seite eines Buches umgeschlagen. Ich kann noch nicht einmal sagen, dass ich es hatte geschehen lassen, so wie ich das Kaugummiyoga hatte geschehen lassen. Nein, diese Geste tiefer Verehrung hatte sich einfach vollzogen, von alleine, ohne zu fragen, ohne eine spezielle Demut, ohne ein Gefühl der Hingabe, der Liebe und eigentlich auch ohne jeglichen Respekt. Das heißt nicht, dass ich mich respektlos fühlte. Ich fühlte gar nichts. Es war so geschehen, weil es offensichtlich so zu sein hatte. Es war genauso natürlich passiert, wie sich am Abend unsere Augen schließen. Aber indem mich mein Körper mit seiner Demutshaltung ganz selbstverständlich zum Nichts erklärte, offenbarte er mir die Wahrheit über Maharishi: Er war kein „normaler Mensch", er war ein Guru, ein Heiliger, dem ich in diesem Augenblick nur so und nicht anders begegnen konnte. Alles andere wäre nicht nur verfehlt und unangemessen gewesen, sondern es hätte ein schlichtes Naturgesetz verbogen.

So wie sich ein stilles Wasser unter dem leisesten Windhauch kräuselt, hatte mein Körper Maharishis Gegenwart erspürt und unverfälscht reagiert. Kein Intellekt erhob Einspruch, kein Gefühl der Erniedrigung schielte um die Ecke, nur ein roter Sari, der in einer anderen Zeit vor Maharishi zu Boden gesunken war, streifte meine Gedanken.

Maharishis plötzliches Erscheinen hatte meinen Körper zur Besinnung gebracht, hatte ihn wieder das Atmen gelehrt, hatte ihn vor einem letzten unwiderruflichen Schritt über die Todesschwelle bewahrt. Was wäre gewesen, wenn er nicht hereingekommen wäre? Warum kam er genau in diesem Augenblick? Konnte er im Nebenzimmer erahnen, an welcher Schwelle ich stand? Oder kam er nur herein, weil seine Gäste just ein paar Augenblicke vorher gegangen waren? So viele Fragen, von denen ich nur die letzte mit einem eindeutigen NEIN beantworten konnte. Ich habe noch nie an Zufälle geglaubt, habe es immer als mangelndes Verständnis der Gesamtzusammenhänge angesehen, wenn wir ein Ereignis als Zufall einstufen, aber angenommen, ich hätte bis dahin an Zufälle geglaubt, dann hätte dieses Ereignis meinen Glauben nachhaltig erschüttert.

"What happened?" Ich sagte, dass ich in der Zelle übernachtet hatte. Aber als ich Luft holte, um mich mit meinem Horrortrip wichtig zu machen, warf Maharishi den anderen, die im Raum saßen, einen fragenden, fast vorwurfsvollen Blick zu: *"But I had told you, that no one should sleep there!"* Fast hatte es den Anschein, als wäre es ihre Aufgabe gewesen, jeden Abend zu kontrollieren, ob auch wirklich alle Zelleninsassen ausgeflogen waren. *"Wrap her in blankets, take care, that she is going to eat something, and then bring her to the lecture."* Kein Wort mehr zu mir.

Die Frauen, alles Amerikanerinnen, die meisten in meinem Alter, alle mit langen Haaren und in Saris, brachten mich zum Speisehaus und taten, was Maharishi ihnen aufgetragen hatte. Ich kann mich an keine von ihnen erinnern, kann mir kein einziges Gesicht zurückrufen, keinen Blick, keine Geste, kein Wort, keinen einzigen Namen.

Ich weiß nur mit Sicherheit, dass sie mir keine Fragen gestellt haben. Wie Engel schwebten sie eine Weile um mich herum und waren dann genauso unauffällig, wie sie gekommen waren, wieder verschwunden. Ich habe mich später noch nicht einmal bei ihnen bedankt, weil ich gar nicht wusste, wer sie gewesen waren. Sie setzten mich in die erste Reihe in einen der bequemen Holzsessel und dann waren sie aus meinem Bewusstsein verschwunden. Ich sah nicht nach rechts und nicht nach links. Meine Sinne waren wie eine riesige hochsensible Satellitenschüssel auf einen einzigen Menschen ausgerichtet: auf Maharishi.

Maharishi kam in die Halle und ging durch die obligatorische Gasse von Blumenspendern. Als er die Bühne betrat, erklang das übliche Geraschel aufstehender Menschen. Wie immer legte er die Blumen unter das Bild von Guru Dev, verneigte sich, wandte sich uns zu, legte die Hände zum Gruß zusammen, ging zu seinem Sessel und setzte sich im Lotussitz auf sein Ziegenfell. Auch wir setzten uns wieder und warteten darauf, dass er die Lecture eröffnen würde.

"Now," – er schaute sich lange um – *"who was in heaven today?"* Viele Arme gingen hoch. – Pause – *"And who was in hell today?"*, ebenso viele Arme gingen hoch. Maharishi breitete seine Arme aus, wandte sich mir zu, sah mich an, hob seine Augenbrauen und lächelte, als wollte er sagen: „Siehst du? Was Du erlebt hast, war nichts, gar nichts, es war bedeutungslos, es war eine Schimäre, eine Halluzination, ein Nichts, wie es viele andere auch erleben. *Forget about it.*" In diesem Lächeln, in diesem Blickkontakt schmolz der Dorn zwischen meinen Brüsten und löste sich in Liebe auf – in Liebe zu diesem Mann? In Liebe von Maharishi zu mir? In Liebe, wie sie normalerweise zwischen allen Menschen hin und her schwingen sollte? In Liebe zu Gott? In Liebe zum Universum? Ich weiß es nicht.

Der Schmerz loderte, wie eine Sternschnuppe, ein letztes Mal auf, verglühte, verging und verschwand spurlos, als hätte es ihn nie gegeben. Es war, als hätte eine Frage ihre erschöpfende Antwort gefunden, ein brennendes Bedürfnis seine tiefste Befriedigung, es war, als würde sich ein Wassertropfen nach einem langen, beschwerlichen Weg über Katarakte, Wildbäche, Stromschnellen, stagnierende Nebenarme und stille Ufer endlich im Meer verlieren.

Heute Nachmittag würde sie zu ihrer Tochter gehen. Sie hatte Freunde eingeladen und gemeinsam würden sie sich nach dem Kaffee einen Film über Schamanen ansehen. Sie lacht. Ist das alles, was geblieben ist? Ein nicht verlöschendes Interesse an Wegen, die ins Übersinnliche führen?

Sie ist im Kreis gegangen. So hatte es angefangen und so würde es aufhören. Die Hoffnung, dass sich die Tür zur Ewigkeit noch einmal für sie öffnen würde, hat sie so gut wie aufgegeben. Alle anderen Hoffnungen hat sie mit mehr oder weniger Bedauern schon lange über Bord geworfen. Sie weiß, dass es sich nicht gelohnt hätte, für sie zu kämpfen. Sie ist zu einem durch und durch hoffnungslosen Fall geworden. Das hat auch etwas Erlösendes.

Keine Hoffnung – kein Stress – keine Erfüllung – keine Enttäuschung.

Abschied von Rishikesh

I

Damals in Rishikesh glaubte ich fest daran, dass es ein philosophisches System gäbe, das vom Mikrokosmos bis zur entferntesten Galaxie alles beschreiben, alles erklären kann, und ich glaubte noch fester daran, dass die Lösung der letzten Schöpfungsrätsel sich jedem Menschen durch Meditation offenbaren würde, sich ihm mit absoluter Sicherheit so tiefgreifend offenbaren würde, dass alle Fragen sich wie Salz im Meer auflösen müssten – und um ehrlich zu sein, glaube ich das heute noch. Die einzige Voraussetzung war, dass man lange genug und ausdauernd genug und konsequent genug meditierte.

Jetzt trieb mein geistiges Schiff in ruhigeren Gewässern dahin, in verwunschenen Seitenarmen, weitab vom Mainstream. Ich schaukelte über seichtes Wasser und war froh, dass es so war. Noch ein waghalsiges Rafting über Stromschnellen und Wasserfälle, die in schwindelerregende Tiefen stürzen, hätte ich vielleicht tatsächlich nicht überlebt.

Es hatte sich herumgesprochen, dass es mir schlecht gegangen war. Ich merkte es an den Blicken, die zeitweilig an mir hängenblieben, aber niemand fragte mich nach Details, so wie auch ich niemanden fragte, wie es ihm ergangen sei. Wir alle wussten, dass all diese Phänomene völlig unbedeutend waren, dass sie nichts als Träume waren. Jeder träumte seine eigenen Alp- und Wunschträume, und alle waren sie gleich unwichtig. Keiner dieser Träume war es wert, analysiert zu werden. Die bloße Tatsache, dass wir sie träumten, bedeutete die Loslösung von ihren Inhalten. *"They go as they come."* Sie verlassen uns schon, wenn sie kommen, sie verlassen uns so ungefragt, wie sie gekommen sind und wir müssen sie nicht verstehen. Warum sollten wir einem ungebetenen Gast hinterherlaufen, um ihn zu fragen, was er eigentlich bei uns gewollt hatte?

Langsam rundeten wir wieder ab. In der Mitte des Tages entstand eine kurze freie Zeit, die wie das Licht am Ende eines langen Tunnels die Rückkehr aus der Unterwelt verhieß. Wir krochen aus unseren Zimmern und Zellen und aus den Fantasien, die unser Geist uns vorgegaukelt hatte. Ich genoss die Wärme der Sonne auf meiner Haut, das silbrige Glitzern des Ganges, und die leuchtende Farbigkeit des Tages pustete die letzten Spinnweben aus meinem Kopf. Rishikesh war immer noch auf der anderen Seite des heiligen Flusses, an dem immer noch die Sadhus saßen und meditierten, und immer noch dröhnte das indische Gedudel herüber, mittlerweile vertraut, aber für meine westlichen Ohren immer noch ein unentzifferbares, musikalisches Kauderwelsch. Hatte mich das tatsächlich irgendwann genervt?

Wir trafen uns beim Mittagessen, um wieder und wieder zu diskutieren, wie man nun tatsächlich am schnellsten das kosmische Bewusstsein erreichen könnte. Warum sollte man nicht einfach so lange meditieren, bis man den endgültigen Durchbruch erzielt hatte?! Maharishi sagte, wir müssten alle zurück in die Aktivität, zurück in das so genannte reale Leben, um unser Bewusstsein auszubleichen. Nur durch den immer neuen Vorgang des Bleichens würde irgendwann die Erfahrung des reinen Seins konstant bleiben. Aber reines Sein hatte ich noch nicht erlebt. Ich hatte Vieles erlebt, Vieles, was über die Wahrnehmungsmöglichkeiten unserer normalen Sinne hinausging, aber reines Sein, einen Zustand ohne jede Erfahrung, ohne Gedanken, einen Zustand absoluter Glückseligkeit? Nein. Ich fragte ältere Meditierende erstaunt, warum sie eigentlich noch versichert waren. Wenn man sich von der Kraft des Universums getragen weiß, wenn man sie jeden Tag in der Meditation erfährt, braucht man doch konsequenterweise keine Kranken-, Haftpflicht-, Unfall- oder Reisegepäckversicherung mehr. Aber merkwürdigerweise gab es niemanden, der dieser universalen Kraft so weit über den Weg getraut hätte, dass er auf die irdischen Versicherungsunternehmen verzichten wollte. Sicher ist sicher. Meine Mutter war aus demselben Grund nicht aus der Kirche ausgetreten. Die himmlische Versicherung war ihr genauso wichtig gewesen wie den Meditierenden die irdische. Und was tat ich? Ich sorgte ebenfalls weiterhin dafür, dass ich krankenversichert war.

Ob Maharishi versichert war? Dies war eine der vielen Fragen, die ich damals nicht stellte. Maharishi war für mich eine Quelle der Weisheit, aus der ich trank. Was immer er sagte – alles in mir stimmte zu. Seine Antworten waren so erschöpfend, dass sie meinen Intellekt erschöpften. Maharishi war ein Wissender. Dieser Mensch, dieser Heilige stand jenseits aller für uns Normalsterbliche geltenden Gesetze, wobei die Gesetze, nach denen sich sein Leben vollzog, sich weitgehend unserem Verständnis entzogen. Wir wussten nur – und das mit zweifelhaft unzweifelhafter Sicherheit –, dass alles, was Maharishi tat und sagte, richtig war. Er war *the embodiment of pure being*. „Mensch gewordener Gott?", zeterten meine christlichen Lockenwickler. Auch wenn ich das nicht ganz verstehen konnte, war es absolut beruhigend, daran zu glauben. Ein Mensch, auf den man sich verlassen konnte, auf den man sich völlig verlassen konnte. Mein Widerspruchsgeist hatte sich verflüchtigt.

Er wollte nichts für sich selbst, er hatte ja kein Ego mehr, er befand sich in ständigem Blissconsciousness, er brauchte nichts mehr. Von einem Journalisten befragt, was er mit dem vielen Geld machen würde, das er einnehme, hatte Maharishi lächelnd geantwortet: *"My dress has no pockets."* Nein, sein Dhoti aus weißer Seide hatte keine Taschen. Sein graues Schultertuch auch nicht. Aus Vogelflaum gesponnen, war es im wahrsten Sinne des Wortes federleicht und dennoch wärmend. Sein Wert entsprach angeblich dem eines Einfamilienhauses. Aber Maharishi fuhr keine 18 Rolls-Royce, mit denen Bhagavan ein paar Jahre später die Welt schockieren sollte. Ein Anhänger Bhagavans argumentierte mir gegenüber: „Wer sich von den Rolls-Royce abschrecken lässt, ist eben noch nicht reif für Bhagavans Lehren, für die Wahrheit, für die Erleuchtung. Die Autos sind eine Prüfung." So kann man es auch sehen.

Andererseits bemühen Menschen tatsächlich alle möglichen Argumente, um sich von der Suche nach der Wahrheit abzuhalten. Dazu bedarf es keiner zwölf Luxuskarossen. *"Your mind will do anything to escape."* Klar, unser denkender Geist wird ja nicht das Fußballfeld wegargumentieren, auf dem er sich so bravourös durchs Leben schlägt. Oder war die Argumentation von Maharishi nur ein hinterlistiger Trick, mit dem er unseren Widerspruchsgeist lahmlegen wollte? Diese Sichtweise könnte natürlich auch als ein letztes Aufbäumen unseres denkenden Geistes gedeutet werden, der genau mit dieser Argumentation sein kümmerliches Dasein retten will. Ich setzte für meinen Teil der Diskussion ein Ende, indem ich einfach an die Integrität Maharishis glaubte. Ich war überzeugt davon, dass er erleuchtet und im wahrsten Sinne selbstlos war.

Einzig Maharishis Bronchitis lösten zaghafte Zweifel aus, denn warum sollte jemand, der erleuchtet war, der nicht nur im Einklang mit der Urkraft der Natur lebte, sondern der ein ureigenster Ausdruck dieser Kraft war, an Bronchitis leiden? Die nicht ganz logische Antwort lautete: Kurz bevor jemand erleuchtet wird, stürzt sich alles schlechte Karma, das er angesammelt hat, auf ihn. So gesehen, war Maharishis Bronchitis geradezu ein Indiz für seinen erleuchteten Status. Wofür war die Bronchitis meines Vaters ein Indiz? Mein Intellekt knurrte auf, hatte aber vorübergehend seine Zähne verloren. Die Vorstellung, dass Maharishi einfach anders sei, ging so weit, dass ich mir kaum vorstellen konnte, dass er genauso wie wir seine Notdurft verrichten musste. Dass dem doch so war, erfuhr ich ein gutes Jahr später in Mallorca, wo mir ein Amerikaner, der Maharishis Räume pflegte, offenbarte, *"that he never swapps the toilet"*. Also galten auch in diesem Bereich seines Lebens andere Gesetze als für uns.

„Endlich habe ich wieder Zeit, mich zu frisieren und mich um meinen Körper zu kümmern", sagte eine Amerikanerin. Sie war Stewardess und gewohnt, sich von Kopf bis Fuß gepflegt zu präsentieren. Ich fühlte den Schmerzpunkt im Hals und wusste, dass er sich auch irgendwann auflösen würde, genau wie der Schmerzpunkt zwischen meinen Brüsten – nicht jetzt, nicht auf diesem Kurs, das wusste ich genauso sicher. Ich war zu erschöpft. Aber irgendwann.

Jetzt ordnete ich mich auch in die Blumengasse ein, in diese Gasse der Hoffnung, der Anbetung, der Enttäuschung, der Neugierde, der heimlichen Botschaften, die niemand verstand außer demjenigen, für den sie gedacht waren. Nicht alle hatten immer eine Blume dabei. Manche standen auch ohne Blumen einfach anbetend, grüßend, lächelnd in der Reihe, wenn Maharishi kam. Er ging langsam und aufrecht, ohne steif zu wirken. Er setzte ruhig und bedacht jeden Schritt. Meistens umspielte ein Lächeln seinen Mund, das aufblühte, wenn er jemanden direkt grüßte. Er war kleiner als die meisten von uns und während unsere Augen ihn suchten, ihn fast verschlangen, kannten seine Augen nur selten ein festes Ziel. Sie schauten hierhin und dahin, als suchten sie etwas, ohne etwas Bestimmtes zu wollen. Manchmal erfasste sein Blick verträumt die Blume, die ihm gereicht wurde, ohne auf den Spender zu achten, manchmal verweilte er auf einem Gesicht. Manchmal blieb Maharishi kurz bei jemandem stehen, sprach ihn oder sie an, wobei alle anderen sich wünschten, auch einmal, nur einmal in den Genuss einer solchen Zuwendung zu kommen. Doch wie so oft ging Maharishi still an ihnen vorbei, als seien sie gar nicht da. Es blieb die Hoffnung auf ein nächstes Mal. In den seltenen Momenten, in denen Maharishi jemandem eine Blume schenkte, ging ein Raunen durch die Gasse. Welch eine Auszeichnung!

Derselbe Journalist, der Maharishi fragte, warum die Menschen aufstünden, wenn er den Raum betrete, fragte ihn auch, warum man ihm Blumen schenke. Maharishi ignorierte die allgemeine Form der Frage und antwortete direkt auf die Blume bezogen, die der Journalist ihm kurz vorher, der Konvention folgend, überreicht hatte:

"I took it, because I thought, you enjoyed giving it to me."

Ein glucksendes Schmunzeln sprang wie ein heller Gebirgsbach durch den Saal. Unser Meister! Wie meisterhaft hatte er den Journalisten ausgetrickst! Und der arme Journalist: Was wusste er schon von der Intensität einer direkten Begegnung mit Maharishi? Was konnte er überhaupt von all dem begreifen, was da vor sich ging, wo er doch noch nicht einmal meditierte? Gar nichts! Maharishi beendete das Interview mit den Worten:

"Good luck to your readers!"

Und schon gluckste es wieder durch den Saal, was den Journalisten erneut zum Außenseiter abstempelte und unser Gefühl intensivierte, eine eingeschworene Gemeinschaft zu sein.

Maharishi hatte mein Herz erreicht, oder hatte sich mein Herz lediglich geöffnet? Nie gab er zu erkennen, dass irgendetwas Besonderes zwischen ihm und mir passiert war. Vielleicht war es auch nur für mich etwas Besonderes gewesen. Am Anfang des Kurses war die misslungene Kerzenmontage völlig unbeachtet geblieben und genauso unbeachtet blieben jetzt auch meine Erfahrungen, die in mir die tiefe Überzeugung untermauerten, dass ich mich auf dem richtigen Weg befand.

Die Lücke in der Mitte des Tages wurde größer. Vieles begann sich für mich zu verändern. Aus irgendeinem unerfindlichen Grund wurde ich ordentlich. Das war erstaunlich, denn in jedem meiner Schulzeugnisse hatte gestanden: „Ulrike ist unordentlich." Trotz Seufzer und Wehklagen meiner Mutter konnte ich einfach nichts daran ändern. Dieses Prädikat gehörte zu mir wie das undurchdringliche Unterholz zum tropischen Regenwald – es wucherte und wucherte ohne Ende. Ich weiß nicht, warum es mir nie gelungen war, meine Habseligkeiten in Ordnung zu halten, ganz unabhängig davon, ob es sich um meine Schulsachen, meine Garderobe oder meine Spielsachen gehandelt hatte. Ich war es von Kindesbeinen an gewohnt, dass alles, was in meine Finger gelangte, innerhalb kürzester Zeit in einem chaotischen Wirrwarr verschwand.

Auch die wenigen Habseligkeiten, die ich im Ashram in meinem Zimmer hatte, befanden sich zu jener Zeit in einer unglaublichen Unordnung. Ich hatte ja auch nie Zeit gehabt, mich um sie zu kümmern. Meine Punjabis hingen nachlässig hingeworfen über der Stuhllehne und dem Fußende des immer zerwühlten Bettes oder sie schauten verwurstelt aus meinem kleinen Koffer. Dieser stand nicht ordentlich unter dem Bett oder auf dem Stuhl, sondern schlug sich mit meinen verstreuten Schuhen, einem Beutel mit schmutziger Wäsche, meinem Kulturbeutel und einem Haufen von Kerzen und Zündholzschachteln um den unmöglichsten Platz im Zimmer.

Jetzt ordneten sich die Dinge plötzlich wie von der Zauberhand Mary Poppins'. Ich wusste, was wohin gehörte, und komischerweise erhob diesmal nicht ein einziges Stück in meinem Zimmer Einspruch. Innerhalb eines Tages war mein Zimmer zu einem kleinen, schlichten Schmuckkasterl geworden. Das grenzte für mich an ein Wunder. Meine geordnete Umgebung war mir fremd. Ich selber war mir irgendwie fremd. Als ich in mich ging, hatte ich alles Mögliche erwartet, aber nicht die Begegnung mit einer mir eigenen Ordnungsliebe. Leider hielt der Zustand nicht ewig, doch für die verbleibende Zeit im Ashram genoss ich die Struktur, in die sich meine Habseligkeiten willig und – wie es schien – auch gerne, wenn nicht sogar erleichtert fügten.

Aber nicht nur das war anders geworden. Einmal saß ich vor der Halle, ganz versunken in den Anblick einer Kapuzinerkresse. Ich hielt ihren zarten Stängel zwischen Daumen und Zeigefinger und versank im Orange ihres Blütenkelches, der von innen her zu leuchten begann, so wie die Kerze von innen her geleuchtet hatte. Ich wusste: Niemand sah dieses Orange jetzt so, wie ich es in diesem Augenblick erblickte. Wenn ich zu jemandem gesagt hätte: Schau, wie diese Blüte leuchtet, hätte er gemeint, ich würde mich für eine ganz normale Kapuzinerkresse begeistern. Nichts gegen Kapuzinerkresse – ich finde sie auch heute noch wunderschön, aber damals sah ich etwas durch sie hindurchschimmern, was sich dem so genannten normalen Blick entzieht, und während ich ganz in diesen Anblick versunken war, war es, als höbe sich plötzlich ein Vorhang. Dahinter sah ich wie aus dem Weltall auf die Erde hinab, auf der still, wie in Zeitlupe, Atombomben explodierten, mehrere hintereinander. Sie hatten nichts Entsetzliches an sich. Ich wusste, dass es das Ende der Menschheit bedeutete, aber dennoch schien selbst die zerstörerische Kraft der Atompilze letztendlich nichts anderes zu sein als der Ausdruck einer unendlicher Liebe, die eine göttliche Kraft über die von ihr geschaffenen Kreaturen ausschüttet. Bis heute hoffe ich, dass diese Vision keine Zukunftsvision war. Was immer es auch zu bedeuten hatte, in diesem einen Augenblick war mir klar, dass selbst der Tod, selbst ein grausamer Tod in seiner Essenz nichts Bösartiges, nichts Grausames ist, auch wenn er uns so erscheinen mag. Ein Psychotherapeut fand viele Jahre später einmal ein treffendes Bild für dieses Phänomen: Aus Gold kann man alles Mögliche formen: ein lachendes Gesicht, ein weinendes Gesicht, ein von Neid zerfressenes Gesicht, ein von Leid verzerrtes Gesicht. Wir schauen auf den Ausdruck dieser Gesichter und vergessen, dass sie in ihrer Essenz alle aus demselben Stoff gemacht sind, aus reinem Gold. Vergleichbar schauen wir auf die Leiden und Freuden, die Verzweiflung und den Hass, auf all das, was wir erleben, und vergessen, dass alles, was geschieht, in seiner Essenz aus einem Stoff gemacht ist – aus Liebe. *"If you dig deep enough, you will find love at the basis of hatred."*

Am auffälligsten in dieser ersten Zeit nach den langen Meditationen war, dass ich wieder im Einklang mit mir selber war. Ich schaute in den Spiegel und fand mich wunderschön, fand mich makellos, fand mich hinreißend, und aus dem Spiegel lachte mich diese Superfrau an und fand mich ebenfalls wunderschön, fand mich makellos, fand mich hinreißend. Das Strahlen sprang so oft zwischen mir und meinem Spiegelbild hin und her, dass ich mich kaum von diesem Wunderwesen losreißen konnte.

Das letzte Mal, dass ich das erlebt hatte, war vor der Zeit mit Horst gewesen. So erfüllend die erste Zeit unserer Liebe gewesen war, so verdreht wurde mein Leben durch sie, so verdreht wurde ich selbst, so unehrlich, so verkrampft, so schuldbewusst. Jetzt konnte ich mir wieder in die Augen schauen und genoss es in vollen Zügen.

Maharishi wurde einmal gefragt, ob er sich selber liebe. Er antwortete ohne zu zögern: *"Of course I love myself, because I am myself."* – Für jeden in einem christlichen Umfeld aufgewachsenen und zur Demut verpflichteten Menschen klangen diese Worte beinahe wie Gotteslästerung. Kein „mea culpa, mea culpa, mea culpa", kein „Ach was bin ich nichtig!", nein: Ich liebe mich, weil ich ich selbst bin. Aber mit an Sicherheit grenzender Wahrscheinlichkeit war die Aussage Maharishis eher folgendermaßen zu verstehen: *"Of course I love my SELF, because I am my SELF."* Und mit Sicherheit hatte er die Frage auch entsprechend verstanden: *"Do you love your SELF?"* Das große Selbst, das große unendliche Sein, in dem das Ego sich auflöst wie der Tropfen im Meer. *"To be selfless, means, to have no ego. As long as you have an ego, you can't act selflessly. You may try to act selflessly, but anything you do – no matter what – will be selfish, as long as you have an ego."* In einem Vortrag über die Liebe führte Maharishi aus, dass die Liebe stetig wachse, von der Liebe des Kindes zur Mutter, von der Zuneigung zu Spielkameraden und Freunden bis zur innigen Liebe zum Ehepartner, sie wachse in der Liebe zum Meister und *"finally the ego burns up in the love of god"*. Es geht nicht um die Selbstaufgabe, es geht um das Wachsen der Liebe.

Sie steht vor dem schmucken Holzhaus in Salzburgs Villengegend und geht zögernd auf die Haustüre zu. Hier soll nach Jahren der absoluten transzendenten Stille ein erster Centerabend veranstaltet werden. Vor zwei Wochen hat sie die Einladung erreicht. Eine Initiatorin aus München hat etwa 500 Menschen eingeladen, die im Laufe der letzten 40 Jahre in Salzburg eingewiesen wurden, darunter auch sie.

Sie klingelt. Eine große, vollschlanke Frau öffnet ihr mit einem Lächeln, das an einen stillen See erinnert. Ihr dunkles Haar umrahmt ein zwar glattes, aber nicht mehr junges Gesicht. „Wir sind oben", sagt sie und deutet auf die Garderobe, wo schon mehrere Paar Schuhe stehen. Sie legt ihren Umhang ab, zieht die Schuhe aus und folgt ihr ins obere Stockwerk, wo sich ein großzügiger Raum bis in den Dachstuhl hinein öffnet. Einige Stühle stehen im Halbkreis vor einem Bild von Guru Dev. Alles ist für eine Puja vorbereitet. Sie begrüßt zwei unscheinbare Frauen mittleren Alters, die schon Platz genommen haben, und setzt sich. Nach einiger Zeit kommen noch zwei weitere Frauen mittleren Alters, die genauso unspektakulär sind wie sie selbst und die anderen zwei. Das scheint die ganze Ausbeute zu sein. Die alterslose Hausherrin begrüßt alle, stellt zunächst ihren rundlichen Mann und dann die Initiatorin aus München vor. Sie ist so jung, denkt sie, aber älter, als ich damals war. Mit ihren blonden Haaren, die locker über ihre Schultern fallen, den wallenden Gewändern und dem naiven Glück in ihrem Blick erinnert sie an ein Blumenkind der sechziger Jahre, aber es fehlen die bunten Ketten und die leuchtenden Farben.

„Wir feiern jetzt eine Puja. Das reinigt die Atmosphäre", sagt sie sanft, „und dann werden wir meditieren".

II

Mit der zunehmenden Wachzeit begann auch im Kursgeschehen eine neue Phase: Wir sollten lernen, unsere Erfahrungen weiterzugeben. Als Erstes lernten wir die Puja, die Frischlinge wie ich bisher nur unverstanden mitgesummt hatten. Jetzt lernten wir, was es mit diesem Singsang auf sich hatte. Das Sanskrit dieses Textes hatte viele Worte, die auf „am" endeten, was dem Gesang etwas Weiches, Anheimelndes verlieh.

Narayanam, Padma bhawam Vashishtam,
Shaktim chatat putra Parasharam cha
Vyasam shukam Gouda padam mahantam
Govinda Yogindra mathasya Shishyam ...

Dies waren die Namen der Meister, die das Wissen tradiert hatten. Ich kannte sie alle nicht, aber es erschien mir einleuchtend, dass derjenige, der einen anderen Menschen in die Transzendentale Meditation einwies, sich als letztes Glied einer langen Kette verstehen sollte, als kleines Sprachrohr einer alten Tradition. Jeder verstand das. Natürlich waren wir alle keine großen Meister. Wir waren alle irgendwo auf dem Weg, manche schienen schon weiter fortgeschritten zu sein als andere. Aber es hieß auch, dass es so etwas wie eine Annäherung an Erleuchtung nicht wirklich gab. Mit der Erleuchtung würde auch die Erkenntnis kommen, dass alle Bemühungen eigentlich umsonst gewesen waren, da wir erkennen würden, dass unser wahres Selbst schon unser ganzes Leben lang ewig und unwandelbar in uns präsent gewesen war – nur hatten wir genau das eben vorher noch nicht erkannt. Aber wie weit waren wir von dieser Erkenntnis entfernt! Uns blieb nur die Gewissheit, auf dem richtigen Weg zu sein, auf dem richtigsten aller richtigen Wege – auch wenn sich dieser Weg irgendwann einmal als genauso überflüssig erweisen würde wie alle anderen Wege.

"To teach someone the ABC you need not be a professor ..."

Wir würden die erste Klasse Volksschule unterrichten, wahrscheinlich auch nur den Kindergarten. Wir mussten nicht erleuchtet sein, um das einfache Wissen um die Transzendentale Meditation weitergeben zu können. Mir war das damals schon suspekt, weil ich erfahren hatte, was diese einfache geistige Technik auslösen kann. Würde ich jemals einem Kind ein Skalpell in die Hand geben und sagen: "Tu dir nicht weh!" Sicherlich nicht. Inwieweit Transzendentale Meditation wirklich über Jahrtausende hinweg tradiert wurde, sei dahingestellt. Maharishi hatte schon damals viele Gegner in Indien, die behaupteten, er habe diese Meditationstechnik selber erfunden, und sie hätte nicht nur nichts mit den alten Traditionen zu tun, sondern würde den wahren Traditionen sogar widersprechen. Maharishi konterte die hinduistischen Schriftgelehrten wie Jesus die Pharisäer und begann mit einem ‚Ich aber sage Euch', "... *that the truth has been lost. It was Guru Dev, who brought the truth again to light for the sake of mankind."* Meditation soll schwer sein? Du sollst erst jahrelang Yoga-Übungen machen, bevor du meditieren darfst? Du musst erst im Lotus sitzen können, bevor du der Erleuchtung auch nur von ferne näherrücken kannst? Nein, jeder kann meditieren, jetzt sofort, ohne irgendwelche Vorkenntnisse, ohne irgendwelche Voraussetzungen. Es genügt, ein Mensch zu sein, denn es ist im Menschen angelegt, dass er das reine Bewusstsein erlangen kann. Es ist im Menschen angelegt, dass er sich dem Angenehmen und somit der tief erfüllten Stille in sich zuwendet. Das Himmelreich ist in euch.

A pavitra pavitro va, sarva vastan gatopi va,
yasmareth pundari kaksham,
sa bahya-abhyantara shushi.

Ob rein oder unrein, ob Reinheit oder Unreinheit alles durchdringt, wer immer sich der erweiterten Sicht unbegrenzter Bewusstheit öffnet, erlangt innere und äußere Reinheit.

Nichts hatte man zu tun, man musste sich nur öffnen. Es gab keine Gebote zu erfüllen, es gab keine Sünde, die vergeben werden musste, es gab nur die Öffnung. Es erinnerte alles sehr an die Gnade im Christentum, die die Empfänglichkeit voraussetzte. Aber wie öffne ich mich, wie mache ich mich empfänglich? Wodurch ist der eine Mensch empfänglicher als der andere, offener als der andere? Mittlerweile glaube ich beinahe, dass es noch nicht einmal dieser Öffnung bedarf, denn jeder Mensch hat doch wenigstens einen Türspion oder ein Schlüsselloch, durch das er das göttliche Licht sehen muss, das jede Pore von ihm durchdringt. Niemand steht doch vor einer inneren Betonwand. Oder doch? Für mich hatte dieser Beginn der Puja etwas Tröstliches, denn aus irgendeinem Grund hatte ich mich immer eher zu den Bösen gezählt. Ich war zu oft angeeckt, war in jeder Gruppe, der ich im Verlauf meines Lebens angehört hatte, immer das Enfant terrible gewesen, egal ob in der Schule oder auf Freizeiten, ob in der Jungschar oder in der Entwicklungshilfe. Dieser Beginn der Puja sagte mir, dass es auch für mich noch Hoffnung gab, und nicht nur das, er besagte, dass auch meine Erleuchtung gewiss sei, und das nicht erst im Jenseits, sondern hier und jetzt, in diesem Leben – übermorgen.

Wir lernten die Puja Wort für Wort. Wir mussten nicht nur wissen, was eine Zeile bedeutete, sondern wir mussten von jedem einzelnen Wort wissen, was es hieß. Wir sollten die Puja nicht nur phonetisch daherbrabbeln, wir sollten verstehen, was wir sagten. So saßen wir entweder alleine irgendwo im Ashram und lernten oder wir setzten uns zu zweit zusammen und hörten uns ab: „va?" –

„oder" – „santata?" – „Tradition" – „alayam?" - „Quell, Wohnstatt" – „namami?"
– „Ich verneige mich – das ist zu einfach, das kommt ja andauernd vor."

Unzählige Male mussten wir uns während der Puja verneigen, und einige
Male sogar „wieder und wieder", und zum Schluss mussten wir uns sogar hin-
knien und den Kopf zum Boden neigen. Ich hatte mich noch nie vor jemandem
verneigt, abgesehen von dem einen Mal, als es mich vor Maharishi am Boden
zusammengedreht hatte, aber das war ein Reflex, vielleicht auch die Weisheit
meines Körpers gewesen, dem oder der mein verwirrter Geist hinterher getau-
melt war, ohne recht zu wissen, was das sollte. Als Kind hatte ich gelernt, einen
höflichen Knicks vor Erwachsenen zu machen. Das war niedlich. In der Schule standen wir auf, wenn der Lehrer die Klasse betrat, und es hat tatsächlich
Lehrer und Lehrerinnen gegeben, derer ich heute noch in liebender Verehrung
gedenke, vor denen ich mich aber nie verbeugt habe. In der calvinistischen Kirche hatte es nichts dergleichen geben: Man kniete sich noch nicht einmal zum
Vaterunser hin. Die einzige Bewegung während eines Gottesdienstes bestand
darin, das Gesangsbuch auf- und zuzuschlagen oder bei seltenen Gelegenheiten
zum Abendmahltisch zu gehen, um sich dort sofort wieder hinzusetzen und zu
warten, bis einem Brot und Wein gereicht wurde; und man schüttelte dem Pfarrer beim Hinausgehen die Hand. In Äthiopien hatte ich mit Befremden erlebt,
wie sich Menschen am Straßenrand in den Staub warfen, wenn Haile Selassie,
Negus Negesti, der König der Könige, vorbeifuhr, der die ohnehin in Schmutz
und Armut Lebenden und jetzt im Staub Gekrümmten mit einer zusätzlichen
Staubwolke bedeckte, einer Wolke des Hohns, wie es mir damals erschien. Allerdings hatte ich damals auch ein Erlebnis, was mich immer wieder beschäftigt
hat: Ich stand mit einigen Frauen zum Empfang von Haile Selassie in der vor-
dersten Reihe in einem extra aufgebauten Zelt bereit und wollte ihn fotogra-
fieren, wenn er eintrat. Aber wie der „Zufall" es wollte, fiel mir der Film, den ich
einlegen wollte, herunter. So kam es, dass ich mich just tief hinunter beugte,
um den Film aufzuheben, als der Negus das Zelt betrat, und ich sah mich zu
meiner Überraschung konform mit allen anderen Frauen, die sich ebenfalls bis
zum Boden verneigten – gerade, dass ich nicht ausrief: „Moment mal, so war
das nicht gemeint!"

Nein, ich hatte mich noch nie wirklich vor jemandem verneigt. Mir ging es
eher so wie den Juden, die sich grundsätzlich nur vor Gott, nie aber vor Menschen verneigen. Und jetzt sollte ich mich gleich so oft und wieder und wieder
verbeugen? Wer hatte gesagt, dass es leichter wäre, das Knie zu beugen als den
Geist? Die Verbeugung blieb für mich eine Attitüde. Der Bezug zu den hinduistischen Meistern und ihren Göttern war zu lose und zu eilig gesponnen, als
dass sich eine wahre Empfindung der Hingabe und Ehrerbietung hätte regen
können. Aber was tut man nicht alles, wenn man tiefer in die Geheimnisse des
Geistes eindringen will.

Ich lernte brav, die vollständigen Sätze vom Deutschen ins Sanskrit zu übertragen und umgekehrt:

„Wir verneigen uns vor dem Quell der Weisheit, der Shrutis, Smritis und Puranas, vor dem Quell der Güte. Wir verneigen uns vor dem Ausdruck der Herrlichkeit des Herrn, dem Erlöser der Welt, vor Shankaracharya, dem Befreier, verehrt als Krishna und Badarayana, vor dem Kommentator der Brahma-Sutras verneige ich mich."

Spätestens da drückte der hinduistische Schuh die Wundmale meiner christlichen Füße. Hier trat offen zu Tage, dass ich eine christliche und keine hinduistische Sozialisation erlitten hatte. Shrutis, Smritis, Puranas, Shankarachary, Krishna, Badarayana – das alles waren Klänge aus einer orientalischen Märchenwelt. Aber ich verband mit den Klängen keine hohen Feiertage, keine Tempel, keine religiösen Bräuche, keine Rituale, keine Gerüche, keine besonderen Speisen – nur kitschige Götterbilder. Die Person Maharishis war die einzige lebendige Brücke von mir zu dieser fremden Welt: *„Wir verneigen uns vor dem Ausdruck der Herrlichkeit des Herrn, dem Erlöser der Welt."* Abgesehen davon, dass der „Erlöser" für mich unlösbar mit einem grauenhaften Menschenopfer verbunden war, wies dieses Wort auch eindeutig auf eine qualvolle Gegenwart, aus der die Menschheit erlöst werden müsse. Ich hatte aber absolut nicht das Gefühl, in einem Jammertal zu leben. Abgesehen von Liebesqualen hatte ich selber kaum nennenswerte Qualen erlitten. Das Leben war für mich lebenswert und voll unbekannter Schätze, die es zu suchen, zu finden und zu heben galt. Ich wollte nicht wirklich erlöst werden. Und zu allem Übel hätte dieser Satz ja auch in jeder christlichen Kirche ausgesprochen werden können. Aber mit dem Christentum hatte ich doch abgeschlossen, oder etwa nicht?

Shruti, Smriti, purana-nam,
alayam karuna layam,
shankaram shakaracharyam, keshavam Badarayanam
sutra bhasya kritau vande,Bhaganvantau punah punah.

Das Sanskrit legte sich wie ein gnädiger Vorhang vor meine hilflosen Versuche einer ehrlichen Hingabe samt ihren unliebsamen Assoziationen. Deshalb versuchte ich, es so zu verstehen, wie ich Englisch verstehe – ohne Übersetzung – eigentlich versuchte ich, es wie meine Muttersprache zu verstehen: ein Laut, eine Bedeutung – eine Rose ist eine Rose, eine Kette ist eine Kette, aber nicht unbedingt eine Fessel, in seltenen Fällen gab es vielleicht auch noch mehr Bedeutungen für ein und dasselbe Wort und in schlimmen Fällen blieb nur das dumpfe Gefühl irgendeiner verschwommenen Bedeutung, bei dem Wort „Gott" zum Beispiel. Shankaram ist ein Shankaram ist ein Shankaram und kein „Erlöser", kein Opferlamm im christlichen Sinne – aber es gelang mir nicht immer, die Übersetzung auszublenden. Dann versuchte ich, mich mit der Phonetik und einem entfernten Gefühl der Verehrung zu betrügen. Ich akzeptierte die

Puja als eine unabdingbare Notwendigkeit, um tiefer in die Geheimnisse des östlichen Wissens einzudringen, wie es uns von Maharishi gelehrt wurde, und da ich eine musikalische Ader habe, fiel es mir nicht schwer, mich vom sanften Dreivierteltakt der Puja einlullen zu lassen.

Nach den vollständigen Sätzen lernten wir die Bedeutungen der rituellen Handlungen: „Was bedeutet das weiße Tuch?" – „Das Gewand des alldurchdringenden Seins." – „Die Blume?" – „Die volle Blüte des Lebens." – „Was mildert die Atmosphäre?" – „Wasser" – Constanze und ich fragten uns gegenseitig Löcher ins Hirn und während der verbliebenen Meditationszeiten purzelten immer mehr Sanskritworte, Tücher, Blumen, Reis und Obst durch unsere Hirne.

Maharishi hörte nicht auf, uns geduldig immer wieder die verschiedenen Bewusstseinszustände zu erklären: Schlafen, Träumen, Wachen, Cosmic Consciousness, God Consciousness und Unity. Wir stellten wohl auch immer wieder die gleichen Fragen, denn wir versuchten das Unmögliche: Wir versuchten mit unserem Intellekt zu erfassen, was mit dem Intellekt nicht zu fassen ist. Wahrscheinlich müssen unsere Gedanken so lange in unserem Kopf Billard spielen, bis sie endlich einsehen, wie begrenzt ihre Welt ist. Unsere Denkansätze und Schlussfolgerungen können noch so brillant sein: Von unsichtbaren Banden zurückgespielt, schlagen sie immer wieder neue Richtungen ein, um erneut zurückgeworfen zu werden, und das so lange, bis sie aufgeben und unvermittelt in irgendeinem schwarzen Loch verschwinden und dem reinen Bewusstsein das Spielfeld überlassen.

Um uns das kosmische Bewusstsein zu erklären, bediente Maharishi sich der Metapher der Milch: Unser normales Bewusstsein entspreche der normalen Milch, einer Emulsion aus Wasser und Fett. Wir erleben uns unlösbar verwoben mit unserer Wahrnehmung. Deshalb kennt die westliche Psychologie auch Bewusstsein nur verbunden mit Bewusstseinsinhalten, die gegebenenfalls therapiert werden müssen. In diesem Bewusstsein halten wir unsere Wahrnehmungen für die Realität, aber wenn man nicht wisse, wer oder was der Wahrnehmende sei, könne man auch nichts über den Wahrheitsgehalt des Wahrgenommenen aussagen. Sei der Wahrnehmende verrückt, wäre auch das, was er wahrnehme, verrückt. Wenn man also wirklich die Wahrheit herausfinden wolle, müsse man zunächst wissen, wer der Wahrnehmende sei. Auch der Westen erkennt diese Wahrheit an: In gewissen geisteswissenschaftlichen Disziplinen muss eine Aussage in Beziehung zum Aussagenden gesetzt werden, zu seiner Biografie und seinem sozialen, geistigen Umfeld und seinen Zielsetzungen, weil nur dann ihre wahre Bedeutung, so es sie gibt, deutlicher werden kann.

Der Hinduismus ist da viel radikaler. Er sagt, dass die Wahrheit nur dann offenbar wird, wenn alle individuellen Schattierungen mit all ihren ständig sich verändernden Realitäten fallen wie die Hüllen bei einem Striptease. Bei diesem Prozess löst sich letztendlich die Wahrnehmung vom Wahrnehmenden. Es ist mit dem umgekehrten Prozess vergleichbar, den wir am drastischsten im Kino erleben: Wir tauchen in Bilder ein, die letztendlich nichts als Geflimmer auf einer Leinwand sind. Diese gewinnen für uns Realität, indem wir uns mit ihnen identifizieren. Sie rühren uns zu Tränen, erheitern uns oder versetzen uns in Angst und Schrecken. Wir vergessen völlig, dass wir nur das Opfer von Projektionen sind. Wird ein Mensch kosmisch bewusst, erfährt dieser Prozess seine Umkehrung. Der jeweilige Mensch bemerkt, dass alles, was er als so genannte Realität wahrgenommen hat, nichts als Bilder sind, denen sein ureigenes, reines Bewusstsein den Anstrich von Realität verliehen hat. Aber die einzig wahre Realität ist das unantastbare reine Bewusstsein, so wie die einzige Realität eines Traums der Träumer ist, so wie die weiße Leinwand die Grundlage aller Filmrealitäten ist. *"The ever-changing is nothing but ripples on the sea."* Im Verlauf dieser Erkenntnis trennt sich – wenn man bei der Metapher der Milch bleibt - das Fett vom Wasser. Man erkennt, dass die Milch, die man vorher für eine weiße Flüssigkeit gehalten hat, aus zwei völlig verschiedenen Substanzen besteht: Fett und Wasser. Im übertragenen Sinn stellt ein Erwachender fest, dass seine Wirklichkeit sich aus zwei Dingen zusammensetzt: aus reinem Bewusstsein und irgendwelchen Bildern, die darauf wie auf einer Leinwand tanzen.

Wenn jemand diesen Zustand erreicht hat, verfeinert sich mit der Zeit seine Wahrnehmung. Die Dinge, die er als getrennt von sich erlebt, nimmt er auf immer feineren Ebenen ihrer relativen Existenz wahr. Sie beginnen von innen her zu leuchten. Das ist der Beginn des Gottesbewusstseins. Die Wahrnehmungen werden so schön, dass ein Mensch möglicherweise für immer in diesem Zustand verhaftet bleiben kann. Gelingt es ihm aber, die Schönheit dieser Wahrnehmungen zu durchdringen, wird seine Wahrnehmung noch feiner und schließlich erkennt er das Wahrgenommene als das, was er selber ist: als reines Bewusstsein. „Dies ist das und das ist das und alles ist das."[20] Das ist das Bewusstsein der Einheit, Unity. Normalerweise ist dieser Zustand nicht lebbar, weil es nichts mehr gibt als nur diese Erkenntnis. Sie bedeutet das Ende aller Erkenntnis, das Ende alles Erlebbaren und Lebbaren. Aber Maharishi zufolge gibt es dennoch eine Möglichkeit, Unity zu einer lebendigen Realität zu machen: Die Liebe zum Meister. *"There is no unity between master and disciple. It is the thrill of love between them, which makes unity a living reality."*

Krishnamurti war damals Maharishis Gegenspieler: Er predigte, dass man weder Meditation noch einen Meister brauche, um erleuchtet zu werden; dass sich Erleuchtung ganz von alleine in jedem Augenblick vollziehen kann. Folgerichtig monierte er, dass immer dieselben Menschen zu seinen Vorträgen pilgerten. Denn dass sie dies taten, bewies, dass sie ihn nicht verstanden hatten. Maharishi verglich Krishnamurti mit jemandem, der auf einem Hochhaus steht, aber niemandem sagen kann, wie er dorthin gekommen ist. Maharishi wusste, wie man dorthin kam, und wir wussten, dass er es wusste.

Wir erfuhren jetzt auch, was es tatsächlich mit der Puja auf sich hatte: Es war die Imitation jener Handlung, die ein Erleuchteter vollziehen würde, wenn er einen Menschen in die Meditation einweisen würde. Ich dachte an meine Yoga-Teigmaschine. Hatte ich nicht selber erfahren, dass die Yoga-Positionen von

---

20 Chhandogya, Upanishad 6.11.3

innen heraus quasi vorprogrammiert waren? Hatte ich nicht verstanden, dass sie von anderen lediglich kopiert und nachvollzogen wurden, in der Hoffnung, in denselben Bewusstseinszustand zu gelangen wie derjenige, der sie primär vollzog? Mit der Puja verhielt es sich anscheinend genauso, mit dem Unterschied, dass ich mich diesmal auf der Seite der Nachahmer befand. Die Puja zu vollziehen, bedeutete in die Haut eines Erleuchteten zu schlüpfen, seine Handlungen zu imitieren – eine Vortäuschung falscher Tatsachen? *"No, it is skill in action, it is a sort of meditation, while you are awake."* Dass das stimmte, sollte ich erfahren, als ich zurück in Deutschland an manchen Tagen im Stundentakt bis zu acht Personen in die Transzendentale Meditation einwies. Am Abend war ich high – von den vielen Meditationen, die ich mit jedem Einzelnen durchführte, von all dem Sandelholz, das ich einatmete, und von den vielen Pujas, die ich wie am Fließband abspulte.

Aber bevor es so weit war, lernten wir in Rishikesh die Stufen der Einführung. Ich hatte erwartet, dass uns zunächst der innere Aufbau, die Möglichkeiten, die Variationen, die Voraussetzungen erklärt werden würden. Weit gefehlt. Wir lernten die Stufen der Einführung auswendig, genau wie wir die Puja auswendig gelernt hatten. Es gab keine individuelle Einführung für jeden einzelnen Menschen. Von dem Moment an, wo jemand das Einführungszimmer betrat, bis zu dem Moment, wo er es wieder verließ, wurde kein einziges persönliches Wort zu ihm gesprochen – mit Ausnahme des Mantras, wie ich damals annahm. Aber alles ringsherum um dieses eine persönlich ausgesuchte Wort war festgelegt, wie der Handgriff, mit dem man einen Lichtschalter umlegt, um eine Glühbirne zu erleuchten. Es gab keine Unterschiede. Die Transzendentale Meditation beruht auf der natürlichen Tendenz des menschlichen Geistes, sich dem Angenehmen zuzuwenden, und da diese Tendenz bei jedem Menschen gleich funktioniert, sind auch die Stufen der Einführung für jeden gleich.

In Afrika diskutierte ich einmal mit einem weißblonden Schweden mit wasserblauen Augen darüber, was er als das Wesentliche seines Menschseins empfinden würde. Er vertrat die Ansicht, dass es das sei, was ihn von anderen Menschen unterscheiden und als unverwechselbares Individuum kennzeichnen würde – also zum Beispiel seine weißblonden Haare und wasserblauen Augen. Ich dagegen vertrat die Auffassung, dass nur jener Teil in einem Menschen wirklich wesentlich sei, der auch in jedem anderen Menschen wiederzufinden sei, sei er auch äußerlich und innerlich noch so verschieden – der verbindende Teil sei das einzig Wesentliche, alles andere sei eitles Beiwerk. Ich war der Meinung, dass ich auch mir selbst ein Stück näher kommen würde, wenn es mir gelänge, diesen verbindenden Teil eines mir konträren Menschen herauszufiltern. So kam diese Gleichbehandlung in den Stufen der Einführung meiner innersten Auffassung entgegen, und ich lernte beflissen ihr ausgeklügeltes System.

Die Stufen sind so einfach, so logisch und so fein abgestuft, und ihr Zeitablauf ist so genau in Sekunden und Minuten bemessen, dass sie mit absoluter Sicherheit jeden, aber auch wirklich jeden Menschen in eine erste Meditation führen, ohne dass dieser wirklich nachvollziehen kann, wie es geschieht – denn es geschieht von allein. Dieser Prozess ist im Menschen angelegt und muss nur ausgelöst werden. Ich kam mir vor wie ein Zauberlehrling und weil alle Zauberformeln der Welt nur dann wirken, wenn sie wirklich genau wiederholt werden, lernte ich auswendig:

> *„In dieser persönlichen Einführung bekommen Sie ein Mantra, einen Laut. Dann gebe ich die Anleitung für den richtigen Gebrauch des Mantras. Es ist unsere Tradition, das Mantra für uns zu behalten. Wenn wir das Mantra anderen mitteilen, und sogar, wenn wir es vor uns selbst laut aussprechen, wird seine Wirkung vermindert. Behalten Sie die Meditationstechnik, die Sie bekommen, für sich. Die beste Wirkung erhalten wir, wenn wir alles, was wir hier erfahren, für uns behalten. Können Sie dem zustimmen? – Stellen Sie sich bitte hierhin."*

Niemals sollte ich jemanden erleben, der dem nicht zugestimmt hätte und der sich nicht dort hingestellt hätte, wohin ich gedeutet hatte. Wie denn auch? Jeder, der sich einweisen lassen wollte, hatte ja schon vorher schriftlich all dem zugestimmt und auch schon vorher bezahlt.

> *„Sehen Sie bitte dieser Zeremonie zu. Wir führen sie als Ausdruck der Dankbarkeit gegenüber der Tradition unserer Meister aus. Ihnen verdanken wir die Weisheit des integrierten Lebens. Das ist das Bild von Guru Dev, Bhagavan Swami Brahmandanda Saraswati, Maharishis Meister. Von ihm haben wir diese Meditation."*

Es bedurfte keines Wortes mehr und keines weniger. Wer immer sich in die Transzendentale Meditation einweisen lassen wollte, wusste damit, worauf er sich einließ – auf eine Technik, die in einer hinduistischen Tradition stand und die ihm von jemandem übermittelt wurde, der als Sprachrohr dieser Tradition agierte. Dieser Initiator trat als Person zurück, wobei Initiator wirklich die korrekte Bezeichnung war. Wir brachten nichts bei, wir lehrten nichts, wir initiierten nur einen Prozess, der bei allen Menschen gleich ablaufen würde: Eine deutsche Putzfrau würde während der Einweisung genauso in sich versinken wie ein südafrikanischer Bankdirektor, eine chinesische Funktionärin oder ein römischer Straßenkehrer, sofern sie nur bereit waren, den Anweisungen eines Initiators Folge zu leisten. Ausgenommen waren allein Kinder, nicht weil dieser Prozess bei ihnen nicht funktioniert hätte, sondern weil die Gefahr bestand, dass die Sogwirkung nach innen zu intensiv wäre. Möglichweise würden sie so tief eintauchen, dass sie entweder nicht mehr zurückfinden würden oder nicht mehr zurückfinden wollen würden. Für Kinder gab es Mantren, die sie im Wachbewusstsein einsetzen konnten.

Die Schritte der Einweisung wurden uns diktiert, genauso wie die Worte und die Übersetzung der Puja. Es gab keine hektographierten Texte. Das war einerseits eine Sicherheitsmaßnahme – jeder verfügte nur über sein eigenes handgeschriebenes Exemplar –, hatte aber andererseits möglicherweise auch damit zu tun, dass Meditation einschließlich der Mantren immer persönlich weitergegeben wurde, von einem Menschen zum anderen, genauso wie auch die Samavedas über Jahrtausende mündlich von einem Pandit[21] zum nächsten weitergegeben werden, weil es um den Klang geht, der von einem bewussten Geist auf den nächsten übertragen werden muss. Seit Urzeiten singen die Pandits deshalb die alten Gesänge an den Wiegen ihrer Söhne. Als ein Pandit auf dem Kurs gefragt wurde, warum man in der heutigen Zeit kein Tonband dafür einsetzen würde, antwortete er: „Ein Tonbandgerät hat kein Bewusstsein." Die persönliche Weitergabe der Puja und der Stufen der Einführung fügte sich nahtlos in diese Tradition.

Langsam breitete sich eine freudige Erwartung unter uns aus. Bald würden wir Initiatoren werden, bald würden wir die Mantren erhalten, die wir später weitergeben würden, bald würden auch wir zu den Eingeweihten gehören, die um das Geheimnis wussten, wie die Mantren auswählt werden.

Für die Männer gab es vorher noch eine Prüfung der anderen Art: Die meisten hatten längeres, manche sogar schulterlanges Haar und viele trugen einen Bart. Diese äußerlichen Merkmale, mit denen sie sich bisher als Mitglieder einer hippen Gesellschaftsgruppe deklariert hatten, sollten fallen.

"You are going to spread Transcendental Meditation in a conservative society that has its own rules. If you come along with long hair, people will say: He is a Hippy, I don't want to learn something from him. So for the sake of these people, you should cut your hair." Jemand monierte, dass doch die Kraft in den Haaren liege. "You are too far away from being so sensitive, that this loss of energy is of any importance for you. Maybe in the future you may again wear long hear", sagte der Mann mit dem schulterlangen Haar und dem wallenden Vollbart, "but at the moment you should respect the rules of your home country." Ein anderer fragte grundsätzlich, warum wir uns an irgendwelche Regeln halten müssten, wo wir doch auf einem höheren geistigen Entwicklungsstand waren als alle, die wir einweisen würden. "You are not so far developed yet. Maybe in the future there will be a time, when you can do anything you want — just anything! But till then, you should respect the tradition of your home country — for your own sake and for the sake of others."

Und so fielen die Haare unter Lachen und Wehklagen, wobei sich die Frauen als mehr oder weniger begabte Friseurinnen entpuppten.

Dann folgte die letzte Prüfung: Jeder musste vor einem Initiator alleine eine Puja zelebrieren, jeder musste vor ihm die Stufen der Einführung herbeten und dann kam der Schwur, dass wir alles, was wir gelernt hatten, nur innerhalb der Organisation von Maharishi und nur im Namen der Tradition der Meister wei-

---

21 Indischer religiöser Gelehrter oder Meister der klassischen indischen Musik

tergegeben würden. Das erschien nicht nur logisch, sondern auch ratsam, denn jeder Mensch, den wir einweisen würden, hatte damit die Berechtigung, überall auf der Welt, in jedem beliebigen Zentrum für Transzendentale Meditation, kostenlos seine Meditationstechnik in sogenannten Checkings überprüfen zu lassen. Außerdem konnte er alle Kurse belegen, die weltweit angeboten wurden. Die auf diese Weise Eingewiesenen befanden sich also in einem Netzwerk, das ihnen über die Einführung hinaus weiterhelfen würde. So standen wir alle in der Lecture Hall und sprachen brav den Text nach, der uns vorgesprochen wurde: „Ich verpflichte mich, die Transzendentale Meditation nur in der uns anvertrauten Form und nur in den weltweit dafür vorgesehenen Zentren weiterzugeben." Warum sprach mich Judas' wissender Blick aus dem Jenseits schuldig, während ich den Schwur nachbetete? Es blieb mir nichts anderes übrig, als ihn und sein spöttisches Lächeln zu verdrängen. Rückblickend weiß ich, dass allein die Tatsache, dass wir schwören mussten, Judas auf den Plan gerufen hatte, denn wer immer einen anderen Menschen einen Schwur aussprechen lässt, vermittelt ihm, dass er an seinen guten Absichten zweifelt. Aber wie dem auch sei, der Schwur wurde von allen abgelegt, und dann war es endlich so weit.

Frisch geduscht, gepflegt von Kopf bis Fuß, im schönsten frisch gewaschenen und gebügelten Punjabi oder Sari, machten wir uns auf den Weg zu Maharishis Haus. Jeder hatte alles dabei, was er für die Zeremonie der Puja brauchen würde: liebevoll gepflückte Blumen, von denen wir jetzt wussten, dass sie die aus Licht aufgestiegene, volle Blüte des Lebens bedeuteten, sorgfältig ausgesuchtes Obst, das die manifeste und nichtmanifeste Fülle des Lebens darstellte und ein weißes Taschentuch, welches das Gewand des alldurchdringenden Seins verkörperte.

Jeweils zwei von uns wurden zu Maharishi gerufen und kamen strahlend als frisch gebackene Initiatoren wieder heraus. Während wir warteten, ließ ich die Wochen im Ashram noch einmal Revue passieren – und ich war nicht nur zufrieden, ich war zutiefst befriedigt. Ich hatte bekommen, was ich gewollt hatte, hatte nicht nur so viele Erfahrungen der anderen Art gemacht, dass ich für einige Zeit genug hatte, sondern war durch sie auch in einem bisher nur erahnten Weltbild bestätigt worden: Jetzt wusste ich mit absoluter Sicherheit aus eigener Erfahrung, dass es eine Kraft gab, die jenseits all dessen lag, was uns unsere Sinne vorgaukelten, und ich wusste, dass es möglich war, dieser Kraft nicht nur unbewusst ausgeliefert zu sein, sondern sie ganz bewusst zu erleben. Dieser bewusste Erstkontakt war zwar etwas heftig ausgefallen, war aber dafür umso überzeugender gewesen. Ich schaute aus dem Fenster. Draußen arbeiteten einige Inder mit Hacke und Schaufel an einem Bachlauf, den Maharishi jeden Tag neu festlegte. Es war ein vertrautes Bild, Maharishi zwischen den Bäumen des Ashrams wandeln zu sehen, wobei sein Weg und seine Hände den neuen Verlauf des Baches beschrieben. Die Arbeiter folgten ihm, markierten sich den Weg und begannen mit der Arbeit. Wie ich sie jetzt schuften sah, zerstörten sie entweder den Bachlauf, den sie gestern erst nach Maharishis Anweisungen geschaffen hatten, oder sie legten schon wieder einen neuen an, was einerlei war. Auch ihr heutiges Tagewerk würden sie morgen wieder zerstören müssen. Mich störte so ein zermürbendes Vorgehen schon lange nicht mehr. Es war unverständlich, hatte aber sicherlich seine Richtigkeit. In den entspannten Tagen nach Kursende sprach Maharishi das erste Mal über den Begriff der "creative intelligence": *"Creative intelligence is intelligence that is ... creative!"* Allgemeines Schmunzeln. Dann führte er aus, dass das Universum nur von einer intelligenten, kreativen Kraft geschaffen worden sein kann. *"The planets and suns and galaxies don't turn around at random. They follow precise laws of nature. Everything that exists is determined by the laws of nature, which themselves are an expression of the creative intelligence that upholds all existence."* Am Ende seines Vortrags monierte einer, dass er es nicht für sehr intelligent halte, dass der Bachlauf durch den Ashram andauernd geändert werden würde. Es wäre eine Vergeudung von Kraft, Zeit und Geld. *"Oh"*, meinte Maharishi und machte eine wegwerfende Handbewegung: *"That's no problem for creative intelligence. It can easily create a new way for the water every day."*

Ich verfolgte die Bewegungen der Arbeiter, sah sie schwitzen, hörte, wie sie sich etwas zuriefen, sich etwas zeigten und darüber debattierten, und dann sah ich es plötzlich zum ersten Mal: Sie arbeiteten nicht selber, sie hingen wie Marionetten an unsichtbaren Fäden, so wie mein Körper von einer unsichtbaren Kraft verbogen worden war, so wie meine Hände gewusst hatten, wie sie die Blumen legen mussten, so wie mein Körper sich vor Maharishi verneigt hatte, so wurden sie von einer anderen Kraft bewegt und geführt, obwohl sie – wie ich sehr wohl auch erkennen konnte – selber keine Ahnung davon hatten. Sie meinten, dass sie selbst es seien, die die Spitzhacke schwangen, die die Schaufel in die Erde stießen und die die schweren Schubkarren weg schoben. Sie stöhnten unter der Last ihrer Arbeit – weil sie nicht wussten, dass in Wirklichkeit eine andere Kraft die Arbeit für sie tat.

Während ich diesem Schauspiel noch fasziniert zuschaute, war es endlich so weit: Constanze und ich waren an der Reihe. Wir gingen mit unseren Gaben in den Keller, wo Maharishi auf uns wartete. Der Raum war quadratisch und klein, er maß höchstens neun Quadratmeter und hatte keine Fenster. Noch nie war jemand von uns auf so engem Raum und so nah und fast alleine mit Maharishi zusammen gewesen. Er saß an einer Seite des Raums auf seinem weiß verhangenen Sessel. Wir begrüßten ihn mit aneinander gelegten Händen und einer Verneigung. Der Raum war in Kerzenlicht getaucht und duftete nach Sandelholz. Die Atmosphäre war privat, fast intim. Wahrscheinlich war dies Maharishis Meditationsraum. In dieser persönlichen Umgebung unseres Meisters würden wir in das Geheimnis der Mantren eingeweiht werden.

Vor Maharishis Sessel waren seitlich an der Wand zwei niedrige Tischlein aufgebaut, auf denen jeweils ein Bild von Guru Dev stand. Davor stand je ein Messingtablett mit allen notwendigen Geräten, der Kerze, dem Wasser, dem Kampfer und den Räucherstäbchen. Wir knieten uns vor die beiden Tische und zelebrierten die Puja. Ich hoffte, dass Maharishi nicht merken würde, wie wenig ich bei der Sache war, wie fremd mir diese Zeremonie noch war und wie heuchlerisch ich sie ausführte. Ich will nicht behaupten, dass ich damals mit vollem Bewusstsein und mit voller Absicht unter die Heuchler gegangen war – im Gegenteil, ich bemühte mich wirklich ganz und gar ehrlich um Ehrlichkeit –, aber wie jedes Bemühen sich selbst entlarvt, war auch diese Anstrengung nicht nur vergeblich, sondern ein schlagender Beweis dafür, dass ich unehrlich war. Warum hätte ich mich sonst um Ehrlichkeit bemühen müssen? *„Apavitra pavitro va ...“* Ob rein oder unrein ... meine Ehrlichkeit oder Unehrlichkeit spielte keine Rolle. Wir sangen die Puja fehlerfrei, opferten alle Gaben in der richtigen Reihenfolge und verneigten uns schließlich ein letztes Mal bis zum Boden vor Guru Dev. Dann wandten wir uns erwartungsvoll Maharishi zu. Jetzt war er an der Reihe, jetzt würden wir alles über die Mantren erfahren.

Die Initiatorin aus München singt die Puja. Den Anfang könnte sie noch mitsingen, aber sie hält sich zurück. Dann meditieren sie alle gemeinsam. Es funktioniert immer noch.

Beim anschließenden Gespräch fragt sie, warum jetzt, nach Maharishis Tod, die Puja nicht vor seinem Bild zelebriert werden würde, denn er sei doch jetzt der letzte verstorbene Meister der Tradition. Maharishi habe ihnen gesagt, dass sie die Puja vor dem Bild von Guru Dev vollziehen sollten, erhält sie zur Antwort, und da es zurzeit keinen Erleuchteten gäbe, der ihnen eine andere Anweisung erteilen könne, würden sie sich an diese Anweisung halten.

III

Maharishi flüsterte uns die Mantren zu. Es waren weniger, als ich erwartet hatte, fast an einer Hand abzuzählen, was einen weiteren Schlag gegen den Individualitätsanspruch des Westens bedeutete. So verschieden waren die Menschen offensichtlich nicht. Man konnte sie in einige wenige Gruppen aufteilen. Der Verteilerschlüssel war dann so einfach, logisch und banal, dass ich mich wunderte, warum ich nicht schon längst selber darauf gekommen war. Hatte Tabea mich also angelogen, als sie sagte, das Mantra werde persönlich für jeden ausgesucht? Natürlich hatte ich, wie wahrscheinlich jeder, hinter der persönlichen Auswahl des Mantras ein viel größeres Geheimnis vermutet, hatte geglaubt, dass diese Silbe nur für mich gedacht war, ausgesucht auf der Basis eines uralten Wissens, so als hätte diese Silbe seit Urzeiten darauf gewartet, mir und nur mir mitgeteilt zu werden. Nie hätte ich vermutet, dass genau diese Silbe auch Millionen Anderen übermittelt wurde – aber war es wirklich dieselbe Silbe, die ihnen mitgeteilt wurde? War nicht jeder Same ein ganz eigener Same, auch wenn er dieselbe Erbsubstanz enthielt wie andere Hundertmillionen auch? Mein eigenes Mantra blieb mein eigenes Mantra, auch wenn ich es jetzt an andere weitergeben würde. Mein eigenes Mantra habe ich seit der Einführung tatsächlich nur noch einmal wieder ausgesprochen, als ich es einige Jahre später von Maharishi überprüfen ließ – es hatte sich tatsächlich verändert.

Wir erfuhren nichts über die Bedeutung der Mantren. Sie blieben für uns sinnlose, phonetische Klänge und als solche entfalteten sie auch angeblich ihre Wirkung. So als würde man sich Infrarotstrahlen aussetzen. Die haben auch keine Bedeutung und wirken trotzdem. Ich bin froh, dass ich erst viel später über das Internet erfuhr, dass es sich bei den Mantren um die Namen indischer Gottheiten handelte. Damals hätte mich dieses Wissen wahrscheinlich in ernsthafte Schwierigkeiten gestürzt. Die Meditation, die uns immer als eine neutrale Technik vermittelt worden war, als ein Mechanismus, der trotz der hinduistisch gebundenen Einweisung völlig unabhängig von irgendeinem Glauben funktionierte, wäre gefährlich nahe in den Dunstkreis eines solchen geraten, wäre in die Nähe der Anbetung gerückt. Das hätte mich in Entscheidungsnot gebracht. Ich hatte mich zwar vom Christentum gelöst, aber davon, einen andersartigen religiösen Glauben anzunehmen, war ich weit entfernt. Es war ja gerade diese Glaubensneutralität, die mich an der Transzendentalen Meditation faszinierte. Jeder konnte unabhängig von dieser glauben, was er wollte.

Aber jetzt wäre es sowieso zu spät gewesen. Selbst wenn Maharishi uns die Bedeutung der Mantren offen gelegt hätte, wäre ich auf Gedeih und Verderb ein Initiator gewesen. So aber verbeugte ich mich ganz und gar glücklich vor Maharishi und verließ mit meinem Teilwissen, dem Zettel mit den Mantren samt Verteilerschlüssel, dem Bild von Guru Dev und dem Messingtablett mit allen Utensilien das Zimmer. Jetzt war ich tatsächlich Initiatorin. Wir sollten die Mantren auswendig lernen und wenn wir ganz sicher waren, sie niemals mehr vergessen zu können, sollten wir den Zettel vernichten. Draußen wurde uns die von Maharishi übersetzte und kommentierte Bhagavad-Gita überreicht. Es war ein großes schweres Buch mit festem Einband und glattem, schönem Papier. Es war sicherlich kein Meisterwerk der Buchbinderei, aber man hatte sich bemüht, es so schön wie möglich zu gestalten. Das Cover war zartgelb und die Schrift war mit dünnem Gold geprägt. Ein heiliges Buch, in dem die Essenz aller Weisheit enthalten war. Aber ich gehörte damals noch nicht zu den Bücherwürmern. Papier war geduldig. Wichtiger war mir der Mensch, der dahinter stand. Hinter diesem Buch stand Maharishi, ein Mensch, der verkörperte, was er lehrte. Das war mir vollauf genug. Ich musste seine Bücher nicht lesen. Es waren ohnehin nur zwei. Die „Gita" und „Die Wissenschaft vom Sein und die Kunst des Lebens".

Jetzt ging es daran, zu lernen, wie man Vorträge über Transzendentale Meditation hält, schließlich sollten und wollten wir ja missionarisch tätig werden. Wollte ich das wirklich? „Niemals!", wäre noch vor Kurzem meine überzeugte Antwort gewesen. Ich war ein viel zu großer Freigeist, als dass ich andere von irgendetwas hätte überzeugen wollen. Aber alles, was ich gelernt und erfahren hatte, war so schrecklich überzeugend, so „unkonterbar", so richtig, so wahr – wie hätte ich da „niemals" sagen können? Ich bemühte mich, meine Gedanken so in Worte zu fassen, dass Menschen, die noch nie etwas von Meditation gehört hatten, sie verstehen würden. Das fiel mir sehr schwer. Wir bekamen weder Anweisungen noch Ratschläge noch eine Liste von Punkten, die es zu beachten galt. Wir waren fertig ausgebildete Initiatoren und mussten selber wissen, wie man andere davon überzeugen konnte, dass Transzendentale Meditation der einzig richtige Weg für sie sei. Je mehr Menschen meditierten, desto besser würde es um die Welt bestellt sein. Doch ich hatte trotz allem immer noch das Gefühl, nicht alles erfahren zu haben, noch immer am blutigen Anfang zu stehen. Ich fühlte mich restlos überfordert. *If you want to learn something, start teaching it.* Das war ein guter Grund, sich zu bemühen, aber wohl fühlte ich mich nicht dabei.

Bei den Abendlectures gingen dann Einzelne auf die Bühne und präsentierten ihren Vortrag. Manche glühend, überzeugend, andere sachlich, manche schüchtern, aber stolz. Unter ihnen war auch eine ältere Amerikanerin. Sie hätte eine in die Jahre gekommene First Lady sein können: gertenschlank, immer perfekt gekleidet und zurechtgemacht. Sie war, glaube ich, die Einzige, die während des ganzen Kurses nicht ein einziges Mal in bequemen Sandalen oder legerer Kleidung herumgelaufen war. Ich kannte sie nur gebügelt und frisch vom Friseur, mit gefärbtem und perfekt dauergewelltem Lockenkopf. In ihren mittelhohen Pumps ging sie zierlich auf die Bühne, setzte sich mit sittsam zusammengeschnürten Knien auf einen Stuhl, knickte die parallelen Unterschenkel mit kokett gestreckten Füßen schräg zur Seite und wandte den Kopf Maharishi zu:

"It still has to be dressed up a little bit", bemäntelte sie entschuldigend den Vortrag, den sie uns halten wollte. Maharishi lächelte:

"But you are always perfectly dressed up!" Ein wohlwollendes Gelächter rollte durch die Halle. Die First Lady lächelte errötend, stolz und verschämt und begann:

"Transcendental Meditation is not a normal meditation, but a very special meditation, which has been brought to us by Guru Dev, Maharishis Master, and you don't have to sit in a lotus-position all the time, but you can sit as well in a comfortable chair in your living room or in your bed, or wherever you like, maybe at the ocean or even in the underground."

Sie hielt inne und warf Maharishi einen fragenden Blick zu. Er schaute erst sie, dann uns, dann wieder sie an und meinte: *"The first sentence"*, er schaute in die Runde und dann lachte er fast heraus, *"was horrible!"*

Alle lachten, aber keiner lachte die First Lady aus, im Gegenteil, wir lagen ihr zu Füßen. Sie selber lachte auch, über sich und über die ganze Situation. Uns allen war mit diesem Lachen die Bürde von den Schultern genommen, einen perfekten Vortrag halten zu müssen. Wir waren alle keine tollen Redner, aber jetzt wussten wir, dass das nichts ausmachte. Nie wieder habe ich eine vom verbalen Wortlaut her so vernichtende Kritik gehört, die gleichzeitig einer Liebeserklärung gleichkam und fast wie eine Auszeichnung wirkte.

Der Kurs klang langsam aus. Auch für diese Zeit hielt Maharishi noch Überraschungen für uns bereit. An einem Abend kam Tatwalla Baba und beantwortete Fragen: *"Something good is going to happen, when the cloth and the silk are coming together"*, sagte Maharishi und bezog sich auf sein eigenes seidenes Gewand und den Lendenschurz aus Sackleinen von Tatwalla Baba. Tatsächlich kamen sie Hand in Hand auf die Bühne. Maharishi war klein und fast niedlich im Verhältnis zum hochgewachsenen Tatwalla Baba. Er beantwortete alle Fragen, die Maharishi übersetzte. Ich kann mich an fast keine erinnern und weiß nur noch, dass mich der Einklang zwischen diesen beiden Heiligen, die äußerlich so verschieden waren, sehr beeindruckt hat, ähnlich wie viele Jahre später der Kontrast zwischen den beiden Therevada-Mönchen in unserer österreichischen Küche. Der eine studierte Religionswissenschaft und wohnte bei uns. Während des Semesters ließ er sich die Haare zu einer schwarz gelockten Mähne wachsen und kleidete sich ganz normal in Jeans und T-Shirts, oder Pullover. Wenn er nach Deutschland zu seinem Mönchsbruder fuhr, rasierte er sich eine Glatze und zog seine orangefarbenen Tücher an. Einmal kam sein Mönchsbruder unerwartet nach Salzburg. Da saßen sich die beiden an unserem Küchentisch gegenüber: Der Deutsche, wie immer mit Glatze und orangefarbenem Gewand, und der Student, mit Lockenpracht und in Jeans. Zu seiner Entschuldigung brachte er vor, dass er niemals wagen würde, so wie sein Mönchsbruder herumzulaufen, weil die Menschen es in unseren Breiten einfach nicht verstehen würden. Darauf antwortete der Mönchsbruder: „Und ich würde nicht wagen, so wie du herumzulaufen." Woraufhin beide in ein schallendes Gelächter ausbrachen. „Im Buddhismus ist jeder sein eigener Chef", hatte der Student einmal zu mir gesagt. „Es gibt niemanden, der einem anderen etwas zu befehlen oder zu verbieten hat. Wenn jemand bestimmte Gebote nicht einhält, dann hat er das allein mit sich selber auszumachen." Ähnlich verschieden und doch im Einklang saßen Tatwalla Baba und Maharishi nebeneinander. „Was ist das Leben?" fragte ein Amerikaner und Tatwalla Baba antwortete ohne zu zögern, laut und langgezogen: „O–h–m." Dann meditierten wir alle zusammen und es war eine der tiefsten Meditationen, die ich je erlebte. Jeder kennt die steigernde Wirkung vieler Menschen, die konzentriert lesen oder zuhören. Genauso vertiefte die gemeinsame Meditation das Meditationserlebnis – und dies umso mehr, wenn zwei geistige Atomreaktoren wie Maharishi und Tatwalla Baba ihre Energie in kleine Umspannwerke einspeisten.

An einem anderen Abend hatte Maharishi Pandits eingeladen, die für uns die Samavedas rezitieren sollten. Jemand ging durch die Reihen und strich uns Sandelholzpaste auf die Stirn. Dann lauschten wir den für unsere musikalische Prägung recht seltsam anmutenden Klängen. Unser Gehirn ist es gewohnt, Musik nach Takt, Rhythmus, Harmonie, Melodie und Phrasierungen zu ordnen, auch wenn uns selber das nicht bewusst ist. Eine Melodie ist für uns keine lose Folge von Tönen, sondern diese werden von uns erst als eine solche erkannt, wenn ihre Töne in einem bestimmten Verhältnis zueinander stehen, wenn sie ein Rhythmus vereint, wenn sie eine Phrase mit einem deutlichen Anfang und Ende erkennen lassen. Aber all diese Ordnungsprinzipien griffen bei den Gesängen der Pandits in meinen westlichen Ohren nicht. Die Tonabfolgen waren so monoton und so kompliziert zugleich, dass sie in meinen Ohren keine Melodie ergaben und die Rhythmen waren so vielschichtig, dass ich Anfang und Ende einer Phrase nicht ausmachen konnte. Nur der ständig mitschwingende Grundton war eine Konstante, an der ich mich festhalten konnte. Ich musste loslassen, musste aufhören, dem Singsang überhaupt in irgendeiner Weise folgen zu wollen, denn es schien nichts zu geben, wohin er führte. Am ehesten war diese Musik für mich mit dem Plätschern eines Gebirgsbaches zu vergleichen. Nichts war mehr wichtig außer diesem Klang, der gleichbleibend auf und ab schwebend, um einen Grundton kreisend die Wahrnehmung immer mehr in die Gegenwart zog.

Ich ließ mich mit geschlossenen Augen vom Auf- und Abschwellen der tiefen Pandit-Stimmen treiben, schweifte ab, kam wieder zurück, wie in einer Meditation, bis die Stimmen irgendwann tatsächlich fast überraschend verklangen. Ich kam langsam wieder zu mir und schaute erwartungsvoll auf Maharishi. Was konnte er jetzt noch sagen? Würde er überhaupt etwas sagen? Es herrschte jene Stille, der sich auch die Zuhörer klassischer, westlicher Konzerte nach besonders berührenden, leise verklingenden Musikstücken nicht entziehen können. Nach unendlich langen Sekunden wird eine solche Stille, die lieber ungestört bliebe, meist unausweichlich von irgendeinem Ungeduldigen mit einem ersten zögerlichen Klatscher zerstört. Andere fallen fast erleichtert ein. Der Bann ist gebrochen. Tosender Applaus brandet auf. Beifall aber war nach dem Gesang der Pandits so völlig unangebracht, dass wir alle nur auf Maharishi blickten.

Für jemanden, der von allen angestarrt wird, saß er erstaunlich lange da und schwieg und ließ die Stille wirken. Dann richtete er sich auf und sagte langsam und bedächtig: *"To talk about eternity means to be quiet – or to talk all the time."* Zustimmendes Seufzen, verklärte Gesichter. Wir standen auf, um gemeinsam die Puja zu zelebrieren.

In einer Vollmondnacht mietete Maharishi Boote. Wir zogen in einer langen Prozession zum Ganges hinunter und fuhren gemeinsam den Fluss hinauf und wieder hinunter. Keiner wusste wirklich, was diese Mondscheinfahrt sollte. *"There is something very special about water"*, war alles, was wir zu hören bekamen. Später, als Maharishi schon lange nicht mehr in Rishikesh lebte, erfuhr ich, dass ihm Gangeswasser geschickt wurde, egal wo er lebte.

Es war die Zeit, in der wir Maharishi unsere Malas – die Gebetsketten mit den 108 Perlen – gaben, damit er sie einige Zeit trug, sie in den Händen hielt und auf diese Weise energetisch auflud. Auch ich gab ihm meine Mala, hatte aber das Gefühl, dass er sie nachlässig behandelte und kaum in den Händen hielt, bevor er sie mir wieder zurückgab. Mein Glaube an diese Zaubereien war immer noch mit genügend Zweifeln behaftet.

Dann kam die Zeit des Abschiednehmens. Es war nicht so, dass der Kurs exakt am 30. April vorbei war, wie es bei westlichen Veranstaltungen üblich gewesen wäre. Jeder fuhr, wann es ihm beliebte. Die Küche kochte weiter, die Zimmer wurden nicht gleich für den nächsten Schub Suchender gebraucht. Wir lungerten im Ashram herum, ließen uns treiben und die Zeit ausklingen. Wie alle anderen, ging auch ich in dieser Zeit mit meiner Gita zu Maharishi, damit er mir eine Widmung hineinschriebe. *"Are you already leaving?"*, war seine erste Frage. Hätte ich gewusst, was ich heute weiß, hätte ich das als eindeutige Aufforderung verstanden, zu bleiben, hätte auf jeden Fall nachgefragt, ob ich bleiben solle oder bleiben dürfe. Es hätte mich ja nichts daran gehindert. Ich hatte keinen Job und auch sonst keinerlei Verpflichtungen. Auf meinem Konto war genügend Geld. Warum also blieb ich nicht? Ohne einen Moment zu zögern, beantwortete ich Maharishis Frage mit einem schlichten *"Yes"* und er fragte nicht weiter. Er nahm meine Gita, schlug sie auf und begann zu schreiben. Dann hielt er inne, dachte nach und fragte mich: *"How do you spell your name?"* Er wusste nicht, wie ich hieß, woher auch? Nur von dem einen Mal, als ich unter seiner direkten Obhut stand? Damals war mein Name völlig unwichtig gewesen. Ich verstand sehr wohl, dass er meinen Namen wissen wollte und zu höflich war, direkt nach ihm zu fragen. Er täuschte mir zuliebe vor, meinen Namen zu kennen und lediglich über die Schreibweise im Unklaren zu sein. Gerührt von seinem Feingefühl machte ich das Spiel mit und buchstabierte. Dann schrieb er weiter, schloss die Gita und gab sie mir lächelnd zurück. Ich dankte und verabschiedete mich. Draußen setzte ich mich auf die Stufen, die zu seinem Haus führten, und öffnete das Buch. Tränen schossen mir in die Augen. Ich schloss die Gita und konnte nicht aufhören zu weinen. Constanze kam, legte den Arm um mich und fragte, was los sei, aber ich konnte es nicht sagen.

"Dear blessed Ulrike, enjoy the wisdom and radiate life for all to enjoy."

Niemand konnte ermessen, was diese Zeilen für mich bedeuteten. Meinen vollen Namen kannte ich nur im Zusammenhang mit bösen Taten. Rieckerchen, Hummelchen, Agathe, Thusnelda, Kalinchen Hopsassa und Gewitterziege waren nur einige der Namen, mit denen meine Mutter mich immer betitelt hatte. Sie rief mich nie bei meinem vollen Namen, schrieb auch alle Briefe an „mein Riekchen" oder „mein Riekerchen". Meinen vollen Namen bekam ich nur zu hören, wenn ich jemandem vorgestellt wurde: „Das ist unsere Tochter Ulrike." Dann klang es steif, fremd und offiziell. Oder wenn ich etwas ausgefressen hatte: „Ulriiiiike!" Dann klang er bitterböse, empört und drohend, Unheil verheißend. Jetzt hatte mich jemand nicht nur mit diesem vollen Namen angesprochen, sondern er hatte ein wichtiges Wort hinzugefügt: *"blessed"* – *"blessed Ulrike"*. Ich war gesegnet. Es war anders als der Segen in der Kirche: „Der Herr segne Euch und behüte Euch, er lasse sein Angesicht leuchten über Euch und sei Euch gnädig." Wer wusste jemals, ob er wirklich gesegnet war? Es war der fromme Wunsch irgendeines Pfarrers, und niemals wusste man, ob diesem Wunsch auf höherer Ebene auch entsprochen wurde. Ich jedenfalls hatte mich aus unerfindlichen Gründen von diesem Segen immer ausgenommen gefühlt. Aber jetzt war ich gesegnet. Ganz einfach gesegnet, ohne Wenn und Aber. Das allein hätte schon genügt, um mich im Innersten zu treffen. Aber dann stand da noch: *"enjoy the wisdom"* – freue dich der Weisheit, es stand nicht: Lerne die Weisheit, folge der Weisheit oder befolge die Weisheit. Nein, es stand: Genieße die Weisheit. – Ja, ich wollte sie genießen, aus ganzem Herzen. *"And radiate life for all to enjoy."* Ja, ja ja ja! Ich wollte alle glücklich machen, ich wollte das Leben selbst in seiner Fülle ausstrahlen und alle glücklich machen, so wie ich selbst das Glück empfangen hatte.

„Weil du so gut und so wert bist, geachtet vor meinen Augen, musst du auch herrlich sein, und ich habe dich lieb." – mein Konfirmationsspruch. „Weil du so gut und so wert bist ..." – nichts von Lebensfreude. „Gut" und „wert" waren moralische Kategorien. „Musst du auch herrlich sein" – Jedes „Sein-Müssen" ist eine Verpflichtung, die nicht besser, sondern eher schlimmer wird, wenn das geforderte So-Sein auch noch als „herrlich" bezeichnet wird. Wie macht man das? „Und ich habe dich lieb" – das kam wie ein Nachhall nach der Erfüllung der Pflicht. Dieser Spruch hatte mich mit Moral und unendlich hohem Anspruch überfordert.

„Seid der Sand und nicht das Öl im Getriebe der Welt." Das Thema, unter das meine Geschichtslehrerin die Rede zu unserer Abiturientenfeier gestellt hatte. Noch ein Anspruch! Er feuerte mich in meinem Widerspruchsgeist an und machte mich zum Außenseiter der Wohlstandsgesellschaft.

"Dear blessed Ulrike, enjoy the wisdom and radiate life for all to enjoy." Maharishi hatte mit diesen Worten alle meine Abwehrmechanismen ausgehebelt. Ich saß da und weinte, nicht vor Glück, nicht vor Rührung, sondern weil ich mich angenommen und tiefer erkannt fühlte, als es mir jemals selber möglich gewesen war. Ich erlebte mich von einem Segen durchtränkt, gegen den all meine verbliebenen Selbstzweifel machtlos waren. Ich zeigte die Widmung weder Constanze noch sonst jemandem, schaute auch nicht in andere Gitas, um ande-

re Widmungen zu lesen, sondern bewahrte diese Worte in meinem Herzen und ließ sie wirken. Sie gehörten mir allein. Wahrscheinlich schrieb Maharishi allen dieselbe Widmung in die Gita, aber selbst wenn ich damals schon auf so einen einfachen Gedanken gekommen wäre, hätte das der Wirkung, die diese Worte auf mich hatten, keinen Abbruch getan. Sie hatten mich erreicht, ich hatte sie annehmen können.

Eigentlich hätte ich jetzt glücklich und zufrieden abreisen können, satt und erfüllt. Aber es passierte etwas, das mich völlig verunsicherte. Maharishi hatte uns die Mantren auf einen kleinen Zettel geschrieben, nicht größer als unsere Handfläche, und er hatte uns eingeschärft, gut auf das Papier aufzupassen und es zu vernichten, wenn wir die Mantren auswendig konnten. Das war nicht schwer. Es waren ja nur so wenige. Ich lernte sie schnell. Doch als ich den Zettel suchte, um ihn zu vernichten, war er verschwunden. Ich hatte ihn verloren. Ich hatte die Mantren verloren. Ich hatte das Geheimnis, das wir nicht preisgeben durften, verloren. Ich hatte nicht gut genug auf diesen Zettel aufgepasst, diesen Zettel mit der Handschrift Maharishis. In welche Hände war er gekommen? Ich kam mir vor wie ein Verräter, fühlte mich unwürdig, eine Initiatorin zu sein, und wagte nicht, zu Maharishi zu gehen, und ihm zu beichten, was passiert war. Die Scham und die Angst waren zu groß. Was musste er von mir denken?! Ich erzählte nicht nur Maharishi nichts davon, sondern niemandem. Ich trug die Last meiner Schuld heimlich mit mir herum, wie ein Dieb in der Nacht, und suchte verzweifelt nach dem verlorenen Gut, fand den Zettel nicht, ging alle Wege rückwärts, die ich gegangen war, wusste nicht mehr, wann ich ihn zuletzt in der Hand gehalten hatte. Ein kleines Stück Papier wurde zu einer unendlich schweren Bürde. Meine Halsschmerzen tobten.

Ich dachte, mich vorbeimogeln zu können. Wenn es niemand wusste, war es nicht geschehen, oder? Ich vermaledeiter Trottel. Ich drehte mir selber einen Strick, legte ihn mir um den Hals und zog ihn zu – alles nur wegen eines einzigen kleinen Stück Papiers, das wahrscheinlich irgendwo im weitläufigen Gelände des Ashrams verrottete oder vom Wind in den Ganges geweht worden war. Aber es kam mir so vor, als würde man hinter meinem Rücken über mich lachen. Hatten andere den Zettel entwendet? Ich kam mir vor wie das Loch in einem Sack, durch das ein Schatz verloren ging.

So fuhr ich denn mit den anderen ab, glücklich und erfüllt einerseits und andererseits ein Loch, ein Nichts, als Initiatorin eine Versagerin, bevor ich überhaupt angefangen hatte, andere Menschen einzuweisen.

Constanze und ich machten noch einen Zwischenstopp in Athen und schipperten in der Ägäis herum. Wir standen am Heck eines Schiffes, als Constanze ihren Mantren-Zettel zerriss und die Schnipsel über Bord warf, wo sie dem Kielwasser entgegentaumelten. Ich zerriss auch einen Zettel und tat es ihr gleich, aber meiner war eine selbst gemachte Kopie, die Zeremonie einer Lüge. Voller Neid wurde ich Zeuge, wie Constanze den letzten Schnipsel mit einem winzigen Fleck blauer Tinte, einem Strich, den Maharishi gezogen hatte, in den Mund steckte und verschluckte – sie vollzog eine Kommunion und ich konnte es ihr nicht gleichtun.

Die unspektakulären Damen erzählen, wie gut ihnen die Meditation tue und dass es doch schön wäre, wenn man öfter so einen Center-Abend veranstalten würde. Sie wagt einzuwenden, dass TM nicht unbedingt für alle Menschen das Richtige sei. Große Augen. Staunendes Fragen. Sie gibt sich als Initiatorin zu erkennen und äußert die Ansicht, dass TM durchaus auch gefährlich sein kann. Noch größere Augen, noch staunenderes Fragen. „Jemand, den ich eingewiesen habe, ist in der Nervenklinik gelandet", gibt sie schließlich zu.

Der runde Hausherr schaltet sich ein: „Viele der Menschen, die früher angefangen haben zu meditieren, hätten eigentlich einen Psychologen oder Psychiater gebraucht. Heute ist das nicht mehr so, dafür ist es zu teuer geworden."

„Ach", sagt sie, „wie viel kostet es denn?"

„Bei uns 2.000 Euro, in Deutschland 2.500 Euro."[22]

Sie versteht die Argumentation nicht. Haben Reiche keine psychischen Störungen oder sind sie so geizig, dass sie sich lieber einer kassenfinanzierten Gesprächstherapie unterziehen?

„Außerdem", meldet sich seine Frau zu Wort, „muss man sowieso mit 10 Prozent Ausfall rechnen. Ich habe ungefähr hundert Menschen eingewiesen und zehn sind in der Nervenklinik gelandet. Das ist normal." Stille Wasser sind tief, denkt sie, und dass sie mit ihrem einen Fall ja noch weit unter dem Durchschnitt lag.

---

22 Kürzlich erreichte mich eine E-Mail, dass die Preise um „fast die Hälfte" gesunken seien.

Auf Mission

I

Es kommt ein Schiff, geladen bis an den höchsten Rand, nein, zum Sinken voll mit naivem Sendungsbewusstsein und aufgetakelt mit unverdauten Erfahrungen. Der Mast: Ein Inder, den ich einerseits kaum kannte, über dessen Kultur und Religion ich immer noch viel zu wenig wusste, andererseits ein Mensch, der mir eine Welt eröffnet hatte, nach der ich immer gesucht hatte. Das Segel: Mein Glaube an die Realität dieser anderen Welt und daran, dass man sie durch Transzendentale Meditation realisieren, verstehen, erreichen könnte. Der Wind: Meine ungestillte Sehnsucht nach etwas, das über das Normale hinausging, nach etwas, das ich bisher immer nur entwischen gesehen hatte. Immer wenn ich es zu fassen geglaubt hatte, war es schon wieder weg. Es waren Augenblicke höchster Intensität, höchster Erfüllung gewesen, aber es waren nur Momente. Ich wollte, dass das – was immer es war – ewig bleiben und zu einer lebendigen, mich stets begleitenden Realität werden würde. Diese Sehnsucht war höchstwahrscheinlich das Unschuldigste an dem ganzen Unternehmen.

Mit sechsundzwanzig Jahren zog ich also wieder bei meinen Eltern ein und dachte mir nichts dabei. Nach meiner turbulenten Liebe, drei Jahren in der Entwicklungshilfe und einem Dreivierteljahr steiler Meditationserfahrungen zog ich wieder in mein Kinderzimmer ein, das unverändert gewartet hatte, als hätte es gewusst, dass ich ihm trotz all meiner Eskapaden nicht entkommen würde.

Ich hatte das schönste Zimmer der Wohnung, südseitig mit Balkon. Meine Brüder hatten sich als Kinder das dunkle Hinterhofzimmer auf der anderen Seite des Flures teilen müssen, der die Wohnung der Länge nach scheitelte. Nachdem beide geheiratet hatten, hatten meine Eltern dort ein dunkles Esszimmer eingerichtet. Auf dieser Schattenseite des Flures lagen auch die Küche und das Badezimmer. Auf der Sonnenseite lagen außer meinem Zimmer noch das Wohnzimmer und das Schlafzimmer meiner Eltern – große Zimmer, aber ohne Balkon. Das Ganze war eine aufgemotzte Sozialwohnung, die meine Mutter zu gerne gegen ein Einfamilienhaus eingetauscht hätte, aber mein Vater, der im Krieg die Besitztümer seiner gesamten Familie im Osten hatte untergehen sehen, weigerte sich, in Grund und Boden zu investieren. Er investierte zum Leidwesen meiner Mutter in Aktien. Dieser schwankende Boden schien ihm sicherer als eine Immobilie, die man im Kriegsfall nicht mitnehmen konnte.

Ich hatte meinen Eltern immer wieder gesagt, sie sollten das Esszimmer doch in meinem Zimmer einrichten. Die wenigen Male, die ich zu Hause sein würde, könnte ich ja auch im Hofzimmer schlafen. Aber sie beließen mein Zimmer, wie es war und wo es war, und begnügten sich selber mit der Schattenseite des Lebens, während ich mich in Afrika herumtrieb und auch, als ich nach Indien abschwirrte.

Als wir nach Hamburg zogen, war ich sechs. Nach der Flucht aus Danzig und nachdem es unsere Familie im Nachkriegsdeutschland von einem Ort zum anderen verschlagen hatte, fasste mein Vater schließlich in der Hansestadt beruflich festen Fuß. Zwei Wohnblöcke standen damals wie fehl am Platz inmitten eines riesigen Abenteuerspielplatzes aus Trümmerfeldern, Ruinen und einem verwilderten Park. „Warum haben sie diese Häuser denn nicht auch noch zusammengeschossen?", fragte mein Bruder bei unserer Ankunft. Die Erwachsenen hatten keine Zeit für uns. Die Kinder organisierten sich selbst, fochten Bandenkriege aus, schlugen sich durch dichten Parkdschungel, suchten in den Resten verwilderter Innenhöfe nach Petersilie oder Blumen und rannten zu den Kolonnen der Amerikaner, wenn sie auf der Autobahnzubringerstraße bei uns in der Nähe anhielten. Dann gab es Marmelade, Kaugummi und Honig, und ich ließ mich von schokoladenbraunen GIs mit strahlend weißen Zähnen auf den Schoß nehmen, um ein Stück Schokolade zu ergattern.

Für uns Kinder war es eine glückliche, wilde, freie Zeit, in der wir uns ganz alleine und ungestört von blöden Erwachsenen behaupten durften. Aber der Wiederaufbau machte alles kaputt: Stück für Stück bauten sie die Häuser wieder auf und verkleinerten gnadenlos unseren Spielplatz. Der Park wurde neu angelegt, was bedeutete, dass wir nur noch auf den Wegen gehen durften. Das Sumpfgelände um den verwilderten Teich, wo wir im Frühjahr Jagd auf winzige Frösche gemacht hatten, wurde trockengelegt, und Parkwächter machten uns das Leben schwer. Schließlich füllten sich sogar die bislang leeren „Spielstraßen" mit Autos, und uns Kindern blieb schließlich nur noch der Hinterhof, in dem wir aber keinen Krach machen durften. Die abgegrenzte Spielwiese im Park und der neu angelegte, so genannte Abenteuerspielplatz machten uns das Herz schwer.

Als ich aus Indien kam, waren alle meine Spielkameraden aus der damaligen Zeit verschwunden, verheiratet, von der Gesellschaft aufgesogen. Unser Viertel alterte zusehends und es machten sich Institutionen breit, die Essen auf Rädern, Reinigungs- und Pflegehilfen anboten. Ich war sozusagen alleine in Hamburg, ohne Kontakt zu anderen meiner Generation, und ich suchte ihn auch nicht. Was hätten sie mir schon zu sagen gehabt, die ehemaligen Schulkameraden und Schulkameradinnen, die sicherlich schon fast alle verheiratet waren, Kinder hatten und im Beruf standen. Ihre Welt war nicht mehr meine Welt. Ich hatte nichts von alledem, was sie hatten, vor allem hatte ich keinen Beruf, noch nicht einmal einen Job. Aber ich kam auch nicht auf die Idee, mir einen zu suchen, denn ich wollte ja als Initiatorin arbeiten, als Fulltime-Initiatorin.

Ich nahm Unterkunft und Verpflegung von meinen Eltern als selbstverständlich an, glaubte, sie wären nichts anderes als froh, dass sie mich endlich wieder zu Hause hatten, denn sie mussten sich ja keine Gedanken mehr darüber machen, mit wem und wo ich mich herumtrieb, weil ich jede Nacht jungfräulich unter ihrem Dach schlief. Und sie sahen erleichtert, dass „die Fehlbesetzung" Horst nicht mehr die Hauptrolle in meinem Lebensdrama zu spielen schien.

Sie fragten mich nicht nach meinen Erfahrungen in Indien. Sie standen mir staunend und stumm gegenüber, platzten fast vor unausgesprochenen Fragen, aber weil sie nicht fragten, erzählte ich nur das Notwendigste, das heißt ich beschrieb nur das Positive, das Schöne und Erhebende und übersprang elegant mit doppeltem Rittberger alle Abgründe. Sie hätten meine Erlebnisse und Erkenntnisse sowieso nicht verstanden, wären von einem Entsetzen ins andere gefallen. Wozu also?

Stattdessen entwarf ich ein Kinderbuch. Vielleicht würden sie das ja verstehen. Ich suchte nach einer Metapher für Erleuchtung, für etwas, das immer und überall präsent ist, für etwas, das Leben und Wärme spendet. Gab es etwas Näherliegendes als die Sonne? Also schrieb ich: „Die Sonne scheint überall – im Wald, am Meer, in der Stadt, in den Bergen oder auf einer Blumenwiese. Sie scheint im Frühling, im Sommer, im Herbst und im Winter und wenn es regnet, scheint sie über den Wolken. Die Sonne scheint überall, auch in DIR." – Das sollte heißen: Das Glück ist überall, du musst es nur sehen, und vor allem ist es in dir, wo sonst? Dann besorgte ich leuchtendes Tonpapier, schnitt es zurecht und fertigte Collagen an: klare Linien, klare Farben, irgendwo zwischen Abstraktion und Kitsch angesiedelt. Die Farben knallten dem Betrachter geradezu um die Ohren. Das gefiel mir. Die Bilder sollten so eindrücklich sein wie meine Erlebnisse. Erst viel später fiel mir auf, dass ich ein totes Buch geschaffen hatte, denn außer einem zu plakativ geratenen Schmetterling und einem fetten Maikäfer, die beide satt und schwer über der Blumenwiese hingen, als würden sie gleich abstürzen, kam nicht ein einziges Lebewesen im ganzen Buch vor. Die Berge und der Strand waren menschenleer, die Stadt war eine Geisterstadt mit einem Geisterauto und auch im Wald ließ sich kein Hasenschwanz blicken. Aber die Hauptperson war ja schließlich auch die Sonne, die Sonne und noch einmal die Sonne, und die ist ein Einzelgänger. Sie scheint über Gut und Böse und erreicht alle – *apavitra pavitro va*[23]. Ich bot das Buch verschiedenen Verlagen an und war erstaunt, dass es niemand haben wollte. Ich dachte, ich hätte ein Meisterwerk geschaffen.

Meine Eltern waren die ersten, denen ich die Vorzüge der Transzendentalen Meditation möglichst sachlich erläuterte, und mein Vater wollte sich prompt einweisen lassen. Es trennten uns Welten beziehungsweise Meere, aber hier sah er ein Schiff, das ihn, den Ungläubigen, den religiös und philosophisch Uninteressierten, den ganz diesseitig Orientierten, von seinem Kontinent zu meinem hinübertragen konnte. Meine Mutter wollte nicht meditieren, aber weil mein

---

23 Ob rein oder unrein

Vater meiner Mutter zuliebe noch in der Kirche war, musste sie sich jetzt ihm zuliebe in die Meditation einweisen lassen. Wie ich für dich, so du für mich, aber auf jeden Fall zusammen, wenn auch verkrüppelt.

Ich bereitete alles vor, und dann standen meine Eltern tatsächlich rechts und links von mir vor dem Bild von Guru Dev, wohnten der Puja bei, und zum ersten Mal zog ein zarter Sandelholzduft durch den erstaunten Flur. Ich flüsterte ihnen die Mantren zu, und sie versanken in ihrer ersten Meditation. Meinem Vater schien es dabei ganz gut zu gehen, aber als ich während der ersten längeren Phase einen Blick auf meine Mutter warf, erschrak ich über ihr eingefallenes, verhärmtes Gesicht, das nichts von dem ewig lächelnden, immer noch mädchenhaften Ausdruck zeigte, den sie sonst umrahmt von weiß gelockter Dauerwelle zur Schau trug. Als sie zum Schluss erleichtert die Augen öffnete, blühte dieses Lächeln sofort wieder auf, als würde sie eine täuschend echte Maske aufsetzen.

Drei Tage hintereinander meditierten wir zusammen, drei Tage lang gab ich ihnen weitere Anweisungen, überprüfte ihre Technik, und in jeder dieser Meditationen vollzog sich die Gesichtsumwandlung meiner Mutter in der gleichen erschreckenden Weise. Mein Vater und meine Mutter hatten in der Familie immer als die Inkarnation reinster Liebe gegolten. Jetzt kamen mir die ersten Zweifel. Nach diesen drei Tagen hörte meine Mutter auf zu meditieren und ich wagte nicht zu fragen, warum. Mein Vater aber zog sich brav jeden Morgen und jeden Abend zwanzig Minuten zurück und meditierte. Zunächst glaubte ich, dass es ihm wirklich gut tat, aber dann erwischte ich ihn ein paar Wochen später bei einem Telefonat mit seinem Chef, diesem miesen Kerl, der ihn bis aufs Blut aussaugte: „Ja, Herr Struwe, nein, Herr Struwe, aber gewiss doch, Herr Struwe." Die Unterwürfigkeit meines Vaters war widerwärtig. „Wissen Sie, Sie können mich gar nicht mehr aufregen, Herr Struwe, ich meditiere jetzt nämlich jeden Morgen und jeden Abend und deshalb bin ich jetzt ganz ruhig, Herr Struwe. Aber regen Sie sich doch nicht so auf, Herr Struwe! Ich rege mich doch auch nicht auf!" Welch ein Schwindel! Mein Vater war alles andere als ruhig: Er kochte vor Wut über die Unverfrorenheit seines Chefs, ihn am Sonntagabend zu belästigen, und verging vor Scham über seine eigene Unfähigkeit, dem Tyrannen in die Eier zu treten – aber: „Ich bin ganz ruhig, Herr Struwe!" So war die Meditation nicht gemeint, Pappilappi, so nicht.

Als Kind war ich mit ihm sonntags ins Büro getigert. An seiner Hand betrat ich den für Hamburg typischen Backsteinbau des alten Kontors. Hinter uns fiel die schwere Eichentür donnernd ins Schloss. Dann umfing uns die Stille der riesigen und Ehrfurcht gebietenden Treppenhalle. Der Boden war mit blitzblauem Linoleum verlegt und immer auch blitzblank gewienert. Die breite Treppe schmiegte sich an die Wand und führte in jeder Etage auf einen geräumigen weitläufigen Balkon, der rings um die ganze Halle führte. Das gusseiserne, kunstvoll gebauchte Treppengeländer zog sich endlos in die Höhe. Von meinem Vater beschützt, wagte ich mich in die Nähe des Paternosters, der am Wochenende stillstand und uns mit zwei leeren Kabinen angähnte. Mein Vater drückte auf einen Knopf, es folgte ein trockenes Klicken, als wenn ein Zahnrad einrastete, und dann setzte sich das Ungeheuer quietschend und klappernd in Bewegung. Auf der einen Seite stiegen immer neue Transportkisten aus dem Keller empor und ratterten nach oben, während auf der anderen Seite Kabine um Kabine von oben heruntersank und im Boden verschwand. Die Zeit zum Einsteigen war kurz bemessen. Mein Vater nahm mich an der Hand und gemeinsam wagten wir den Schritt vom festen Boden in das Klapperkarussell lieber zu früh als zu spät, und die Angst, zwischen Aufzugsschacht und Decke eingeklemmt zu werden, schwang immer mit. Manchmal fuhren wir zum Spaß auch die ganze Runde, oben durch den Himmel, wo das riesige Räderwerk alle Geheimnisse der wie von Zauberhand in Gang gesetzten Kabinen preisgab, und unten durch die stockfinstere Hölle, in der das Klappern der Paternosterschachteln und das Rattern und Quietschen der Räder so unerträglich laut wurde, dass ich mir die Ohren zuhielt, nein, nur ein Ohr, denn meine andere Hand ruhte sicher in der seinen.

Stundenlang saß ich im Nebenzimmer seines Büros und spielte Sekretärin, beobachtete durch eine Glasscheibe, wie mein Vater für diesen Sklaventreiber Herrn Struwe Akten las, Notizen machte und Fernschreiben beantwortete. Das übrige Büro war leer. Niemand war so blöd, auch am Wochenende zu arbeiten. Nur das Pflichtbewusstsein meines Vaters war so dämlich grenzenlos. Erst viel später habe ich mich gefragt, welcher privaten Hölle er eigentlich entfliehen wollte.

Wie groß aber muss die Sehnsucht dieses kleinen Mädchens gewesen sein, das stundenlang brav und klaglos die Langeweile im Vorzimmer ihres Vaters erduldete, nur um in seiner Nähe zu sein? Ich habe ihn damals porträtiert, frontal, den Kopf geneigt, die schwarzen lang geschnittenen Haare gepflegt gescheitelt und glatt zurückgekämmt, die Augen durch eine Brille auf ein Blatt Papier auf dem Schreibtisch geheftet. Der Mund unter dem Schnurrbart ernst. Ein Bild konzentrierten Arbeitens. Darunter schrieb ich: „Mein Vater", nicht „Mein Vater bei der Arbeit" oder „Mein Vater im Büro", nein, ich schrieb nur „Mein Vater", als gäbe es keinen anderen Vater, keinen der Tennis spielte, keinen der mir Geschichten erzählte, keinen der mit meiner Mutter schäkerte, der ein Buch las, der wanderte, der lachte, der Pfeife rauchte, der sich auf den Kopf stellte, der tanzte oder der sich mal total hängen ließ. Ich kannte meinen Vater als Kind nur Akten lesend. Diese Ungetüme kamen mit nach Hause und dort sogar mit ins Bett. „Seid still, Pappi muss arbeiten." Nur ein einziges Mal erwischte ich sein „Muttchen" mit leuchtenden, siegesbewussten Augen sonntagmorgens in seinen Armen, was mir verriet, dass etwas Besonderes vorgefallen sein musste. Ich versuchte, den amüsierten Gesichtsausdruck meines Vaters zu deuten. Später lernte ich, dass er genau das die „jecken fünf Minuten" nannte.

Jetzt gab es nichts herumzudeuten. Alles war klar. Jetzt stand er da, wie aus dem Ei gepellt, machte mit dem Telefonhörer in der Hand eine Verbeugung nach der anderen vor einem unsichtbaren Gegenüber und faselte Herrn Struwe etwas von einer nicht vorhandenen Ruhe vor. Meine Wut über seinen Selbstbetrug rang mein Mitleid mühelos nieder und rief die Verachtung auf den Plan, um meine Liebe zu ersticken ... armer Pappilappi!

Ich hakte meinen Vater wieder einmal ab und zog aus, um Hamburg der Erleuchtung näher zu bringen. Unsere deutsche Gruppe aus Rishikesh hatte sich in alle Winde zerstreut. Wir hatten auch keine Adressen ausgetauscht, weil wir sicher waren, uns sowieso irgendwann wiederzusehen. Nur Antje und ich, die beiden Hamburgerinnen, hatten uns verabredet, etwas gemeinsam zu unternehmen. Antje war in Rishikesh immer nur als braves, bemühtes Geschöpf an der Peripherie meiner Wahrnehmung entlang gehuscht. Jetzt saßen wir plötzlich im selben Boot.

Es ist einer jener Tage, an denen sie nicht weiß, warum sie so lebt, wie sie lebt, warum alles, was ihr einmal heilig gewesen ist, aus ihrem Leben verschwunden ist. Sie weiß, dass sie irgendwann alles wesentliche Streben eingestellt hat, aber sie hatte damals nicht damit gerechnet, dass eine ganze Horde von Sachzwängen über dieses Vakuum herfallen würde, um sie ohne Ende auf Trab zu halten: Du hast kein großes Ziel? Wir geben dir tausend kleine dafür! Was, nur tausend? Nein, abertausende, die dich beherrschen und ohne Ende beschäftigen werden. Irgendwie war ihr Leben dann eifrig und oberflächlich dahinplätschernd so geworden, wie es ihr jetzt erschien: belanglos – und es war ein Glück, dass sogar diese Tatsache belanglos war.

Wenn dem einmal nicht so war, wenn sich eine nicht zu vertreibende Traurigkeit breit machte, flog sie in Gedanken zum Andromedanebel und lachte über ihre kleine Welt voller Nichtigkeiten in diesem riesigen Universum.

Noch lächerlicher waren ihr gestern nur die Anstrengungen der olympischen Biathlonläufer erschienen: „Wird er es schaffen? Nein, die Batterien sind leer, zwei Fehlschüsse! Das kann er nicht aufholen. Nie wieder wird er eine solche Chance bekommen, die Hoffnung auf eine Medaille ist für immer dahin, und er weiß es! Die Enttäuschung ist ihm ins Gesicht geschrieben, Vorbei, es ist vorbei! ..."

Tom aus Uruguay ist da und bringt Brötchen.

Münchhausen meckert über den Center-Abend und am Vogelhaus hat sich ein einzelner Spatz eingefunden.

II

Sie war eine kleine, kompakte Porzellanpuppe, die auf die 40 zuging. Erste Silberfäden durchzogen ihr rot gekraustes Haar, das sich nur widerwillig zum Pferdeschwanz bändigen ließ. Sie trug die immer gleichen, wadenlangen Röcke, Hemdblusen mit oder ohne Pullover und bequeme Gesundheitsschuhe. Wenn sie ihren beigefarbenen Popelinemantel anzog, fehlte nur noch die Gitarre zum Wandervogel. Ich überragte sie um gut einen ganzen Kopf, hatte dunkles, langes Haar und entlehnte meinen Kleidungsstil bei den Hippies: lange Kleider mit orientalischen Mustern, Ketten ohne Zahl, ein Hauch von Tabea-Kopie, ein Flair von jener Freiheit, die Antjes Haare gerne genossen hätten. Antje war verheiratet und hatte einen achtjährigen Sohn samt Mann zu betreuen. Ich dagegen war immer noch solo und kannte nichts außer meinen ganz alleinigen Wünschen. Ein ungleiches Paar.

Wir trafen uns im Zentrum für Transzendentale Meditation in der Rothenbaumchaussee, die das vornehme Viertel an der Außenalster vom Studentenviertel trennte. Im dritten Stock des herrschaftlichen Altbaus lag eine Dreizimmerwohnung, deren hohe, helle Räume mit stuckverzierten Decken, knarrenden Dielen und hohen, schmalen Fenstern Gediegenheit und Verlässlichkeit ausstrahlten. Ein edles Ambiente. Der Platzhirsch war Herr Becker, ein stattlicher Hanseat mittleren Alters, der ein kleines Import-Export-Unternehmen führte. Heute würde man sagen: Er machte in Eiern. Nie sah ich ihn anders als in einem farblich passenden grauen Anzug zu seinen grauen Augen und den gepflegten grauen Haaren. Er war schon seit mehreren Jahren Initiator, und war auch mit uns in Indien gewesen, um seine Batterien aufzuladen. Er hatte uns abgeprüft und uns zurechtgestutzt, hatte uns beglückwünscht, als wir von unserer Initiation bei Maharishi kamen, aber jetzt wollte er die frisch gebackenen Initiatoren nicht wirklich in „sein" Center lassen.

Herr Becker hatte dieses Zentrum über viele Jahre allein geführt und hatte sich eine Klientel herangezüchtet, die sich wie ein Germteig vermehrte und aus der er immer neue Interessenten für seine regelmäßigen Informationsvorträge am Dienstagabend rekrutierte. Ebenso rieselten viele wieder durch ein unsichtbares Sieb und verschwanden, wie sie gekommen waren, denn hätte Herr Becker alle bei der Stange halten können, wäre das Center längst aus allen Nähten geplatzt. Seine Arbeit reichte lediglich aus, um es am Laufen zu halten – ein nettes Hobby für ihn, das er ohne größere Ambitionen ausübte. Der Stundenplan für die Nutzung des Centers sah denkbar einfach aus: Die Butterzeiten für Vorträge, Initiationen und Checkings hatte Herr Becker für sich reserviert und wollte sie auch nicht an uns Frischlinge abtreten. Der Rest war nur der Rest und eignete sich denkbar schlecht dazu, unsere hochtrabenden Pläne von einer nicht abreißen wollenden Kette von Initiationen zu verwirklichen. Wir versuchten es trotzdem.

Antje und ich setzten eine Annonce in das Hamburger Abendblatt und bereiteten für unseren ersten Vortrag an einem Montagabend drei Stuhlreihen vor, auf denen sich dann drei Leute unwohl fühlten, während sie die frohe Botschaft vernahmen. Obwohl wir es doch so gut mit ihnen meinten, beäugten sie uns eher misstrauisch als neugierig. Antje und ich hatten vorher vereinbart, uns die Beute zu teilen, aber dann gab es nichts zu teilen. Nur ein einziger wagte den Schritt. Immerhin 30 Prozent Erfolg! Wir beschlossen, uns abzuwechseln. Eine Woche Antje, eine Woche ich. Aber die Montage waren immer schlecht besucht, und nur wenige wollten sich an einem Donnerstag einweisen lassen. Die Röhre, in die wir guckten, wurde länger und länger. Aber ich wollte es nicht wahrhaben.

Ich spendierte dem Zentrum leihweise meinen runden Berberteppich für das Initiationszimmer, putzte die Fenster, stellte Blumen auf und machte alles so schön es eben ging, machte also alles falsch, was ein Neuling falsch machen kann. Im Grunde genommen machte ich denselben Fehler wie in Afrika. Ich überschätzte mich selber maßlos und unterschätzte respektlos die Lebens- und Meditationserfahrung von Herrn Becker, wunderte mich aber, warum er mir meine Initiativen nicht dankte, sondern sie nur kritisch duldete. Und dann passierte es. Es musste ja passieren, und es musste ausgerechnet mir passieren: Es war an einem dieser Donnerstage. Ich hatte schon zwei Leute eingewiesen und führte den dritten Aspiranten ins Initiationszimmer mit meinem Berberteppich. Dort glimmten auf dem kleinen Altar an der Wand aber nicht nur die Räucherstäbchen, es brannte dort nicht nur andächtig eine Kerze, sondern zu meinem Entsetzen stand dort das Bild von Guru Dev lichterloh in Flammen. Ich hatte es noch nicht auf eine feste Pappe aufgezogen. Das weiche Fotopapier hatte sich durch die Wärme über die Kerze gekrümmt und Feuer gefangen. Statt Initiation war löschen angesagt, aufwischen, saubermachen und das schuldbewusste Entsorgen von Guru Devs verkohlten Resten.

Ich holte aus dem Nebenzimmer das Guru Dev Bild von Herrn Becker und spulte die Initiation ab, wie ich es gelernt hatte. Aber meine Blicke wanderten immer wieder zu den anklagenden Spuren, die das Feuer an der Wand hinter Guru Devs Bild hinterlassen hatten. Was war das jetzt wieder für ein Omen? Erst bekam ich in der Lecture Hall in Rishikesh nicht eine müde Kerze zum Leuchten, dann verlor ich den Zettel mit den Mantren und dann fackelte ich Guru Dev höchstpersönlich ab. Die Geschichte machte in TM-Kreisen ihre Runde und sogar Gabriela, die ich in der Akademie kennengelernt hatte – jener Engel, den wir brauchen –, sollte mich fünfunddreißig Jahre später genau auf dieses Ereignis ansprechen. Aber ich konnte oder wollte die Schrift an der Wand nicht lesen und ackerte mich weiter durch die Unwegsamkeiten eines Initiatorenlebens ohne nennenswerte Einkünfte. Eins war klar: So konnte es auf keinen Fall weitergehen.

Antje und ich beschlossen, uns vom Center unabhängig zu machen. Wir mieteten einen kleinen Hörsaal in der Uni, plakatierten und siehe da, es kamen etwa fünfzig Leute. Abgesehen von dem Vortrag, den ich bei meiner Ankunft in Arba Minch über den Sinn und Zweck von Kindergärten hatte halten müssen, ohne einen blassen Schimmer von frühkindlicher Betreuung zu haben, war dies mein erster Vortrag vor so vielen Menschen. Vergleichsweise war ich gut vorbereitet und bediente mich, oberflächlich betrachtet, derselben Sprache wie meine Zuhörer. Als Erstes brachte ich völlig überzeugt von der Richtigkeit des Inhalts und der Überzeugungskraft von Maharishis Metapher das Beispiel vom Baum mit den welkenden Blättern, wobei jedes einzelne für jeweils ein Problem stand, mit dem die Gesellschaft und auch jeder Einzelne behaftet war, insgesamt also eine unüberschaubare Menge. Dann ließ ich den etwas verblödeten Gärtner auftreten, der sich an die aussichtslose Arbeit machte, jedes einzelne Blatt mit Wasser zu beträufeln, um es zu retten, während doch die einfache Lösung aller Probleme schlechthin darin lag, die Wurzeln des Baumes zu wässern. Ich erntete Gelächter statt Staunen. Damit hatte ich nicht gerechnet, aber bevor ich rot anlaufen konnte, stellte ich das Gelächter als Äquivalent zum Verhalten des verblödeten Gärtners dar: Nur dumme Menschen lachen über einfache Lösungen. Da lachten sie nicht mehr. Die Ernte fiel gut aus – aber wo sollten wir sie einfahren?

Das Center konnten wir nicht benutzen, weil wir den Teil der Einnahmen, die wir an das Center hätten abführen müssen, für Saalmiete und Reklame verplant hatten. Also eröffnete ich meinen Eltern, dass am Samstag sechs ihnen völlig fremde Menschen in ihre Wohnung kommen würden, um sich von mir einweisen zu lassen. Ich hatte nicht mit Widerspruch gerechnet und er blieb auch erwartungsgemäß aus. Am nächsten Samstag rollten dann die ersten Aspiranten an. Meine Mutter betätigte sich als Empfangsdame, die den jeweils nächsten in unsere altmodische Wohnküche führte. Dort saßen sie dann wie verirrte Sünder etwas beengt auf weiß lackierten Hockern am großen Küchentisch und füllten den Einweisungsbogen aus, der mir verraten würde, welches das richtige Mantra für sie war. Weder die blauweißen Gardinen mit Delfter Kachelmuster noch der grüne Küchenschrank oder der rotweiß gekachelte Fußboden half ihnen, sich auf östliche Weisheit einzustellen, aber es lief auch niemand weg.

In meinem Kinderzimmer hatte ich den kleinen Altar aufgebaut. Spätestens nach der zweiten Einweisung zog von dort der Duft von Sandelholz durch unseren Flur, an der Küche vorbei und durch die Haustür ins Treppenhaus. Niemals hat sich einer der Nachbarn über diese ungewöhnliche Geruchsbelästigung beschwert. Das lag wohl am soliden, guten Ruf meiner Eltern. Wahrscheinlich bedauerte man sie wegen ihrer ausgeflippten Tochter und übte sich, ebenso wie sie, in Geduld. Vielleicht lag es aber auch am Sandelholz selbst, das sogar die Atmosphäre in diesem alten Mietshaus reinigen konnte.

Für die Checkings hatten Antje und ich einen kleinen Seminarraum in der Uni gemietet. Herr Becker ließ beleidigt vernehmen: „An ihren Früchten sollt ihr sie erkennen." Aber wir waren guter Dinge und bald veranstalteten wir für unseren eigenen kleinen Germteig aus Meditierenden Wochenendkurse, mieteten in der Heide eine kleine Pension und zogen aus, das Fürchten zu lernen: Würde unsere Schmalspurausbildung ausreichen, um alle Phänomene zu bewältigen, die auftreten können, wenn Menschen länger als nur zweimal zwanzig Minuten pro Tag meditieren? Eigentlich sollte sie ausreichen, denn es gab ja nur eine einzige Erklärung für alle Phänomene: Unstressing. Aber würde ich die Ruhe bewahren können, wenn jemand so herumflippen würde wie ich in Rishikesh? Ich hatte starke Zweifel. Mir selber war klar, dass ich nirgendwo mehr lange meditieren würde außer in der direkten Nähe von Maharishi, dem mein ganzes Vertrauen galt und bei dem ich mich notfalls gut aufgehoben wusste. Würden wir alle Fragen der Philosophie beantworten können? Sicherlich nicht. Wir wussten ja noch nicht einmal, ob der blasse Schimmer, der uns von Maharishi eingebläut worden war, mit den traditionellen indischen Philosophiesystemen übereinstimmte, oder ob unser Wissen aus deren Sicht nicht eher eine Irrlehre war. Aber selbst wenn, wäre uns das sowieso egal gewesen, denn alles, was Maharishis Lehre widersprach, war in unseren Augen falsch.

Die Kurse liefen reibungsloser als erwartet. Wir brachten den Leuten die Yoga-Asanas bei, machten Einzelcheckings, faselten über das Kosmische Bewusstsein und hatten ansonsten einfach ziemlich viel Spaß. Auch auf unseren Kursen donnerten Lachsalven in die Gemeinschaftsmeditationen, was uns ein mildes Lächeln kostete. Wenn es weiter nichts war ...

Sie hat das Messingtablett nicht mehr, auf dem eingerahmt „Jai Guru Dev" stand. Sie hat auch nicht mehr den dazugehörigen Kerzenhalter, das Kampfergefäß, den Halter für die Räucherstäbchen und die kleine Wasserschale. Bei einem ihrer vielen Umzüge sind diese Dinge aus ihrem Leben verschwunden. Sie kann sich noch nicht einmal daran erinnern, ob sie sie bewusst weggeworfen, nur zurückgelassen oder einfach vergessen hat. Es ist schon immer so gewesen, dass scheinbar wesentliche Dinge irgendwann aus ihrem Leben verschwunden sind.

Die Bergfinken sind auch weitergeflogen, ohne sich zu verabschieden.

III

Im Sommer kam Maharishi nach Kössen in Österreich, um die Seinen zu sehen. Und es kamen alle: Horst, natürlich immer wieder Horst, wir konnten es nicht lassen, Constanze, Tabea, Susanne, Antje sogar mit Familie, Frau Bauer, Herr Becker, einfach alle, die ich kannte. Wir fielen uns in die Arme und fühlten das immer wieder erhebende Gefühl einer großen Gemeinschaft von Gleichgesinnten. Hier lachte schon lange niemand mehr über den dümmlichen Gärtner und seine Blättertherapie. Wir hatten es alle begriffen, wir wässerten unsere Wurzeln. Wir verstanden alle, worum es ging.

Gabriela, die seit dem Kurs in Rishikesh bei Maharishi geblieben war, übersetzte die Vorträge, die er in der Stadthalle hielt. Eifersüchtig bemerkte ich, dass ich es besser gekonnt hätte, und ich erhielt meine Chance, als Gabriela eines Tages mitten im Vortrag wegen einer Migräne abbrechen musste. Ich saß wie alle anderen Initiatoren auf der Bühne, als Gabriela die Bühne verließ. Es war bekannt, dass ich fließend Englisch sprach, und so schob mich irgendjemand auf ihren leeren Stuhl neben Maharishi. Ich übersetzte mit solchem Elan und solchem Tempo, dass Maharishi mich erstaunt und – wie mir schien – zweifelnd ansah, denn ich war immer schneller fertig als er. Am nächsten Tag übersetzte wieder Gabriela – leise und gemächlich und langweilig, wie ich fand.

In den freien Zeiten schwärmten wir aus, um auch die Kössener Urbevölkerung zu beglücken. Ich erinnere mich an eine Küche, in der ich den im Herrgottswinkel vor sich hin leidenden Christus verdrängen musste, während ich den Hausherrn einwies.

Meine Eltern machten damals irgendwo in der Nähe Urlaub. Sie wollten mich besuchen kommen, um die Wunder zu sehen, die sich um Maharishi herum taten. Unerwartet starb meine Großmutter mütterlicherseits. Meine Mutter unterbrach den Urlaub und fuhr zur Beerdigung. Danach kam sie direkt nach Kössen, wo mein Vater sie schon erwartete. Sie hatte die Trauerkleidung im Zug gegen normale Kleidung gewechselt und lächelte wie immer, weil sie meinen Vater nicht belasten wollte. Er hatte die kurzen drei Wochen Erholung von Herrn Struwe so nötig, dass sie in dieser Zeit alle Unbill von ihm fernhalten wollte.

Meine Eltern durften neben mir auf der Bühne sitzen. Unten saß das neu angeworbene Fußvolk: Deutsche und Österreicher, darunter auch Kössener in Dirndlkleidern und Krachledernen. Ich platzte vor Stolz, dass ich meinen Eltern Maharishi zeigen konnte. Und worüber sprach er? Natürlich! Meine Mutter kam von der Beerdigung ihrer Mutter, ich saß neben meiner Mutter, und Maharishi sprach über die Bedeutung der Mutter-Kind-Beziehung. Wie konnte es anders sein? Immer wieder betonte er, wie wichtig eine Mutter für ihr Kind sei, was sie ihm alles mit auf den Lebensweg geben würde, und dass alle großen Meister, wie jeder andere Mensch auch, ihren Beginn im und auf dem Schoß ihrer Mutter gehabt hätten. Ein einziges Loblied auf alle Mütter der Welt. *"What a mother gives, she will never get back – – – never!"* Er traf meine Mutter ins Herz, sie heulte Krokodilstränen, und ich bekam ein schlechtes Gewissen. Aber selbst diese persönliche Betroffenheit brachte meine Mutter der Transzendentalen Meditation nicht näher und mich ihr auch nicht.

Sie war und blieb für mich eine eher schwache, liebenswerte Frau, ein Frauchen, dem der Krieg böse mitgespielt hatte, weil er ihr alles schöne Spielzeug genommen hatte, das die buddenbrooksche Herkunft ihr von Rechts wegen zugedacht hatte: Herrensalon, Damensalon, Musiksalon mit Fliederstrauß auf dem Steinwayflügel und geträllerten Schubertliedern vor andächtigem Publikum, Casinobälle, Flanieren auf dem Zoppotter Seesteg – sie hatte mit ihrer Heimatstadt Danzig alles verloren: die Sprache, den Wohlstand und vor allem ihre gesellschaftliche Stellung. Im Nachkriegsdeutschland krähte kein Hahn nach der Tochter von Paul Nachtigall, dem Gründer und Leiter der einzigen großen Kaffeefabrik in Danzig. Weiße Lastwagen, auf denen in blauer Schrift der Name ihrer Familie geprangt hatte, waren tragende Bausteine im Fundament ihres Selbstbewusstseins gewesen. Aber all das war Schall und Rauch, Vergangenheit, „es war einmal", ein Märchen, ein geplatzter Luftballon, ein verlorenes Paradies, nach dem sie sich ihr ganzes restliches Leben vergeblich sehnen sollte. Ihrem Mann fehlte der letzte Kick zum Unternehmer, er brachte es nie über eine Prokura hinaus, und die Sozialwohnung blieb eine Sozialwohnung, derer sie sich so schämte, dass sie außer der allernächsten Verwandtschaft niemanden einladen wollte.

Der Krieg degradierte die vom Leben auf Rosen Gebettete zum Flüchtling, der betteln gehen musste, um drei Kinder durchzubringen, und sie schuftete wie ein Ackergaul, der in nichts mehr an das Trakehner Gestüt erinnerte, auf dem ihre Mutter groß geworden war. Ich weinte innerlich, wenn sie erzählte, wie sie nach dem Krieg bei vergleichsweise reichen Bauern mit blutigen Händen Stachelbeeren hatte pflücken müssen, um für ihre Kinder ein paar Johannisbeeren als Lohn zu ernten. Man durfte ihr nicht wehtun. Man durfte ihr auf keinen Fall wehtun. Sie hatte es weder verdient, noch konnte sie es verkraften.

Schon als Kleinkind übernahm ich wie selbstverständlich die Beschützerrolle – oder verbrämte ich damit nur meine Angst vor der anderen Mutter, der bösen, vor der Furie, die ihre Kinder windelweich prügeln konnte? – Mit dem Kochlöffel schlug sie auf den nackten Hintern, wobei die Demütigung und die Scham weniger erträglicher waren als der Schmerz. Im Alter ertrug sie keine weinenden Kinder mehr und meinem Bruder gab sie bei seinem ersten Kind den Rat mit auf den Weg: „Schlage deine Kinder nicht, es nützt überhaupt nichts." Bis heute bringe ich die beiden Gesichter dieser Frau nicht in Einklang: die weiche, sanfte, sehr schöne Frau und die harte, ungerechte, genervte Schreckschraube.

Weder der einen noch der anderen durfte und konnte ich jemals zeigen, wie es wirklich in mir aussah, wer ich wirklich war. Ich spielte für sie auf einer unsichtbaren Bühne das Stück „Glückliche Tochter", so gut es eben ging, achtete genauestens auf das Gezischel der Souffleuse, die mir die verdrehten Texte eingab, wies die Kulissenschieber an, alles zu verbergen, was sie nicht sehen sollte, und wünschte mir doch gleichzeitig nichts mehr, als von ihr gesehen und erkannt zu werden. Aber sogar meine höchsten Freuden ängstigten sie zu Tränen. Als ich ihr von einem Glücksmoment im Plansee schrieb, der mich so erfüllt hatte, dass ich am liebsten gestorben wäre, kam postwendend eine kurze Notiz von meinem Vater: „Komm zurück, Mutti weint sich die Augen aus!" ... weint sich die Augen aus, weint sich die Augen aus, weint sich immer noch die Augen aus, hat sich immer schon die Augen ausgeweint ...

Dieser mystische Augenblick im Plansee war unerwartet gekommen, unbewusst ersehnt, aber ohne jegliche Vorbereitung durch Meditation, sonstige geistige Übungen oder anderweitige Anstrengungen. Er kam zu mir, nicht ich zu ihm. Er erfasste mich wie der erste Sonnenstrahl einen entfernten Berggipfel, erfüllte mich wie der Himmel einen Wassertropfen, unschuldig und von weit her und doch ganz hier. In diesem Augenblick brauchte ich nichts und niemanden mehr. Ich war mir, oder vielmehr es war sich selbst genug. Kein überschwängliches Glück trug mich davon, kein himmelhoher Jauchzer entrang sich meiner Kehle. Es war ein ganz und gar stiller Zustand, einfach und schlicht, und er war da, weil es so zu sein hatte, weil es immer schon so gewesen war. Es war nicht das, was ich mir jemals ersehnt hatte. Wie hätte ich mir auch so etwas Einfaches als erfüllend vorstellen können? Es war einfach etwas ganz anderes, etwas, das nicht meine Sehnsucht erfüllte, sondern sie ganz und gar löschte. Es blieb nur der eine Wunsch, diesen Zustand zu halten, ihn ewig werden zu lassen, und ich wusste, dass nur der Tod das bewirken konnte. Aber wie stirbt man einfach so?

Wie soll man von so einem Erlebnis nicht erzählen wollen? Ich wollte es teilen und noch einmal teilen, wollte es mitteilen, um es immer wieder in der Erinnerung zu genießen, um es ja nicht zu vergessen. Und so hatte ich mich bemüht, meine Mutter an diesem kleinen Teil meines unermesslichen Glücks teilhaben zu lassen, hatte nach Worten gesucht, mit denen ich dieses Glück verständlich machen konnte, aber sie weinte sich lediglich die Augen aus.

Auf meinen Vater war ich einfach nur wütend, wenn er mich nicht verstand, verachtete ihn, weil er sich nicht mit dem Sinn der Welt auseinandersetzen wollte, hasste ihn, wenn er noch nicht einmal versuchte, zu begreifen, warum es schöner war, mit Fellen auf einen unberührten Gletscher zu steigen, als zehnmal am Tag mit einer Seilbahn diverse Gipfel zu stürmen, um besinnungslos wieder talwärts zu sausen. Dass meine Mutter mich nicht verstand, machte mich nicht wütend. Es traf meinen Lebensnerv, ließ mich sprachlos werden, raubte mir meine Identität, die ich offensichtlich nicht vermitteln konnte. Ich wurde von dem Menschen, der mir der wichtigste auf der Welt war, nicht verstanden. Das machte mich zum Monstrum.

Ulrike, Kleinkind, schreiend am Boden, blau anlaufend, kurz vorm Ersticken, erlösende Luft einsaugend, um sie in einem neuen lang anhaltenden Schrei wieder auszustoßen, von Mutter verzweifelt gepackt und unter den kalten Wasserhahn gehalten: „Wutblase!" Nein, aber nein, nein! Was tust du denn?! Warum verstehst du mich nicht, warum kann ich mich nicht so ausdrücken, dass du mich verstehst? Die Unfähigkeit, mich in der Sprache der Erwachsenen auszudrücken, von der ich doch jedes Wort verstand, machte mich zu einem Krüppel, der tanzen wollte, zu einem Stummen, der singen wollte, zu einem Klumpen Ton, der fliegen wollte. Ich steckte in meinem kleinen Körper wie in einem Gefängnis und rüttelte an unsichtbaren Gitterstäben, die mich daran hinderten, mich so auszudrücken, dass die anderen mich verstanden. Ich tobte besinnungslos und ballte meine Verzweiflung in diesem einen gellenden Wutschrei über die eigene Unfähigkeit und die Borniertheit der Erwachsenen, speziell der meiner Mutter, die nicht verstand, dass ich sie verstand, sie mich dagegen aber nicht. Ich tobte wie ein Normaler, der in einer Irrenanstalt festgehalten wird und der vergeblich versucht, seiner Umgebung klar zu machen, dass er ganz normal ist. Je mehr er tobt, desto mehr sind die anderen davon überzeugt, dass er verrückt ist. Ein Teufelskreis. „Kannst du aber schön singen. Ach, sing doch noch ein Liedchen!" Der Hohn meiner Mutter machte die Hölle komplett. *"What a mother gives, she can never get back – never!"*

Meine Mutter steckte mich mit drei Jahren in den Kindergarten, weil sie nicht mehr mit mir fertig wurde, und ich begriff irgendwann, dass nicht die Revolutionsetüde mit anschließender Pathetique auf der Bühne des Lebens gefragt war, sondern dass Kalinchen Hopsassa, Hummelchen, Agathe oder Rieckerchen den meisten Applaus ernteten, besonders dann, wenn sie „Dornröschen war ein schönes Kind" sang. Ich lernte natürlich auch die Sprache der Erwachsenen, brachte es in der Oberstufe sogar bis zu einem „Sehr gut" in Deutsch, aber ich lernte diese Sprache nie so gut, dass ich meinen Eltern hätte verständlich machen können, wer ich war, was ich dachte und fühlte, ohne sie gleichzeitig zutiefst zu verletzen und zu ängstigen.

Für die Zulassung zum Abitur mussten wir einen Bildungsaufsatz schreiben, in dem wir unseren noch so kurzen Werdegang reflektieren sollten. Jeder hatte ein Einzelgespräch mit unserer Deutschlehrerin über seinen Aufsatz. Jung und adrett, mit blondem Lockenschopf, empfing sie mich mit den Worten: „Ein ungewöhnlicher Bildungsaufsatz!" Ich wusste nicht, was sie meinte, kannte ja auch nicht die Aufsätze meiner Mitschülerinnen. Ich hatte doch nur geschrieben, was ich dachte, was ich empfand. Meinen Eltern wollte ich diesen Aufsatz nicht zu lesen geben, weil ich fürchtete, sie würden sich beleidigt fühlen. Sie aber waren beleidigt, weil ich ihnen den Bildungsaufsatz nicht zeigte. „Traust du uns etwa nicht?" – Nein, ich traute ihnen nicht. Sie ließen mir keine Ruhe, der Haussegen hing jeden Tag etwas schiefer, und schließlich setzte ich mich eines Sonntagmorgens zu ihnen ans Bett und las ihnen meinen Aufsatz vor. Und was war? Fragten sie mich, warum ich etwas so und nicht anders geschrieben hatte? Waren sie erstaunt darüber, dass ich die Welt so anders sah als sie? Versuchten sie mich zu verstehen? Nein. Mein Vater sagte gar nichts und meine Mutter? –Genau das: Sie weinte sich die Augen aus. Ich reichte ihr schuldbewusst ein Tempotaschentuch nach dem anderen. Dabei kann ich mich heute gar nicht mehr daran erinnern, was in meinem Aufsatz so schlimm gewesen ist, dass es zum Quell dieses nicht enden wollenden, vorwurfsvollen Rinnsals der Trauer werden musste. „Lass mich!", wehrte sie ab und zeigte mir die kalte Schulter, als ich tröstend den Arm um sie legen wollte. Nur das Eine weiß ich noch: „Meine Eltern haben mich nicht christlich erzogen." Das war für meine unreligiösen Eltern komischerweise so, als hätten sie ihre Pflicht versäumt, und das wiederum war wohl das Schlimmste, was ich hatte sagen können. Warum haben wir damals nicht einfach lauthals darüber lachen können? Zwischen uns war einfach immer alles nur tragisch.

Ein beißender Geruch reißt sie aus ihren Tagträumen. Sie springt auf und poltert die Holztreppe hinunter in die Küche, um nach dem Sauerbraten zu sehen, der auf dem Herd brutzelt. Dicker Rauch quillt aus dem Kochtopf und staut sich unter dem Dunstabzug, der nicht angeschlossen ist und nur pro forma dort hängt. Sie schiebt den Topf von der Herdplatte und will den Braten aufspießen, aber er klebt am verkohlten Boden fest – außen angebrannt und innen roh. Sie löscht den rauchenden Kochtopf mit Wasser und reißt die Küchentür auf. Dampfwolken quellen in die kalte Winterluft. Sie löst den Braten vorsichtig vom Boden, entfernt die schwarze Kruste, hievt ihn in einen neuen Kochtopf, gibt etwas Öl und Wasser dazu und stellt ihn wieder auf den Herd. Nachdem sie die Küchentür wieder geschlossen hat, gießt sie Wasser zum Sauerkraut, damit es nicht auch noch anbrennt, schaut nach dem Kuchen im Backofen, setzt sich wieder an den Computer und hofft, dass sie die Zeit nicht wieder vergessen wird.

IV

Meine sich wegen mangelnden Verstehens verständnisvoll, das heißt nachsichtig gebenden Eltern fuhren von Kössen ab, um ihren Urlaub fortzusetzen. Die anderen Kursteilnehmer und Initiatoren fuhren wieder nach Hause, wo sie einen Lebensraum hatten, eine Familie, einen Beruf oder ein Studium. Auch Horst fuhr ab und ich sah ihm mit tränenverschmiertem Gesicht nach. *"Take care of yourself"*, sagte er zum Abschied, was nichts anderes hieß, als dass er keinesfalls care of me taken würde. *"Fuck yourself!"*, dachte ich und heulte doch. Maharishi fuhr mit einer kleinen Gruppe in die Schweiz. Und ich? Wohin sollte ich fahren? Die Situation in Hamburg war nicht wirklich befriedigend. „Komm doch mit in die Schweiz", sagte Claus Macke, ein Initiator und Maler, wie sein Namensvetter. Er grinste mich breit mit seinen grauen Augen an. Kurzer Haarschnitt, lässiges Gehabe, das helle Cordjackett von der geschwellten Brust gesprengt. Mitfahren? Warum nicht. Es wartete nichts und niemand auf mich, nirgendwo. Das Schiff, das mit vollen Segeln und zum Sinken voll aus Indien gekommen war, war schon etwas abgetakelt.

Ich holte meinen Koffer und setzte mich in Mackes betagten DS, in die Göttin, in den Citroen der Citroens, und dann schaukelten, nein schwebten wir auf fetten, geflickten Ledersupersesseln hydraulikgesteuert nach Villeneuve. Dieser Weg war zumindest so etwas wie das halbe Ziel und ließ mich meinen Horst-Kummer im Gleitverfahren vergessen.

Ein Schweizer Ehepaar, das ich nicht kannte, hatte dort ein Ferienhaus, wo Maharishi eine Weile bleiben wollte, um sich einige Grundstücke für den Bau einer Akademie anzusehen. Sein Unternehmen schien zu florieren. Das Ferienhaus entpuppte sich als eine Luxusvilla, die vollkommen auf die Bedürfnisse von Maharishi umgestellt worden war. Ich war dort eindeutig fehl am Platz, ein von niemandem eingeladener Schnorrer wie Macke, den das aber weniger störte. Er hörte nicht auf zu grinsen, raffte bedenkenlos alles zusammen, was er von Maharishis Aufmerksamkeit erzwingen konnte, und führte großspurige Reden, während ich mich an den Wänden entlang drückte, um ja nicht aufzufallen. Als sich Maharishi mit einem ganzen Tross auf den Weg zu einem der besagten Grundstücke machte, brachte Macke es tatsächlich fertig, Maharishi in seine altersschwache Göttin zu nötigen, wo ihm doch die Luxuslimousine der Gastgeber zur Verfügung gestanden hätte. Ich saß hinten und schämte mich einerseits der Rostlaube, die er Maharishi anzubieten gewagt hatte, und fand es andererseits großartig, zusammen mit Maharishi in ein und demselben Auto zu sitzen. Aber er nahm von mir keine Notiz.

Dann gingen wir in einer kleinen Prozession einen Waldweg entlang, bogen ab, hatschten querfeldein über einen Acker und standen plötzlich vor einem

Stacheldrahtzaun. Was nun? Maharishi drehte sich um, doch niemand wusste, wie dieser kleine Mann in wallendem Weiß über diesen Zaun kommen sollte. Ein junger Mann ergriff die Initiative und trat mit dem einen Fuß den unteren Stacheldraht herunter, während er mit den Händen den oberen Stacheldraht nach oben zog. Ein Tor entstand, das groß genug war, um Maharishi samt seinen Gewändern gefahrlos passieren zu lassen. Er strahlte den jungen Mann an: *"Very good!"*

Ich habe mich selten so unwohl gefühlt wie während dieser Tage in Villeneuve. Ich gehörte dort nicht hin, und wenn Maharishi hundertmal dort war. Es interessierte mich nicht, einen Platz für eine Akademie zu suchen, und es war mir sonnenklar, dass Maharishi dort, wo wir gerade herumstiefelten, sowieso niemals eine Akademie bauen würde. Ich war dort nicht nur das fünfte oder siebte Rad an einem Wagen, ich war gar kein Rad am Wagen, höchstens eine lose Schraube. Macke meinte, das sei alles ganz egal, Hauptsache man sei in der Nähe des Meisters. Aber ich fand das absolut nicht. Ich wollte nichts wie weg, und das so schnell wie möglich – aber wohin?

„Komm doch mit nach Köln", sagte Macke. „Wir halten dort gemeinsam Vorträge und weisen riesig viele Menschen ein!" Warum nicht? Wir packten unsere Koffer und fuhren nach Köln. Macke organisierte mir ein Zimmer in einem Studentenwohnheim und stellte mich seiner Frau vor, einer grauen Maus, die irgendeiner Büroarbeit nachging, um sich und ihren brotlosen Künstlerehemann durchzubringen. Damals sah ich auch zum ersten Mal seine Bilder und wunderte mich nicht, dass Macke brotlos war. Die Bilder standen in einer Doppelgarage, die Macke zu einem Atelier umfunktioniert hatte. Keins war kleiner als zwei mal drei Meter, und Strich und Farbwahl spiegelten Mackes ganze Überheblichkeit wider. Er aber interpretierte mir seine Werke mit solchem Elan und brüstete sich so überzeugend mit diversen Galerien, die ihn demnächst ausstellen würden, dass ich mein vernichtendes Urteil wieder in Frage stellte.

Ich holte mir noch ein paar Klamotten aus Hamburg und dann ging es los: Macke organisierte Abendvorträge in Düsseldorf, Duisburg, Krefeld und Bad Godesberg und tagsüber tauchten wir in die Drogenszene von Köln ein, arbeiteten quasi als Streetworker und führten Einzelgespräche mit Kiffern. An den Wochenenden führten wir dann wie am Fließband ein. Macke hatte Räumlichkeiten in irgendeinem herrschaftlichen Haus gemietet, denn unter diesem Niveau lief bei ihm nichts. Jeder von uns hatte ein großes helles Zimmer. Dann kamen die Aspiranten, zogen sich die Schuhe aus, saßen an Barocktischchen, füllten Fragebögen aus und wurden von uns still und leise in die Initiationszimmer geführt, wo sie unter Singsang, Sandelholz und Kerzenschimmer in ihrer ersten Meditation versanken.

Es war Sommer, es war heiß, ich war jung, ich war idealistisch und genoss es, endlich gebraucht zu werden. Die Menschen hingen an meinen Lippen, wollten alles wissen, was ich wusste, und ich kramte das Unterste zuoberst, wühlte in meinen geistigen Rishikesh-Schubladen, um so viel wie möglich weiterzugeben, und Macke grinste zufrieden.

Es war eine schöne, erfüllte Zeit, bis eines Nachts auf der Fahrt von Duisburg nach Köln die Göttin ihren Geist aufgab – aber auch in dieser Situation hörte Macke nicht auf zu grinsen. Er ließ den Wagen auf einen Parkplatz rollen, strahlte mich an und fiel über mich her. Ich Trottel ließ es völlig überrumpelt geschehen. Warum auch nicht? Ich verbrachte die meisten Nächte allein. Sex war ein weißer Fleck auf meiner Körperseelen-Landschaft. Alle halbe Jahr mal mit Horst – immer noch und auch in Kössen, aber ohne Zukunftsaussichten. Und zwischendurch? Es gab nichts zwischendurch. Nur in der Ausbildungszeit für Entwicklungshelfer und in Afrika, als ich noch immer meinte, ich müsste unbedingt einen Jüngeren für mich finden, wie Horst es mir aufgetragen hatte. Ein Amerikaner hatte mich sogar heiraten wollen, aber dafür hatte meine Zuneigung nicht gereicht. Was immer zwischendurch gewesen war, war niemals mehr als das gewesen, ein Zwischendurch eben. Rein raus, rein raus, fertig – fertig, Schluss und aus – nein, meist nur einmal fertig, denn ich hatte meist keinen Orgasmus, auch bei Macke nicht.

Fertig und aus war es in diesem Fall aber auf jeden Fall, denn ich wollte Mackes Frau nicht unter die Augen treten. Ein Ehebruch hatte mir gereicht. Bloß nicht noch einmal diese ganze Seelenquälerei. Damals war wenigstens die ganz große Liebe im Spiel gewesen, die heißeste Liebe, die man sich vorstellen kann und die alles rechtfertigte – aber dies hier mit Macke war nichts, noch nicht einmal ein Spiel, es war nur eine stumpfe Bumserei, der die geflickten Citroensessel der Göttin eine romantische Note verliehen hatten. Wahrscheinlich hatte Macke die Panne sogar geplant – wie langweilig! Es hatte so kommen müssen, aber ich hatte es nicht kommen sehen.

Ich packte meine Koffer, fuhr für eine Stippvisite nach Hamburg, um meine schmutzige Wäsche abzuladen, kleidete mich frisch ein und machte mich nach Livigno in Italien auf, wo Maharishi für kurze Zeit residierte. Woher ich das wusste? Ich weiß es nicht. Es gab keine Rundbriefe, die über seinen jeweiligen Aufenthaltsort informierten – es gab nur Flüsterpropaganda, und wenn man spitze Ohren hatte, gehörte man zu den Glücklichen, die das Getuschel erreichte, und dann beteiligte man sich, wenn irgend möglich, an der Sternfahrt, die das Bekanntwerden von Maharishis Aufenthaltsort jeweils auslöste.

Der Acht-Uhr-Hase hoppelt über das weiße Feld. Anscheinend hat er die Treibjagd im Herbst heil überstanden. Jetzt will er wohl zu dem kleinen Südhang, der sich vom Haus ihrer Nachbarn bis zum Wald zieht, denn dort ist das Weiß schon dem Grün gewichen. Der Acht-Uhr-Hase verdankt seinen Namen der Angewohnheit, im Sommer pünktlich um acht Uhr am Abend aus dem Wald zu kommen, um auf der großen Wiese sein Nachtmahl einzunehmen. Jetzt ist Winter, es ist acht Uhr morgens und Ostern ist erst in vier Wochen. Wie kann man nur so daneben sein?

Tom aus Uruguay ist wieder abgereist.

V

Es war früher Herbst, Livigno lag hoch. Auf den Berghängen hielt sich der erste nasse Schnee, die Wolken hingen tief und verbargen das Panorama. Die Hotels und Pensionen waren noch menschenleer. Ich mietete mich in diesem unwirtlichen Ort ein und pilgerte jeden Tag durch tropfkalte Luft mit anderen angereisten Initiatoren in das kleine Hotel, wo Maharishi residierte. Auch Constanze war darunter, aber ihre Zuneigung zu mir war abgekühlt. Ich hörte sie mit anderen tuscheln. „Und so was will eine Initiatorin sein!" Dann kicherten sie. Es tat weh, weil ich dachte, sie meinten mich. Und es tat noch mehr weh, weil ich glaubte, dass sie Recht hatten.

Es gab nur eins: Weiterkommen, sich weiterentwickeln, mehr meditieren, erleuchtet werden. Das hieß für mich zunächst, die erste der zwölf Zusatztechniken zu erlernen, die es damals gab und in die man sich im Abstand von jeweils einem Jahr einweisen lassen konnte. Die zweite, die ich jetzt unbedingt erlernen wollte, war die so genannte Nachttechnik. Ein Verfahren, das man vor dem Einschlafen anwenden sollte. Aber ich wollte die Nachttechnik nicht von irgendwem erlernen – was jederzeit möglich gewesen wäre –, ich wollte sie von Maharishi höchstpersönlich übermittelt bekommen. So lag ich denn den verantwortlichen Organisatoren jeden Tag in den Ohren, wann Maharishi denn nun endlich Zeit hätte – und tatsächlich war ich penetrant genug, um schließlich zusammen mit einer Amerikanerin von Maharishi eingewiesen zu werden.

"Close your eyes and have your awareness somewhere above your knees."
Ich schloss die Augen.
"What do you see?"
"Lights and Points ..."
"No not that."
Ich öffnete die Augen.
"Close your eyes."
Ich schloss meine Augen ein zweites Mal.
"What do you see?"

Nichts, ich sah nichts. Die Amerikanerin neben mir sah wunderbare Strände, Meer und Palmen. Ich sah nichts, und habe bei dieser Technik auch später nie etwas gesehen. Ich war offensichtlich nachtblind. Spätestens da dämmerte mir, dass etwas Erzwungenes nichts wert war, und ich holte mir auch gleich die entsprechende Bestätigung:

Ich hatte mein Kinderbuch über die Sonne mitgebracht und wollte es Maharishi unbedingt zeigen. Er würde begeistert sein und es veröffentlichen, würde mich anlachen und mich loben. Ich hatte die Botschaft des strahlenden Lebens überzeugend in Wort und Bild gefasst. Wieder quengelte ich herum, wann ich es ihm denn nun endlich zeigen könnte, wartete geduldig Tag für Tag und hörte nicht auf, den Verantwortlichen auf die Nerven zu gehen. Steter Tropfen, steter Tropfen, steter Tropfen führte nicht nur zum Erfolg, sondern untergrub auch mein Selbstbewusstsein. Wer war ich, dass ich wie ein kleines Kind betteln musste, um etwas im wahrsten Sinne des Wortes Bedeutsames, etwas so Schönes und mit so viel Liebe Gemachtes wie mein Kinderbuch zeigen zu können?

Als ich es dann endlich stolz Maharishi zu Füßen legen durfte, als ich es aufschlug, den Text übersetzte und Seite für Seite umblätterte, las ich mit Entsetzen nur wachsendes Unverständnis in seinen Augen und begriff schlagartig, dass er ein Inder war, dem die Sonne als Metapher für Glück völlig irrwitzig vorkommen musste. Für ihn war der Monsun, der erlösende Regen, der Ernte bedeutete, das wahre Glück. Wahrscheinlich hatte seine Mutter ihm Regenlieder vorgesungen, während in meiner Kindheit Conny Froboess durch das verregnete Deutschland geträllert hatte: „Lieber Gott, lass die Sonne wieder scheinen – für die Muh, für die Mäh und für mich ...“ – und dass alle Tiere, die großen und die kleinen, Sehnsucht nach Sonne haben könnten, war Maharishi selbst im verregneten Livigno völlig unverständlich. Unter Maharishis Blick verwandelte sich meine Leben spendende Sonne zusehends in ein erbarmungsloses Feuer, das auf grell schreiende Landschaften niederbrannte und erfolgreich alle Lebewesen in die Flucht geschlagen hatte. Nur auf einem einzigen Bild gab es ein paar Wolken mit Wassertropfen, hinter denen aber die grausame Sonne schon wieder hervorlugte. Maharishi war sprachlos, blickte sich etwas verloren um, sah mich nicht an und sagte nur: *"There should be something about a tree and water."*

Ach ja, der Baum, die welken Blätter, die Wurzeln, der dümmliche Gärtner – ich hatte mich bis auf die Knochen blamiert und stand jetzt da wie der Gärtner höchstpersönlich.

Die Sonne brennt auf den Schnee und überall dort, wo der Garten etwas steiler nach Süden hin abfällt, ist er schon weggeschmolzen und hat die von Wühlmäusen und Maulwürfen malträtierte Wiese freigegeben. Unter jedem verschnittenen Obstbaum spießt sich wirres Gestrüpp. Die geschundenen Baumkronen strecken beleidigt ihre verstümmelten Arme in den Vorfrühling. Die Katze hat einen Grünfinken gefangen und schleudert den kleinen Leichnam immer wieder in die Luft.

Zum ersten Mal hat sie den Mittagstisch auf der windgeschützten Hausbank gedeckt. Es gibt Spinat mit Kartoffeln, Rührei und Salat, ein Frühlingsessen, das dem Winter „ade" sagt. Die ersten Blätter der Schneeglöckchen sagen ihr, dass sie sich demnächst in einen fröhlichen Landmann verwandeln wird, der unprofessionell im Garten herumwurstelt.

VI

Zurück in Hamburg dümpelte ich vor mich hin. Initiator auf Halbmast. Ich zog Bilanz: Ich hatte keine Existenz. Ich hatte zwar vielleicht siebzig oder achtzig Menschen eingewiesen, was Einnahmen von 400 DM in einem halben Jahr gebracht hatte – aber das war zu wenig, um davon zu leben. Meine Rücklagen schmolzen dahin. Ich sehnte mich immer noch vergeblich nach Horst und war an anderen Männern nicht interessiert. Ich lebte in meinem Kinderzimmer bei meinen Eltern und fühlte mich entsprechend wenig ernst genommen, konnte mich ja selbst in dieser Situation nicht wirklich ernst nehmen, war zurückgeworfen auf den Status, den ich nach dem Abitur gehabt hatte, und schlussendlich hatte ich mich nach meinen turbulenten Ausflug ins Kölner Initiatorenleben unehrenhaft aus der Armee der Meditationsmissionare entlassen. Die Zukunft sah düster aus. Ich war keine Ameise, die Nadel für Nadel zusammentrug, bis der Ameisenhaufen endlich riesengroß war. Ich hatte immer alles gewollt, und immer alles sofort. Ein Erfolg, der durch mühsame, ausdauernde Arbeit entstand, hatte mich niemals interessiert.

Ich dachte an die vielen Menschen, die ich eingewiesen hatte: jüngere und ältere, aber keine Kinder. Bis auf wenige Ausnahmen hatten sie alle der gehobenen Mittelschicht angehört, aber ich konnte mich an kein Gesicht erinnern, an keinen Namen. Die Unpersönlichkeit der persönlichen Einweisung ließ wohl wirklich nur das in Erscheinung treten, was allgemein menschlich war. Alles Individuelle verschwand sowohl bei mir als auch bei den Einzuweisenden. Es hätte doch gut sein können, dass sich irgendjemand in seine Meditationslehrerin verliebt hätte, oder dass ich mich umgekehrt in einen meiner Schüler verliebt hätte, aber nichts dergleichen war geschehen. Ich hatte wie ein guter Roboter funktioniert. Die Menschen waren gekommen und sie waren wieder gegangen. Die wenigen Erinnerungen, die ich hatte, waren wie Wetterleuchten in tiefschwarzer Nacht:

Eine ältere Dame klagte, dass sie bei jeder Meditation Kopfschmerzen und Schwindelgefühle bekam. Wir vereinbarten ein Checking. Der Schwindel und die Kopfschmerzen kamen, und ich wies sie an, die Aufmerksamkeit auf ihren Körper zu lenken und bei den Schmerzen und dem Schwindelgefühl zu verweilen. Kaum schloss sie die Augen, zogen sich ihre Augenbrauen schmerzhaft zusammen. Ich bestärkte sie mit meinen Anweisungen, wieder bei den Schmerzen zu verweilen, sich nicht zu wehren, sondern die Schmerzen einfach wahrzunehmen. Plötzlich riss sie die Augen auf: „Jetzt weiß ich, jetzt weiß ich, es ist der Zug!", und dann erzählte sie mir, wie sie als Kind in erster Reihe auf einem überfüllten Bahnsteig gestanden hatte. Der Zug fuhr ein, die Masse drängte an die Bahnsteigkante, die Räder mit den malmenden Pleuelstangen kamen näher und näher, der Druck hinter ihr wurde stärker und stärker. Ein traumatisches Erlebnis – in der Meditation dann ein klassisches Unstressing. Ich sah die Frau nie wieder. Möglicherweise hatte ich ihr helfen können.

Ein anderer hatte vermutet, dass Marihuana in den Räucherstäbchen war, weil er es für unmöglich hielt, dass allein die Technik und das Mantra ihn in einen solch ungewohnten Zustand hatten versetzen könnten. „Wenn du wüsstest", dachte ich, „in welche Zustände dich diese einfache Technik noch versetzen kann!" Wieder ein anderer sagte, bevor ich mit der Puja anfing: „Das ist aber okkult." Ich hatte das Wort noch nie gehört, was ihn wiederum erstaunte. Und von einem hörte ich, dass er ein paar Monate nach meiner Einweisung in der Irrenanstalt gelandet war, weil er zu Hause auf Teufel komm raus vor sich hinmeditiert hatte. Ich zuckte die Schultern. Man musste sich an die Anweisungen halten. Das bläuten wir jedem ein: Nur morgens und abends je zwanzig Minuten, keinesfalls länger. Aber Meditieren war so einfach und so angenehm. Wie sollte jemand glauben können, dass eine Überdosis dieses so angenehmen Zustandes so dramatische Folgen haben könnte. Ich erinnerte mich auch an eine junge Frau in Göttingen, die heroinsüchtig war. Sie ließ sich nicht einweisen, erzählte mir nur ihre Geschichte. Ich konnte ihr nicht helfen.

Dann kam eines Tages ein spindeldürrer Jüngling mit ausgefransten, fettigen blonden Haaren zum Checking. Er strahlte. Er wollte sich lediglich bedanken. Er hätte jetzt alles erreicht, was er gewollt habe, und ich hätte ihm dazu verholfen. Ich sah ihn ungläubig an und überlegte, ob er mich verarschen wollte. Natürlich hatten wir in unseren Vorträgen das kosmische Bewusstsein versprochen – aber doch nicht so schnell! Doch wer sagte, dass es nicht auch rasch gehen konnte? Wenn ich mich selbst nicht Lügen strafen wollte, musste ich ihm gratulieren, was ich auch tat – schuldbewusst, als hätte ich ihn betrogen.

Ich für meinen Teil wusste jedenfalls, dass ich wieder auf einen neuen, langen Meditationskurs gehen musste, koste es, was es wolle. Die Halsschmerzen, die mich immer noch begleiteten, würden – ja sie mussten auf diesem Kurs verschwinden. Ich war wieder bereit für geistige Kapriolen. Diesen Kelch hatte ich noch nicht ganz geleert. Es musste mehr geben, es musste weiter, tiefer gehen. Die letzte Wahrheit hatte sich mir noch nicht offenbart, und ich wollte, ich musste sie mit Händen greifen. Ich suchte mir einen Job als Tippse bei einer Versicherung, besserte meine dahinschmelzenden Geldreserven auf und meldete mich für einen dreimonatigen Kurs auf Mallorca an. Dort würde, dort musste sich meine Sehnsucht erfüllen.

Nein, sie wird die Qi Gong-Ausbildung nicht machen. Ihr fehlt das nötige Kleingeld. Sie braucht eine neue Brille, der Drucker ist kaputt und sie wird auch einen neuen PC brauchen. Außerdem will sie sich nicht lächerlich machen – nicht schon wieder. Sie, in ihrem Alter mit ihrer Figur nach nur drei Jahren Praxis will Qi Gong-Lehrerin werden? Doch nicht wirklich, oder? Nein, sie wird die Übungen alleine weiterführen. Sie kennt mittlerweile sowieso schon mehr, als sie in einer Stunde unterbringen kann. Sie muss wechseln: Heute die fünfzehn Organübungen, morgen die heilenden Töne, übermorgen das Qi Gong der Tiere, überübermorgen zwanzig Minuten stehen und anschließend die Harmonieübungen oder das Zeitlupen-Gehen, und irgendwann die Ausgleichsübungen von Yin und Yang und die Übungen für die Knie und den Schultergürtel. Ihr wird nicht langweilig werden.

An den Grenzen der Wahrnehmung

I

Jetzt saß ich also wieder in einem Flugzeug. Diesmal trug es mich nicht einer östlichen Sonne entgegen, sondern der Sonne des Mittelmeeres.

Maharishi hatte bewusst oder unbewusst einen indischen Exportartikel geschaffen, oder hatte diesen von seinem Meister empfangen. Es handelte sich um die Essenz der hinduistischen Religion, ihrer Philosophiesysteme und geistigen Praktiken. Vielleicht war es auch nur ein scharf kalkulierter, auf die westlichen Bedürfnisse zugeschnittener Extrakt derselben. Vielleicht war die Zeit auch einfach nur reif für die Fusion östlicher Weisheit mit westlichem Know-how. Nach dem Motto „Meditation leicht gemacht" hatte Maharishi ein Produkt auf den Weltmarkt geworfen, das der westlichen Mentalität so perfekt auf den Leib geschneidert war, dass man es kaum für Zufall halten konnte: Transzendentale Meditation war leicht und schnell zu erlernen, leicht zu praktizieren, absolut erschwinglich und versprach die Lösung aller Probleme. Außerdem wurde sie, abgesehen von der Puja, als religionsunabhängige und wissenschaftlich einwandfreie Methode dargestellt, wobei niemand wusste, was nun wirklich wissenschaftlich daran war. Maharishis Buch hieß zwar "The Science of Being and Art of Living", womit er nicht nur die Wissenschaftsgläubigen, sondern auch die Künstler ansprach, aber mit westlicher Wissenschaft hatte es meines Wissens wenig zu tun.

Da damals kaum irgendjemand etwas von Erleuchtung wissen wollte, wurde vom Bewusstsein und seinen verschiedenen Stufen gesprochen, denn Bewusstsein war ein Begriff, der seit Freud zur schwammigen Allgemeinbildung gehörte. Kosmisches Bewusstsein schien davon nicht so weit entfernt zu sein wie der schillernde Begriff der Erleuchtung. Dass man durch zweimalige tiefe Ruhe am Tag, einer Ruhe, die tiefer war als Tiefschlaf, zusätzliche Energie für die Bewältigung des Alltags schöpfen konnte, und dass diese Ruhe auch dem Körper gut tat, das leuchtete den meisten ein. Und so verkaufte sich Transzendentale Meditation trotz aller Kritik besser, als es vielen lieb war. Allerdings waren die Argumente der Kritiker auch denkbar schwach. Sie beschränkten sich weitgehend auf zwei Punkte. Erstens: Die Menschen werden durch die Transzendentale Meditation indoktriniert und willenlos gemacht; und zweitens: Maharishi zieht den Menschen für ein einfaches Mantra, das man genauso gut irgendwo nachlesen könnte, Geld aus der Tasche. Eine billige Kritik und leicht zu entkräften:

Natürlich war Europa, speziell Deutschland führergeschädigt. Ein Satz wie: „Befolgen Sie die Anweisungen!" war außerhalb von medizinischen oder technischen Zusammenhängen von vornherein suspekt, und niemand wollte glauben, dass wir mit der Initiation nicht auch gleich zur bedingungslosen Gefolgschaft verpflichtet worden waren. Dabei war unsere Freiheit bei weitem größer als die aller Christen, die ja immerhin zehn recht heftige Gebote zu befolgen haben. Wir dagegen lernten bei der Initiation nur die Meditation und konnten es dabei bewenden lassen. Wir konnten sie ausüben oder auch nicht, ganz wie wir wollten. Was jemand mit seinem übrigen Leben machte, interessierte niemanden, und wenn jemand nie wieder etwas mit Maharishi und seiner Organisation zu tun haben wollte, dann wurde er auch nicht verfolgt – weder mit Briefen und Telefonaten, die ihn zum Bleiben überreden wollten oder die ihn mit neuen Angeboten überhäuften, noch mit Drohungen oder sonstigen Repressalien, derer sich Medienberichten zufolge die Scientologen bedienten. Denjenigen, die weitermeditierten, wurde der Umgang mit „Abtrünnigen" auch keinesfalls verboten, wie es bei den Zeugen Jehovas der höflich intolerante Brauch ist, und wenn sich jemand so wie ich dazu entschloss, weitere Kurse zu besuchen, wurde er nur dazu angehalten, die Anweisungen auf diesen Kursen zu befolgen, und das auch nur zu seinem eigenen Schutz vor unliebsamen Reaktionen. Was wäre gewesen, wenn ich entgegen der Anweisungen den Ashram in Rishikesh mitten im Kurs einfach verlassen hätte, um in der Stadt einkaufen zu gehen? Das wäre wohl kaum ratsam gewesen. Wo war also die Indoktrination?

Leider muss ich gestehen, dass ich mich um den zweiten Kritikpunkt nie wirklich gekümmert habe. Geld und Geldverdienen hatte mich noch nie interessiert. Ich hatte angenommen, dass Maharishi das ganze Geld wieder in die Organisation steckte, denn meines Wissens hatte er weder 18 Rolls-Royce noch irgendwelche Luxusvillen zu seinem Privatvergnügen. Er machte nie Urlaub in Monte Carlo oder in einem anderen sommerfrischen Domizil für Leute, die nicht wissen, wo sie mit dem Geld bleiben sollen. Die einzige Ruhepause, die er sich gönnte, war eine Woche Silence zum Jahresbeginn. Was sollte er also mit dem vielen Geld machen? Er persönlich hatte jedenfalls außer einer ständig wachsenden Anhängerschaft nichts davon. Außerdem habe ich nie verstanden, warum Menschen sich darüber aufregen, dass jemand mit einer guten Sache Geld verdient, während dieselben Menschen es offensichtlich ganz in Ordnung finden, dass jemand mit gesundheitsschädlichen Produkten wie beispielsweise Zigaretten ein Vermögen anhäuft. Darf die Vermittlung von geistigem Wissen und Know-how tatsächlich nichts kosten? Was ist mit der Kirchensteuer? Wir bezahlten jedenfalls nicht „jeden Zehnten" von unserem Gehalt oder sonst irgendeinen monatlichen Mitgliedsbeitrag. Wir bezahlten nur für die Kurse, deren Preis sich aus den Kosten für Aufenthalt, Verpflegung und einem Kursbeitrag zusammensetzte. Das alles hielt sich in erschwinglichen Grenzen. Hätte ich es mir sonst leisten können? Hätten es sich so viele andere sonst leisten können? Jedenfalls waren diese Kurse weitaus billiger als einschlägige Kommunikations-, Selbsterfahrungs- und Managerkurse, wie sie heute allerorts angeboten werden. Zum Mantra, das man überall nachlesen konnte, ist zu sagen, dass erstens ein gelesenes Mantra nicht dasselbe ist wie ein mündlich übertragenes, und dass zweitens ein Mantra ohne die entsprechende geistige Technik nicht viel wert ist.

Diese Kritik war wirklich nichtssagend, und das hat mich am meisten an ihr geärgert. Irgendwann kamen diese oberflächlichen Typen dann vielleicht auch noch auf der sexuellen Schiene dahergesegelt, aber die war angesichts eines Mannes, der tagaus tagein bis spät in die Nacht mit vielen Menschen zusammen war, und vor dessen Türe die Warteschlangen immer länger wurden, schlichtweg lächerlich. Es kursierten Gerüchte, dass eine Frau behauptet hätte, Maharishi wäre nachts erst in ihr Zimmer und dann auch in sie eingedrungen, aber niemand schenkte ihr Glauben. Es war absolut abwegig, dass dieser Mann, der nie mit irgendjemandem Körperkontakt hatte und der rund um die Uhr nur für den Kurs und für die Verbreitung der Transzendentalen Meditation zum Wohle der Menschheit arbeitete, nachts noch Zeit, Lust und Energie für irgendwelche sexuellen Eskapaden haben sollte. Eine junge Frau erzählte mir, dass er sogar während des Gespräches, das sie mit ihm führte, vor Erschöpfung eingeschlafen war. Nein – Maharishi und Don Juan – das waren zwei Welten, die für mich nichts, aber auch gar nichts miteinander zu tun hatten.

Dabei war Maharishi nicht unsinnlich. Er war kein Asket in dem Sinne, dass er sich kasteite. Er liebte das Leben und genoss seine Gaben. Er war eher rundlich, was darauf schließen ließ, dass er sich das Essen schmecken ließ, und wenn er über die *"sweetness between husband and wife"* sprach, hatte das nichts mit der Körperfeindlichkeit der katholischen Kirche gemeinsam. Er führte sogar einmal aus, dass zwei Liebende nichts außer ihrer Liebe brauchten, um erleuchtet zu werden. Diese allein würde voll und ganz reichen, um sie zum höchsten Glück zu leiten und zu erheben, das Menschen erleben könnten – zum kosmischen Bewusstsein.

Einmal überreichte ich ihm eine Gloria Dei, eine der schönsten, wenn nicht die schönste Rose überhaupt: eine Blüte so groß wie eine Pfingstrose. Ihre unzähligen zarten Blütenblätter changierten von weiß über zartes Gelb und Rosa bis hin zu einem zärtlichen Orange. Maharishi nahm die Blüte vorsichtig in beide Hände, wo sie wie eine Lotusblume auf einem Weiher ruhte. Nachdem er sie eine Weile fast verträumt betrachtet hatte, wandte er sich lächelnd seinen Begleitern zu und sagte: *"Look, what a wonderful piece of art!"* Nein, Maharishi war kein sinnesfeindlicher Asket, er genoss, was immer die Welt zu bieten hatte, aber seine Art des Genusses war himmelweit entfernt von jeder Art Besitz ergreifenden Geifers, von jeder Art gierigen Genusses, der sein eigenes, voll erfülltes Wesen überschattet hätte. Es war völlig undenkbar, dass er sich jemals in etwas verwickeln würde, was einer sexuellen Annäherung auch nur im Entferntesten ähnelte.

Aber die Masse ist leichtgläubig und trotz aller Haltlosigkeit der Berichterstattung waren es wohl doch die kolportierten Gerüchte, die verhinderten, dass Transzendentale Meditation sich nicht noch schneller verbreitete. Hinzu kam die Kirche, die prinzipiell gegen jede so genannte Sekte wetterte, weil sie ihre Felle davonschwimmen sah. Aber dennoch: Wenn die achtzig Leute, die mit mir in Rishikesh gewesen waren, jeder im Schnitt 50 Leute eingewiesen hatten, dann müsste es jetzt weltweit 4.000 mehr Meditierende geben als vor einem guten halben Jahr, denn so lange war es ungefähr her, dass ich Indien verlassen hatte. Kein Wunder also, dass der jetzige Ausbildungskurs für Initiatoren schon über 400 Teilnehmer hatte. Der Ashram in Rishikesh wäre viel zu klein gewesen, um so viele Menschen aufzunehmen und zu versorgen.

„Heilig, heilig, heilig ..." – sie schneidet Zwiebeln – „heilig ist der Herr ..." – sie zerquetscht Knoblauch. „Er, der nie begonnen ..." – sie gibt beides in das heiße Öl und rührt um. Woher wussten die Christen das? – „Er, der immer war ..." Glaubten sie es nur, weil es ihnen so gepredigt wurde? War es nur eine dunkle Ahnung? – „... ewig ist und waltet ..." Glaubten sie es, weil es so in der Bibel stand, oder hatte die moderne Physik sie davon überzeugt, dass am Grunde aller Materie eine unzerstörbare, ewige Energie zu finden war? – „... sein wird immerdar ..." Oder hatten einige wenige von ihnen es vor langer Zeit wirklich gesehen und dann diesen Text geschrieben? Das „Sanctus" aus der Deutschen Messe von Schubert, die sie letzten Samstag mit ihrem Chor in Maria Plain gesungen hat, dudelt ihr mit seinem uralten Text ohne Ende durch den Kopf.

„Er, der nie begonnen ..." Sie löscht die angebräunten Zwiebeln mit Weißwein „Er, der immer war ..." Sie schüttet das Faschierte hinein. Sie selber weiß es, hat es mit eigenen Augen gesehen, weiß es mit jeder Faser ihres Seins, kann es nicht mehr nicht wissen. Sie kann sich nicht mehr entscheiden, ob sie es glauben will oder nicht. „Ewig ist und waltet ..." – sie zerschneidet die Oliven. Aber sie sieht es nicht mehr. Sie ist für das Göttliche erblindet und beneidet jene, die einfach naiv glauben können, ohne gesehen zu haben. Sie öffnet die Dose mit Tomatenmark und gibt es zusammen mit den Oliven in den Topf.

Nur das ER und der HERR stören sie. Sie würde lieber ES sagen, oder gar nichts, weil Worte und Gedanken hier am Ende sind.

Sie gibt Salz, Thymian, Oregano, Rosmarin, Paprika und eine Chilischote dazu, rührt um und lässt alles auf kleiner Flamme köcheln.

II

Maharishi hatte ein großes Hotel in La Antilla gemietet. Es lag direkt am Strand, den man im Sommer vor lauter ölverschmierten Touristen sicherlich gar nicht mehr sehen würde. Aber der Sommer war weit, und da die Rentner der damaligen Zeit des Winters noch hübsch zu Hause blieben, zog sich der feine Sand jetzt menschenleer wie ein hingehauchtes, zartgelbes Seidentuch am Ufer entlang. Im ersten Stock gab es einen großen Speisesaal. Der Saal im Parterre, dessen Glasfront sich auf eine weiträumige Terrasse zum Meer hin öffnete, war mit Stuhlreihen für die Lectures eingerichtet. Maharishi selbst bewohnte den ganzen elften Stock. Dort waren sein Schlafzimmer, mehrere Empfangszimmer, eine kleine Küche und ein Bügelraum. Ich bezog ein Zimmer im sechsten Stock mit Blick aufs Meer, aber das war normal, weil 90 Prozent der Zimmer zum Meer hin ausgerichtet waren. Das Ganze hatte natürlich nicht das Flair von Rishikesh. Beinahe vermisste ich das indische Gedudel, aber wenigstens musste ich mir keine Matratzen besorgen. Das Bett war angenehm fest und frisch bezogen. Ich nannte einen Schrank mein Eigen und besaß den Luxus eines eigenen Badezimmers mit Dusche und Toilette. Die Fenster waren nicht mit Fliegengittern verschlossen, sondern hatten richtige Glasscheiben, sodass es nicht hereinregnen konnte. Nur manchmal zog es durch sämtliche Ritzen, was Sommergäste möglicherweise als wohltuende Kühlung empfinden mochten. Dazu kam das Rauschen des Meeres – eine angenehme Unterstützung bei den langen Meditationszeiten, die mir bevorstanden.

Tabea und ihr Freund waren da, aber sie wollten nicht lange bleiben. Er wollte Tabea heiraten und eine Familie gründen, aber sie hatte einmal mit mir darüber gesprochen, dass sie nicht wüsste, ob sie wirklich Kinder haben wollte. Geistige Entwicklung sei ihr auf jeden Fall wichtiger. Würden Kinder sie nicht bremsen? Außerdem ängstigten sie die Ansprüche ihres Freundes, denen sie sich jetzt immer mühelos entziehen konnte. Nun war sie in Mallorca, um Maharishi um Rat zu fragen, aber sie fuhr ohne eine erschöpfende Antwort wieder ab.

Auch Tabeas Bruder war da – Erinnerungen an Horst schwappten hoch – und Gabriela, die mein Schutzengel werden sollte. Sie war seit Rishikesh bei Maharishi geblieben, war mit ihm nach Süd-Indien gezogen, von dort nach Kössen, in die Schweiz, nach Italien und schließlich hier nach Mallorca, wo sie ständig in seiner Nähe war. Was sie genau tat, wusste ich nicht, aber sie wurde als die Privatsekretärin von Maharishi gehandelt und stand hoch im Ansehen aller Meditierenden. Die anderen Kursteilnehmer und auch die meisten, die auf dem Kurs arbeiteten, waren hauptsächlich Amerikaner. Kein Wunder bei dem hohen Dollarkurs. Der Aufenthalt in Europa, speziell im damaligen Spanien, kostete sie so gut wie nichts.

Meine Erwartungen an diesen Kurs waren andere als diejenigen, mit denen ich nach Rishikesh gefahren war. Damals war ich hoch motiviert und neugierig gewesen und hatte keinen blassen Schimmer von dem gehabt, was mich dort erwartete. Jetzt wusste ich so ungefähr, wie der Hase laufen würde und hoffte, dass sich der nadelspitze Schmerz in meinem Kehlkopf lösen würde, der mich nach wie vor drangsalierte und mir Emotionen aufzwang, die ich nicht haben wollte. Wie das vonstatten gehen würde, konnte ich nicht vorausahnen. Wie in Rishikesh war wohl auch hier alles möglich und ich war bereit, noch einmal durch diverse Höllen zu wandern. Ich wusste Maharishi in meiner Nähe, wusste, dass er für mich da sein würde, falls der Prozess des Unstressings unkontrollierbar und zu vehement ablaufen sollte. Der Vorteil war, dass ich dieses Mal nichts lernen musste. Ich konnte mich vom Kursgeschehen völlig abkoppeln und mich ganz auf die Meditationszeiten konzentrieren. Obwohl dieser Kurs auch ein Ausbildungskurs für Initiatoren war, hatte mich niemand gefragt, was ich dort eigentlich zu suchen hatte. Es war selbstverständlich, dass Initiatoren ab und zu längeren Ruhepausen brauchten. Es gab auch niemanden, der ihnen dabei mit Rat oder Tat beiseite stand. Es wurde vorausgesetzt, dass sie alles wussten, was notwendig war. Sie hatten ja alle schon einmal längere „Runden-Zeiten" durchlaufen. *Diving in – diving out – diving in – diving out* ──

Das Telefon klingelt und reißt sie aus ihren Gedanken. Es ist die Steuerkanzlei, die sie daran erinnert, dass es wieder Zeit ist, dem Finanzamt zu erklären, warum sie möglichst keine Steuern zahlen will – eine Aufgabe, der sie sich immer so lange verweigert, bis eine Geldstrafe droht. Sie bedankt sich für die freundliche Erinnerung, weiß aber, dass sie auch diesmal der Aufforderung noch nicht Folge leisten wird. Stattdessen wird sie hinter einer der vielen Türen verschwinden, die sie im Laufe der Jahre für sich entdeckt hat, Türen, die sie hinter sich schließen kann, wenn sie von der Welt nichts mehr wissen will. Sie tragen die Aufschrift „Lesen", „Schreiben", „Scrabbeln", „Oberflächliche Krimis verdösen" und „ZEIT-Rätsel lösen".

Wie hätte sie dieses Leben denn ohne diese Notausgänge aushalten sollen?

III

Ich rundete auf. Langsam, jeden Tag zwei Meditationen mehr. In der freien Zeit ging ich entweder am Strand spazieren oder ich hörte mir die Lectures an. Ich hatte von Anfang an nicht viel Kontakt mit anderen und zog mich mehr und mehr zurück, je länger ich meditierte. Dann kam Silvester. Wir versammelten uns in der Lecture Hall, begannen alle um 23.30 Uhr mit einer Meditation und zogen uns danach zurück. Alle Teilnehmer würden den folgenden Tag in Silence verbringen. Maharishi sogar eine ganze Woche. Ich selber heftete mir ein Schild "in silence" an und war fortan für meine Umwelt verloren. Es war unglaublich angenehm, keinen Kontakt mehr haben zu müssen, kein Smalltalk-Gebrabbel mehr, keine tiefschürfenden Diskussionen, kein Klatsch und Tratsch, nur Stille und Ruhe und Meeresrauschen.

Die ersten Wochen verliefen ruhig. Zu ruhig, um ehrlich zu sein. Ich hatte mit allem gerechnet, aber nicht damit, dass gar nichts passieren würde. Jeden Tag setzte ich mich wieder geduldig hin und wiederholte mein Mantra so "innocently" wie "possible". Das war wichtig. Jede Erwartung würde den Prozess behindern, wenn nicht sogar korrumpieren. Aber wie schützte man sich vor Erwartungen, wenn man Erinnerungen an Meditationszeiten hatte, die einem wie frisch gekocht im Kopf herumspukten und einem die Ganglien verbrannten? Ich hatte wohl oder übel Erwartungen, und der Versuch, sie nicht zu haben, heizte sie nur noch mehr an. Irgendwann beschloss ich, mich nicht mehr darum zu kümmern, ob ich Erwartungen hatte oder nicht. Ich konnte es sowieso nicht ändern. Aber abgesehen davon, dass ich dadurch etwas weniger mit mir haderte, änderte es gar nichts: Es passierte nichts, absolut gar nichts. Die Meditationen wurden nicht tiefer, sondern eher flacher, ein grauer Gedankenbrei trieb mich ohne nennenswerte Themen um und löste auch keine Gefühlsausbrüche aus. Das ewige Gemurmel in meinem Kopf trieb mich lediglich immer schneller zu den Yoga-Asana-Übungen.

Die Zeit fing an zu kriechen, sich zu schleppen, bis sie schließlich fast stillzustehen schien. Zunächst breitete sich jeder einzelne Tag vor mir aus wie die Wüste Gobi, dann jede Stunde, dann jede Minute, bis ich in dieser endlosen Trostlosigkeit plötzlich feststellen musste, dass die Hälfte der Zeit, die mir für lange Meditationen zur Verfügung stand, schon vorbei war. Ich würde bald wieder anfangen müssen, abzurunden. Sollte das alles gewesen sein? Dieses Nichts von einem Nichts? Das konnte nicht sein, das durfte nicht sein, aber ein Ende der Wüste Gobi war weiterhin nicht in Sicht. Ich war noch immer "in silence" und wollte auch mit niemandem reden. Wozu auch? Was hätte ich sagen sollen? „Ich will endlich irgendwelche Reaktionen!"? Das wäre lächerlich gewesen, wo doch alle wussten, dass man innerhalb der Transzendentalen Meditation nichts erzwingen kann. Das war ja gerade das Markenzeichen dieser Meditationstechnik: Keine Willensanstrengung, keine Konzentration – es gab nichts zu können und nichts zu üben, man konnte sich dem Prozess nur überlassen.

Eines Morgens wachte ich auf und befand mich inmitten eines Niemandslandes. Alle Wertigkeiten, die mich sonst durch das Leben gelenkt hatten, waren weg – einfach weg – Tabula rasa, noch nicht einmal die Meditation stellte einen besonderen Wert dar. Tatsächlich wurde ich mir in diesem Augenblick überhaupt erst der Fülle der Wertigkeiten bewusst, die mich mein ganzes Leben bislang begleitet und gesteuert hatten, denn ohne sie konnte ich jetzt plötzlich keine einzige Entscheidung mehr treffen. Ich konnte nicht mehr entscheiden, ob es besser war, mich anzuziehen oder nackt zu bleiben, zu frühstücken oder zu fasten, zu meditieren oder zu lesen, weiterhin "in silence" zu sein oder mich in wilde Diskussionen zu stürzen, mich zu waschen oder verschwitzt zu bleiben, aus dem Fenster zu springen oder doch lieber die Treppen zu nehmen, um an den Strand zu kommen. Alles war gleichwertig. Nichts schien in irgendeiner Form besser oder schlechter zu sein als sein Gegenteil und alle anderen hunderttausend Möglichkeiten, die es noch gab. Es gab nichts, was ich bevorzugte, und nichts, was ich ablehnte. Ich war handlungsunfähig. Hatte ich mich nicht beklagt, dass nichts passierte? Jetzt war endlich etwas passiert, jetzt war ich endlich in Schwierigkeiten, allerdings in anderen Schwierigkeiten, als ich erwartet hatte.

Ich hatte nur einen einzigen Gedanken: Ich musste zu Maharishi. Er musste mir helfen und er würde mir helfen. Ich zog mich an und fuhr mit dem Lift schnurstracks in den elften Stock. Als ich aus dem Lift trat, kam er mir auf dem Gang mit einem ganzen Gefolge entgegen. Ich ging direkt auf ihn zu und, ohne ihn zu grüßen, brach ich mein wochenlanges Schweigen mit den Worten: "*Maharishi, I can't act anymore.*" Er sah mich kurz an und antwortete ohne zu zögern: "*Go to Gabriel and talk to her. Then come together with her to me in the afternoon.*" Dann verschwand er mit allen, die bei ihm waren, und ich machte mich auf den Weg zu Gabriela, die Maharishi zum Engel geadelt hatte, indem er ihr das „a" am Ende des Namens stahl.

Ich wusste nicht, warum ich mit ihr reden sollte und was ich ihr sagen sollte. Wir waren auf demselben Ausbildungskurs gewesen. Sie war in meinen Augen weder klüger noch weiter entwickelt als ich. Sie war für mich weder eine Respektsperson noch der Mensch, dem ich in geistigen Fragen unbedingt mein Vertrauen geschenkt hätte. Eigentlich hatte ich gar keine Lust, mit ihr zu reden, aber mein aller Wertigkeiten beraubter Kopf kannte nur diese eine Anweisung von Maharishi, weshalb ich nichts anderes tun konnte, als dieser einen Anweisung Folge zu leisten. Ich hatte keine Wahl. Diese eine Anweisung von Maharishi war der einzige Impuls im totenstillen Niemandsland meiner Seele. Was wäre gewesen, wenn er etwas ganz anderes gesagt hätte, zum Beispiel „Suche dir den erstbesten Mann und gehe mit ihm ins Bett!" oder „Geh an den Strand und sing ein Lied!" oder „Lasse dir eine Glatze rasieren!" oder schlimmstenfalls: „Tut mir leid, da kann ich dir auch nicht weiterhelfen." Ich weiß es nicht. Er hatte diese Dinge nicht gesagt, er schickte mich zu Gabriela, und so befand ich mich auf dem Weg zu ihr, einem Weg, den ich nicht verstand und den ich nur ging, weil Maharishi es mir so aufgetragen hatte.

Ich klopfte an ihre Zimmertür. Sie öffnete und empfing mich mit Lockenwicklern auf dem Kopf. „Maharishi hat gesagt, ich soll mit dir reden." Sie ließ mich ein, obwohl sie noch im Morgenmantel war und sicherlich noch nicht gefrühstückt hatte. Sie konnte mich nicht wegschicken, wenn Maharishi mich zu ihr gesandt hatte. Es war ihre Pflicht, mir zuzuhören. Sie bot mir einen Sessel an und setzte sich selber im Schneidersitz auf das noch ungemachte Bett. Sie war schlanker geworden. Sie schaute mich geduldig mit ihren graublauen Augen an, so als wäre es etwas ganz Normales, dass Maharishi in aller Herrgottsfrühe jemanden mit Schwierigkeiten zu ihr schicken würde. Ich setzte mich und erzählte ihr, so gut es ging, von meinen ereignislosen Meditationszeiten und der Handlungsunfähigkeit, die mich an diesem Morgen hinterrücks überfallen und mich zuerst zu Maharishi und dann zu ihr geführt hatte. Ich sah Gabriela fragend an: „Und nun?" „Du musst dich Maharishi überantworten", sagte Gabriela ruhig mit ihrer sanften Stimme. *Surrender* ist das Einzige, was dir jetzt helfen kann."

Surrender. Das Wort donnerte mit voller Wucht in meine leere Seele und hallte endlos wider. *Surrender*. Maharishi hatte oft darüber gesprochen. Der Shortcut zum kosmischen Bewusstsein. Arjuna, der Held der Bhagavat-Gita, brach handlungsunfähig vor Lord Krishna zusammen und bat um Unterweisung. *He surrendered.* Hunderttausendmal hatte Maharishi ausgeführt, dass Lord Krishna Arjuna absichtlich in diese Verwirrung gestürzt hatte, dass diese Verwirrung nicht wirklich eine Verwirrung war, sondern dass sie den Höhepunkt der Entwicklung seines Herzens und seiner geistigen Kräfte bedeutete. Arjuna sah in voller Schärfe sowohl die Unsinnigkeit als auch die Unausweichlichkeit des bevorstehenden Kampfes, fühlte mit ganzer Intensität die unnötigen Leiden, die dieser Kampf allen zufügen würde, und wollte und konnte diese nicht mitverantworten, obwohl gerade dies von ihm erwartet und gefordert wurde. Unter diesem Konflikt brach er – wie von Lord Krishna beabsichtigt – völlig zusammen und wurde dadurch empfänglich für die letzte Lebensweisheit, die jenseits von Gut und Böse lag und die jenseits der ganzen Diesseitigkeit zu suchen war. *Surrender, der shortcut.*

„Surrender ist das Einzige, was dir jetzt helfen kann", wiederholte Gabriela und alles in mir schrie „NEIN!" – „Alles, nur das nicht!", pochte mein Herz trotz aller verlorenen Wertigkeiten. Es würde bedeuten, dass Maharishi alles von mir verlangen könnte, alles, wirklich alles – und meine Fantasie spielte mir in lebhaften Farben vor, dass er etwas von mir verlangen könnte, was meiner Mutter Schmerzen bereiten würde – und das könnte ich doch nicht tun, das könnte ich wirklich nicht tun. Alles könnte ich tun, aber das mit Sicherheit nicht, denn das hatte ich noch nie tun können. Aber wie sollte ich ehrlich *"surrendern"*, wenn es etwas gab, was ich nicht würde tun können, wenn es etwas gab, was ich verweigern müsste? Ich war eine zu ehrliche Haut, als dass ich jemandem bedingungslose Gefolgschaft versprechen konnte, ohne es auch wirklich so zu mei-

nen. *Surrender* war eine ernste und absolut bedingungslose Forderung. Ich war an diesem Morgen zu Maharishi gegangen, um seinen Rat einzuholen, nicht um mein Leben in seine Hände zu legen. „Das kann ich nicht", sagte ich. „Selbst wenn ich es wollte, würde ich das nicht können." Gabriela lächelte mich nachsichtig an und schwieg.

Wir gingen zusammen frühstücken. Es war ein stilles Mahl. Es gab nichts mehr zu sagen. Wir verabredeten uns für den Nachmittag im elften Stock. Bis dahin tat ich dies und das und gar nichts, war vielmehr ein einziger gespannter Bogen, mit einem einzigen zielgerichteten Pfeil, der auf den Nachmittag zeigte. Meine ganze Aufmerksamkeit galt allein der Begegnung mit Maharishi. Was würde er mich fragen? Was würde er mir sagen? Was würde er von mir verlangen? Was würde ich antworten? *Surrender?*

Die Zeit schien endlos, aber das war ich ja gewohnt. Dann war es endlich so weit. Wir gingen zu Maharishi in den elften Stock. Er erwartete uns allein. Wie immer saß er auf einem weiß verhangenen Sessel im Lotussitz in einem seiner vielen Empfangszimmer. Wir begrüßten ihn mit zusammengelegten Händen und einer kleinen Verbeugung. Dann setzten wir uns vor ihn auf den Teppich, Gabriela links und ich rechts. Von dem Moment an, an dem wir das Zimmer betreten hatten, galt Maharishis ganze Aufmerksamkeit Gabriela, nur Gabriela. Er sah mich nicht an und er fragte mich nichts. Stattdessen fragte er Gabriela, ob sie wieder gesund sei. Er hätte gehört, sie sei krank gewesen. Sie plauderten ganz ungezwungen über dies und das, als wäre ich gar nicht da. Dabei war ich doch die Hauptperson. Dieses Treffen war meinetwegen zustande gekommen. Ich war doch diejenige, die nicht mehr ein noch aus wusste, die nicht mehr handeln konnte, ich war doch der Patient, aber sie kümmerten sich nicht um mich.

Ich saß da wie der Trottel vom Dienst und wunderte mich, wusste nicht, was ich davon halten sollte, und tröstete mich damit, dass das Ganze wahrscheinlich nur eine Einleitung war. Irgendwann würde sich Maharishi an mich wenden, sich an mich wenden müssen. Aber die kostbare Zeit verstrich, ohne dass dergleichen geschah, und dann stand Gabriela plötzlich auf und verabschiedete sich. Mir blieb nichts anderes übrig, als es ihr gleichzutun, denn ich war unfähig, Maharishi von mir aus anzusprechen.

Er hatte doch gesagt, dass ich kommen sollte, also hatte ich auch angenommen, dass er mir etwas zu sagen hatte, denn ich hatte ja schon alles gesagt, was es zu sagen gab. Aber die Audienz war beendet. Darüber gab es keinen Zweifel. Ich konnte es nicht fassen. Was sollte denn jetzt werden? Was sollte ich denn jetzt tun? Ich verstand gar nichts mehr. Ich war ein einziges hilfloses Fragezeichen. Gabriela war schon auf dem Flur und ich war gerade dabei, das Zimmer zu verlassen, als Maharishi mich von hinten ansprach:

"Find out what you want to do, and then do that."

Ich wandte mich um. Sein Blick war unergründlich. Es war klar, dass er keine weitere Erklärung geben würde. Er hatte alles gesagt, was er mir sagen wollte, alles, was es zu sagen gab.

"Find out what you want to do, and then do that."
"Find out what you want to do, and then do that."
"Find out what you want to do, and then do that."

Wie eine Glocke halten diese Worte in mir nach.

"Find out what you want to do, and then do that."
"Find out what you want to do, and then do that."
"Find out what you want to do, and then do that."

Noch nie in meinem ganzen Leben hatte jemand **DAS** zu mir gesagt. Noch niemals hatte mir jemand vermittelt, dass egal, was sich als mein Wille herauskristallisieren würde, verlässlich auch das Richtige sein würde, und noch niemals hatte mir jemand das Gefühl und die Sicherheit gegeben, dass ich, sobald ich mir meines Zieles gewiss wäre, auch befähigt sein würde, es zu realisieren, und dass dieses Realisieren dann nicht nur erlaubt, sondern quasi sogar meine Pflicht sein würde. Noch niemals hatte jemand so viel Vertrauen in mich gesetzt.

Der Spott meiner Eltern brannte noch immer in der Seele. „Ach, mach doch, was du willst!", sagten sie, wenn alle ihre Argumente nichts fruchteten, und vermittelten mir damit, dass es mit Sicherheit das Falsche sein würde.

"Find out what you want to do, and then do that."
"Find out what you want to do, and then do that."
"Find out what you want to do, and then do that."

Ich trug diese Worte wie einen Schatz in meinem Herzen. Oh ja, ich wollte mich dieser Aufgabe stellen und herausfinden, was ich wollte, und dann würde ich auch genau das, was immer es war, in die Tat umsetzen. Ich hatte Angst gehabt, mich Maharishi zu überantworten? Ich schüttelte ungläubig den Kopf. Obwohl ich am Ende gewesen war und keinerlei Möglichkeiten mehr gesehen hatte, mein Handeln zu steuern, hatte ich mich Maharishi nicht überantworten wollen. Und er, was hatte er getan? Er legte als erster Mensch die volle Autorität für mein Handeln in meine Hände, bevor mein ganzes Dilemma zu Tage treten konnte. Er verlangte kein *Surrender*, sondern gab mir Sicherheit, gab mir den vollen Glauben an mich. Wie konnte ich mir nicht vertrauen, wenn er mir vertraute? Wie konnte ich ihm nicht vertrauen, wo er mir doch offensichtlich ganz vertraute. Alles, was ich würde tun wollen, würde richtig, ganz und gar richtig sein. Es gab für mich keinen Moralkodex mehr, keine Gesetze, keine zehn Gebote, keinen einzigen äußeren Maßstab mehr für mein Handeln, und es gab auch keine innere Beschränkung mehr. Er hatte nicht gesagt:

"Find out what you are able to do."

Er hatte nur gesagt:

"Find out what you want to do."

Wenn ich also herausfinden würde, dass ich den Himalaya besteigen wollte, dann würden mir die Fähigkeiten dazu erwachsen. Ich musste es nur wollen, dann würde ich es auch können. Er hatte nicht gesagt:

"Find out what you want to achieve with what you want!"

Denke nicht an die Folgen, denke nicht daran, ob du arm oder reich, berühmt oder nicht berühmt sein wirst. Finde nur heraus, was du willst. Nur mein Wollen zählte, mein unschuldiges Wollen.

"Find out what you want to do ... ..."

Sie geht in die Küche, räumt das Frühstücksgeschirr ab und stellt die Spülmaschine an. Im Radio spielt das Klavierkonzert Nr. 1 von Chopin so sanft, dass sie in ihrem Tun innehält. Die Sonne malt Fenster auf den Fußboden. Sie fegt auf. Vielleicht wird sie später die losen Zweige und Äste einsammeln, die überall im Garten herumliegen.

Was, wenn Maharishi gewusst hat, dass er sie in die Irre treibt? Was, wenn er sich gar nichts dabei gedacht hat. Beides wäre doch möglich. Da kommt eine Kursteilnehmerin zu ihm, die er nicht wirklich kennt und von der er nicht weiß, dass sie wochenlang vor sich hin meditiert hat, und eröffnet ihm, dass sie nicht mehr handeln kann. Was sollte er ihr denn anderes sagen? Was würde sie denn zu jemandem sagen, der nicht mehr weiter weiß? Würde sie sich anmaßen, ihm einen dezidierten Ratschlag zu geben? Nein, sie würde ihn auch auf sich selbst verweisen. Entweder hat Maharishi ganz unschuldig etwas gesagt, was jeder Mensch in dieser Situation sagen würde, oder er hat gewusst, in welche Schwierigkeiten sie das bringen würde, oder er hat es gesagt, weil es im übergeordneten Sinne richtig war, ihr in diesem Moment genau das zu sagen.

Chopin. Chopin, Chopin – woher hattest du deine Inspiration zu dieser verzaubernden Musik? Sie beschließt, einkaufen zu gehen. Es fehlen ein paar Kleinigkeiten zum Mittagessen.

Maharishi ist einem Impuls gefolgt, wie alle Natur ungefragt Impulsen folgt. Da ist sie sich ganz sicher. Münchhausen zeigt nach Nord-Osten, aber er kann nichts dafür. Der stetige Südwestwind hat ihn so hingestellt. Die Krokusse prangen in Lila und Gelb, obwohl es morgen wieder schneien soll. Es ist, wie es ist.

Inzwischen erklingt das Klavierkonzert Nr. 2 von Chopin. Es ist wohl irgendein Jahrestag. Vor genau 40 Jahren war sie in Rishikesh.

IV

Ich tat etwas, das äußerlich gesehen total gegen alle Regeln war: Obwohl ich am Tag vorher noch den ganzen Tag meditiert hatte, setzte ich schlagartig die Meditationen aus, und unternahm stattdessen ausgedehnte Spaziergänge am menschenleeren Strand, wanderte am schwappenden Wellensaum entlang bis dorthin, wo felsiges Gelände dem Sand ein Ende machte. Dort kletterte ich hinauf, bis ich ein ruhiges Plätzchen mit freiem Blick auf das Meer fand, saß stundenlang zwischen niedrigem Gestrüpp und ließ meinen Blick über den Horizont schweifen. Dann ging ich irgendwann wieder ins Hotel zurück, aß etwas, ruhte mich aus, aber bald zog es mich wieder an den Strand, ans Wasser, in die Weite, in die Leere. Wo auch immer ich war, was auch immer ich tat, meine Gedanken kreisten allein um eine Frage: Was will ich tun, was will ich wirklich tun? Was sich einstellte, war dann eher ein Ausschlussverfahren. Alles, was ich jemals in Ansätzen gewollt hatte, flimmerte durch mein Herz und wurde verworfen.

Horst heiraten? Nicht wirklich. Ich hatte viel zu viel Angst davor, in unmittelbarer Nähe seiner Familie leben zu müssen, in einem Rahmen, in dem ich nie hätte frei sein können, immer auf dem Präsentierteller ... nein, danke. Alle Liebe der Welt würde nicht reichen, das auszuhalten, und außerdem war es ein Wunsch, der andere Menschen unglücklich machte. Wollte ich das wirklich? Und selbst wenn ich mich entschließen könnte, es zu wollen, würde ich Horst zurückgewinnen können? Nein, mit Sicherheit nicht. – Aber es waren nicht diese Überlegungen, die mich von diesem Wunsch abbrachten. Das waren Begründungen, die mir mein Intellekt quasi nachlieferte, nachdem irgendeine Instanz in mir, schon lange vorher, spontan und ohne zu fragen „Nein" gesagt hatte.

Ich stellte überrascht fest, dass ich mein Wünschen und Wollen nicht bestimmen, sondern nur herausfinden konnte, genau wie Maharishi es gesagt hatte. Ich war nicht der Herr über mein Wünschen und Wollen, sondern ich war ihm unterworfen, hatte mich ihm bisher allenfalls widersetzen können, hatte das eine tun können, obwohl ich oder sollte ich sagen „es" das andere wollte. Deshalb war mein Handeln in meinem bisherigen Leben nichts als ein einziges Kuddelmuddel fauler Kompromisse gewesen, die das, was ich wirklich gewollt hatte, und das, was ich aus irgendwelchen Gründen gemeint hatte, tun zu müssen, in eine Schüssel geworfen hatten. Jetzt war ich handlungsunfähig und stellte dieser Instanz in mir, die offensichtlich ganz eindeutig wusste, was ich wollte, zum ersten Mal in meinem Leben Fragen, ganz einfache Fragen. Ich war das erste Mal bereit zuzuhören. Die Antworten kamen ohne jedes Zögern und sie waren eindeutig. Besser gesagt war die eine Antwort eindeutig, denn ich bekam immer dieselbe, und die lautete „Nein!", ganz einfach „Nein!", ohne jede nähere Erläuterung „Nein!". Entwicklungshilfe? Nein. Kunststudium? Germanistikstudium,

Musikstudium? Nein, nein, nein, gar kein Studium. Berufsausbildung? Nein. Als Initiatorin weiterwursteln? Nein. Nach Israel in einen Kibuzz gehen? Nein. Eine Familie gründen? Nein. Ich bekam immer nur ein „Nein" zur Antwort. Ich begann grundsätzlicher zu fragen: Pflegeberufe? Nein. Soziale Berufe? Nein. Medizin? Nein. Wirtschaft? Nein. Kloster? Nein. Künstlerische Berufe? Nein – nein und noch einmal nein. Ich zerfranste mir das Gehirn, doch seit mein Herz einmal das Nein zum *Surrender* gebrüllt hatte, kam nur noch diese Antwort.

Wie viele Tage wanderte ich am Strand entlang? Waren es zwei oder drei oder vier oder eine ganze Woche? Ich wanderte, fragte, lauschte auf die Antworten und bekam immer die gleiche. Dann fiel mir irgendwann nichts mehr ein. Ich hörte auf, zu fragen, wusste nicht mehr, was ich fragen sollte. Nur das Lauschen blieb und die Frage, die am Grunde aller Fragen schlummerte. Was wollte ich tun? Was wollte dieses Ich, das ich war, wirklich tun? Was? – Lauschen – Was? – Lauschen – Was? – Ich verwandelte mich in eine einzige Aufmerksamkeit, in eine Schale, in ein Teleskop, das in mein inneres Weltall gerichtet war. Aber es kam keine Antwort und schließlich vergaß ich sogar meine Frage, so wie man das Mantra während der Meditation irgendwann einfach vergisst, ohne es zu wollen. Die Frage war verschwunden, ohne dass ich es gemerkt hatte, hatte sich einfach still und leise davongeschlichen und aufgelöst und hatte mich als leere Muschel zurückgelassen, die willenlos nur noch der Bewegung der Wellen folgte. Ohne sich irgendwo anzuklammern, ließ sie sich hin- und herwerfen und wenden, ließ sich wie ein kleines Schiff auf den Strand hinaustreiben, um mit dem zurückfließenden Wasser wieder ins Meer zu strudeln. Ich weiß nicht, wie lange die Frage schon weg war, wie lange meine Gedanken dahingetrieben waren, als ich plötzlich merkte, dass ich eine Antwort hatte, eine? Nein, **DIE** Antwort, die einzige richtige Antwort, zu der alles in mir Ja sagte, ja und noch einmal ja: Ich wollte Gott dienen. Mit allem hatte ich gerechnet, aber nicht mit dieser Antwort. Vor allem wusste ich überhaupt nicht, was sie bedeuten sollte. Doch ein Kloster? Oder eine Vestalin? Oder irgendwo in Äthiopien mit einer kleinen schwarzbraunen Jeshe, einer Aida oder einem Allalin auf dem Arm? Nichts von alledem konnte ich mir wirklich vorstellen. Ich in einem Kloster? Nie und nimmer. Aber wenn diese Antwort das bedeuten würde, würde es wohl so sein. Aber ich hatte keine Ahnung, was dieser Wunsch wirklich bedeutete, wie ich ihn umsetzen sollte. Also beschloss ich, wieder zu Maharishi zu gehen, ihm mein Ergebnis mitzuteilen und ihn zu fragen, was das hieße. Nur er allein konnte mir diese Frage beantworten.

Ich ging zielstrebig zum Hotel zurück. Es war Nachmittag. Im Parterre waren die Flügeltüren zur Terrasse weit geöffnet. Ich trat ein. Der Saal war voll und Maharishi nahm gerade auf der Bühne unter dem Bild von Guru Dev Platz. Er begann ohne Einleitung:

"*Now —— today we are going to talk about what it means to serve god.*"

Ich blieb wie angewurzelt stehen und wusste, dass er diesen Vortrag nur für mich halten würde. Neben mir stand ein Amerikaner: "*What is this? I have asked him this question so many times, but he never gave me an answer.*" Er wusste nicht, was ich wusste. Maharishi hatte die Existenz Gottes nie in Frage gestellt, hatte sogar einmal auf die Frage, ob Gott existiere, geantwortet: *"One God? There are millions of gods!"* Aber diesmal würde er nicht über die hinduistische Götterwelt sprechen, er würde über diesen einen, einzigen Gott sprechen, der die ganze Welt in seinen Händen hält. Kein christlicher Gott, kein mohammedanischer Gott, kein hinduistischer Gott würde Thema seiner Ausführungen sein, sondern dieser eine unaussprechliche Gott, der unsere Vorstellungskraft übersteigt. Ich war offen, ich war empfangsbereit, ich würde mir kein Wort entgehen lassen.

Maharishi beschrieb Gott als einen Künstler, der die Welt erschaffen hatte. Er führte uns lebhaft seine unendliche Kraft vor Augen, von der uns die unendliche Weite des Universums mit seinen unzählbaren Galaxien nur eine schwache Vorstellung gab, und lenkte unsere Aufmerksamkeit dann auf die unendlich zarte und verletzliche Schönheit einer Blüte, eines Schmetterlings, eines Spinnennetzes, in denen sich diese Kraft genauso manifestieren konnte. Er verdeutlichte uns in immer neuen Bildern die unendliche Intelligenz dieser Kraft, die jene Naturgesetze geschaffen hatte, die vom Mikrokosmos bis zum Makrokosmos alle harmonisch ineinandergriffen, und wies darauf hin, dass Gott dabei mit geradezu unverantwortlicher Verschwendungssucht ans Werk gegangen war. Hatte er eine einzige Blume geschaffen? Nein, Millionen von Blumen. Hatte er ein Tier oder auch nur eine Tiergattung erschaffen? Nein, er hatte die Welt mit einer unendlichen Vielfalt bevölkert. Hatte er eine einzige Galaxie geschaffen? Nein, er hat so unendlich viele Galaxien in die unendlichen Weiten des Universums gesetzt, dass ganze Geschwader der Raumschiff-Enterprise-Flotte sie in Abermillionen von Jahren nicht würden erforschen können. Alles, alles hatte er im Überfluss entstehen lassen. Maharishi hörte nicht auf, Gott als die Ursache aller Ursachen zu lobpreisen.

"Now – for whom did he do all that? What for did he create the whole universe, for whom did he create all the plants all the animals all human beings? For himself? But he does not need anything, He is enough to himself. So what for? What is it an artist enjoys most? He enjoys most when other people enjoy his piece of art. So God felt: I am alone, may I be many! May every man and every flower enjoy this wonderful creation. Would any artist be happy, if someone told him, that he could not enjoy his art, because he has to sacrifice himself, because it is a sin to enjoy? It would cramp his heart. God is the greatest artist of all. God does not want anyone to sacrifice himself. It would hurt him, it would cramp his heart. The greatest gift, someone can give to god, is to enjoy the beauty of his creation. So the first duty of someone, who wants to serve god is to enjoy."

Mit dem Wunsch, Gott zu dienen, wollte ich mein ganzes Leben unter ein einziges großes Motto und einen einzigen grundlegenden Impuls stellen. Ich wollte nicht ein bisschen Dies und ein bisschen Das, ein bisschen Liebe, ein bisschen Sex, ein bisschen Familie, ein bisschen beruflichen Erfolg, ein bisschen Freizeitvergnügen, ein bisschen Philosophie, ein bisschen Meditation, ein bisschen Glaube – nein, ich hatte dort am Strand von Mallorca mein ganzes Leben in eine einzige Waagschale geworfen und die hieß Gott. Ein Gott, von dem ich nichts wusste, aber zu dem es mich trieb, dem ich mich mit allem, was ich war, anheim geben wollte. Mit diesem totalitären Anspruch hatte ich das Hotel betreten, um die Antwort zu empfangen: *Enjoy.*

Sie schaut Kindern beim Rodeln zu. Lachend rutschen sie einen kleinen Nordhang hinunter, auf dem sich noch etwas Schnee gehalten hat. Mit roten Wangen stapfen sie wieder herauf, um sich erneut ins Vergnügen zu stürzen. Ihr Großvater steht sich die Beine in den Bauch. Er tritt von einem Bein aufs andere und sagt lachend zu ihr:

„Bei Kindern ist alles nur Freude, nichts als Freude."

Sie nickt.

„Bei Erwachsenen ist das nicht mehr so", betont er.

Sie schüttelt den Kopf.

„Bei Erwachsenen ist alles nur noch mühselig", schließt er.

Sie nickt.

V

Dieses an sich so harmlose Wort löschte ohne jeden Aufhebens alle sonstigen Programme auf meiner Festplatte: das Pflichtprogramm genauso wie das Erfolgsprogramm, das Geldverdienprogramm genauso wie das Sozialprogramm oder das Verantwortungsprogramm. Wie ein Zaubertuch war es sanft durch alle meine Ganglien gehuscht und hatte alles weggewischt, was diesem Impuls im Wege stehen konnte. Auf meiner Festplatte gab es ab sofort nur noch ein Programm, und das hieß *"Enjoy"* – hier und jetzt und sofort und ohne Wenn und Aber.

Ich hatte mich immer des Lebens gefreut – neben vielen anderen Dingen auch. Lebensfreude war nie ein ausschließliches Bemühen meinerseits gewesen. Sie hatte sich eingestellt oder auch nicht. Manchmal hatte ich mir eingebildet, ihr nicht nachgehen zu dürfen, nicht nachgehen zu können, und hatte andere Wege gewählt als beispielsweise den zu Horst. Lebensfreude war immer eine Draufgabe gewesen, nie ein Ziel, vor allem aber nie eine Pflicht. *"The first duty of someone, who wants to serve God, is to enjoy."* Die Freude war zu meiner Pflicht geworden.

Ich ging in mein Zimmer, zog mich aus und duschte, nicht zehn Minuten, nicht zwanzig Minuten, nein, ich ließ das Wasser ohne Ende über meinen Körper strömen und genoss es mit jeder Faser, mit jeder Pore meines Körpers. Immer wieder schäumte ich mein Haar auf, um anschließend fasziniert zu sehen und zu spüren, wie die Schauminseln an meinem Körper herunterflossen. Diese Wonne schien kein Ende zu nehmen, bis es dann irgendwann doch genug war. Ich griff zum rauen Badetuch und rubbelte meine Haut rot und warm, griff zur Bürste, um das taktile Vergnügen noch zu steigern. Dann ließ ich einfache weiße, geschmeidige Körpermilch in meine Hände tropfen und sog ihren kostbaren Duft ein, als wäre sie das Öl, mit dem Maria Magdalena Jesus die Füße gesalbt hatte, kostete ihre cremige Konsistenz mit meinen Fingern, träufelte sie auf meine Beine, meinen Bauch, meine Brust und streichelte meine Haut, als hätte ich sie noch nie berührt, entdeckte sie als ein seltenes, kostbares Gut, das es zu erforschen, zu bewahren und liebevoll zu pflegen galt, hielt dann meine Hände vors Gesicht, um noch einmal den paradiesischen Duft der Creme einzuatmen, der mich inzwischen völlig einhüllte.

Dann ließ ich warmes Wasser ins Waschbecken plätschern, drückte Waschmittel aus der Tube, sah einen hellen, fettig schimmernden Tropfen ins Wasser gleiten, griff nach ihm, ließ ihn zwischen meinen Händen zergehen und planschte mit dem Wasser herum, versank völlig im Spiel mit dem schäumenden Nass, das sich zu zarten durchsichtigen Perlen blähte und sich zu runden, schillernden Gebirgen auftürmte. Ich ließ meine Unterwäsche in diesem wogenden Perlmutt versinken und als ich begann, das fein gestrickte Baumwollgewebe glucksend und zischend zusammenzudrücken, quoll mir immer mehr und immer feinerer Schaum entgegen, den ich auf meine Hände nahm und verblies. Die Wäsche bauschte sich, der Schaum wuchs und wuchs, und obwohl meine Hemden und Hosen sicherlich schon lange sauber waren, knetete ich sie immer weiter, weil die Schaumgebilde, die sie produzierten, so überaus anbetungswürdig waren. Ganz nebenbei wurde bei diesem Vergnügen auch meine Wäsche sauberer als sonst, aber das war nicht meine Absicht gewesen. Das war lediglich ein Nebeneffekt.

Dann sah ich mich um. Was wollte ich jetzt genießen? Mein Blick fiel auf die Kerze, die vor Guru Devs Bild stand. Ich zündete sie an und genoss ihren Glanz. Da fiel mir ein, dass ich ja noch mehr Kerzen hatte, ich hatte sogar eine ganze Packung dabei. Ich träufelte Wachs auf alles, was sich dazu eignete: Auf das Messingtablett, auf die kleine Wasserschale, auf das Kampfergefäß, auf meinen Obstteller, der leer gegessen auf meinem Nachttisch stand, und auf die umgedrehten Zahnputzgläser aus dem Badezimmer. Ich drückte Kerzen ins auseinanderquellende Wachs und war bald von einem kleinen Lichtermeer umgeben, das ich wie ein Kind bestaunte. Und plötzlich konnte mich daran erinnern, wie ich die Welt als Kleinkind erlebt hatte – nein, ich wurde wieder zu dem Kleinkind, das ich einmal gewesen war.

Ich entdeckte meine Sinne neu als hochsensible Schnittfläche zwischen mir und der Welt, staunte wieder über das einzigartige Farbenmeer, das mich umgab, über die paradiesischen Gerüche, die faszinierenden Geräusche und die mich verzaubernden taktilen Berührungspunkte, suhlte mich in meiner bloßen Wahrnehmungsfähigkeit wie ein Nilpferd im Schlamm, kostete jede Sinneswahrnehmung bis zur Neige aus und ließ mich fortreißen und forttreiben: von den Kerzen zu den Räucherstäbchen, von den Räucherstäbchen zu meinem verspiegelten Kleiderschrank, von meinem hinreißenden Spiegelbild hinunter in den Speisesaal, wo eine einfache Bratkartoffel für meine übersensiblen Sinne zum Festtagsmenü avancierte: Zuerst fesselte mich die braun glänzende Kruste, dann das Gefühl, wie meine Gabel durch das krosse Äußere in das weiche, zarte Innere vorstieß. Der Geruch verwöhnte meine Nase, bevor meine Lippen und mein Zunge den Leckerbissen jungfräulich in Empfang nahmen, meine Zähne die Kruste gemächlich zermalmten und meine Geschmacksnerven das mehlig salzige Fettgemisch auskosteten. Dann glitt der warme Brei genüsslich meine Speiseröhre hinunter und machte mich satt, ganz satt. Mehr Genuss wäre einfach unerträglich gewesen.

Meine Sinne suchten sich einen unvorhersehbaren, lustgesteuerten Weg durch das Überangebot an Wahrnehmungsmöglichkeiten, blieben hier und da hängen, an einem besonders bauschigen Faltenwurf, am schreienden Rot eines Pullovers, an der weichen Polsterung eines Sessels, am Rascheln einer Serviette und schließlich folgten sie in einer für mich völlig unüblichen Weise ganz ungezwungen einer oberflächlichen Unterhaltung. Ich gab Antwort, lachte, wippte vor Vergnügen vor und zurück, strahlte in strahlende Augen, war gelöst, völlig gelöst, weil ich nur einem Impuls folgte: Enjoy!

Rückblickend wundert es mich, dass meine Sinne damals nicht auch meine erogenen Zonen neu entdeckten, aber wahrscheinlich war ich so weit in meine Kindheit zurückgeworfen, das Sex noch kein Thema war.

Ich schlief tief und traumlos. Nach einem fulminanten Frühstück, das aus einem trockenen Toastbrot und einem Glas Wasser bestand, schlenderte ich im Hotel herum, ließ mich von meinen Sinnen ziehen und landete an der Bar. Dort stärkte sich gerade eine ältere Amerikanerin mit einem Glas Zitronenlimonade. Sie seufzte, schüttelte verzweifelt ihren ergrauenden Lockenkopf und meinte, dass sie diese komischen Wörter niemals lernen würde. Sie meinte die Puja. Der Ausbildungskurs war in der letzten Phase angelangt. Ich bot ihr meine Hilfe an und fragte sie ab. Es macht mir unbändigen Spaß, sie zu loben, zu ermutigen und ihr zu helfen, das scheinbar Unerlernbare doch noch in ihren alternden grauen Zellen abzuspeichern. Wir übten vielleicht eine Stunde miteinander. Dann waren ihr Mut und ihr Selbstvertrauen so weit gewachsen, dass sie meinte, den Rest auch alleine lernen zu können. Sie bedankte sich überschwänglich und lud mich als Dank zu einem Drink ein. Ich lehnte zunächst ab, denn es war für mich derart beglückend gewesen, ihr helfen zu können, dass ich keines Dankes bedurfte. Im Gegenteil, ich fühlte mich reich beschenkt und hätte sie eigentlich meinerseits einladen müssen. Andererseits wusste ich aber auch, dass alles ganz und gar richtig war, so wie es war, dass es eigentlich immer so sein müsste, dass der jeweils Gebende überhaupt nur dann geben sollte, wenn er dies als beglückend empfand. So genoss ich einen Orangensaft und nahm der Dame das Gefühl, in meiner Schuld zu stehen.

Von diesem Moment an zog es mich immer wieder zu Menschen, zu Situationen hin, in denen ich mich nützlich machen konnte. Ich entdeckte die Faszination eines Handelns, in dem es keinen Widerspruch mehr gab, zwischen dem, was für andere offensichtlich gut und hilfreich war, und dem, was für mich im Augenblick das Lustvollste war. Der alte Widerspruch zwischen meinen Interessen und den Interessen meiner Umwelt hatte sich auf wundersame Weise aufgelöst. In meiner Beziehung zu Horst hatte ich meiner Lust nicht ohne Gewissensbisse frönen können, in Äthiopien war ich hundeunglücklich gewesen, weil dieses Land, diese Aufgabe, dieses soziale Gefüge mich völlig überforderte, und als Kind, als meine eigenen Interessen immer wieder mit denen meiner Eltern und meiner Lehrer kollidierten, hatte dieser Konflikt mir das Leben zur Hölle gemacht. Entweder waren die anderen zufrieden und ich unglücklich oder umgekehrt, wobei mein Glück, wenn ich es denn gegen die Interessen der anderen durchzusetzen vermochte, nie ein wirkliches Glück war, weil das Unglück der anderen wie ein giftiger Stachel mein eigenes Glück vergällte. Aber damit war es jetzt vorbei. Was mir höchste Lust bereitete, bedeutete meiner Umwelt offensichtlich auch gern empfangene Hilfe und Unterstützung.

Ich fand mich im Sekretariat ein, wo es an Schreibkräften mangelte. In Indien hatten wir ja keinerlei hektographiertes Material bekommen, aber hier gab es eine Menge zu schreiben. Ich war jedenfalls den ganzen Tag beschäftigt, lustvoll beschäftigt.

Ich lauschte begeistert dem schnarrenden Geräusch, das die mechanische Schreibmaschine von sich gab, als ich das blütenweiße Papier einspannte. Vor mir lag die erwartungsvolle Tastatur, und dahinter konnte ich den Präzisionsfächer aus zarten Metallarmen erkennen, an deren Ende jeweils ein Buchstabe prangte. Als ich drauflos hämmerte, lösten sie sich mit wahrem Vergnügen aus ihrer Ruheposition und begannen einen hektischen, spindelarmigen Tanz, sausten mit voller Wucht und ohne sich jemals zu verheddern, abwechselnd in das kleine Tor, hinter dem das Farbband ungeduldig darauf wartete, aufs Papier geknallt zu werden, um einen scharf gestochenen Abdruck zu hinterlassen. Das Klappern und Rattern stellte jede Flamencotänzerin in den Schatten und wurde nur vom Klingeln des Wagens unterbrochen, das das Ende einer Zeile signalisierte. Dann donnerte ich den Wagen mit dem Papier wieder auf die rechte Seite und der Tanz der Buchstabenarme begann von vorne.

Manchmal tippte ich auch bewusst einen falschen Buchstaben, weil es mir eben mehr Spaß machte, diesen herunterzudrücken als den so genannten richtigen, der daneben lag. Da mein Anliegen nicht ein fehlerlos getippter Text war, sondern einzig und allein "*enjoy*" hieß, gab ich natürlich dem falschen Buchstaben lustbetont den Vorzug, um dann ebenso wollüstig ein Tipp-Ex aus der winzigen Papiertüte zu fingern und das winzige weißbestäubte Papier vorsichtig hinter das winzige Metalltor zu schieben. Der falsche Buchstabe sauste ins Tor, und ich freute mich wie ein Kind über das Wunder, das ich damit vollbrachte: Der ehemals schwarze, falsche Buchstabe war weiß wie das Papier geworden und kaum noch zu sehen. Schreibtechnisch gesehen hatte ich einen Fehler gemacht und ihn wieder ausgebessert, aber auf einer höheren Ebene hatte ich Gott gedient, hatte ihm in lupenreiner Form gedient, indem ich die Freude am falschen Buchstaben bedenkenlos der Befolgung irgendwelcher Rechtschreibregeln vorgezogen hatte. So erkannte ich, dass Gottes Wege nicht nur unergründlich waren, sondern aus beschränkter menschlicher Sicht sogar falsch sein konnten.

Das Leben wurde verblüffend einfach, denn einzig und allein der Freude schöner Götterfunken wies mir den Weg. Irgendwann fand ich mich im Kreis einer kleinen Gruppe wieder, die irgendwelche Zettel sortieren und klammern sollten. Die Papierhaufen stapelten sich endlos. Sie sollten bis zum Abend fertig sein. Der Kopf des Unternehmens, eine langhaarige Schönheit stöhnte: „Das schaffen wir nie!" Ich aber sagte gegen besseres Wissen und gegen jeden normalen Menschenverstand: „Wenn Maharishi gesagt hat, dass die Papiere bis zum Abend fertig sein müssen, dann schaffen wir es auch." Ich wusste, dass das unmöglich war, aber es war die reine Wonne, eine solche Behauptung aufzustellen. Dabei war es mir grundsätzlich völlig egal, ob wir es tatsächlich schaffen würden oder nicht. Allein die Tatsache, dass es mich freute, diese Behauptung aufzustellen, rechtfertigte sie auch schon. Ich erntete erstaunte Blicke. Leider habe ich keine Ahnung, ob es ihnen dann tatsächlich gelang, denn ich war nicht bis zum Ende dabei, weil mich der Götterfunken wieder in eine andere Richtung trug.

Ich verabredete mich mit einem jungen Mann für den Nachmittag. Er wollte irgendetwas mit mir besprechen. Ich sagte zu, weil ich Lust hatte, mich mit ihm zu verabreden, was nicht notwendigerweise auch heißen musste, dass ich am Nachmittag auch Lust haben würde, diese Verabredung einzuhalten. Ich wusste das, er aber nicht, und als der Nachmittag kam, hatte mich meine Lust tatsächlich ganz woanders hingetrieben, nicht aber in den Speisesaal, wo wir zusammen einen Tee hatten trinken wollen. Gegen Abend kam er mir dann auf der Treppe entgegen und entschuldigte sich tausendmal, dass er leider nicht hatte kommen können, weil ihm irgendetwas dazwischen gekommen war. „So läuft das also", dachte ich. Wie ein Wunderwerk der Technik griffen die Bedürfnisse meiner Umgebung und die meiner eigenen Lust reibungslos ineinander. Ich war hellauf begeistert.

An einem Nachmittag saß Maharishi mit einer ganzen Gruppe im Fernsehsaal, weil irgendein wichtiges Ereignis übertragen wurde, das ebenso bedeutsam zu sein schien wie seinerzeit die Mondlandung. Ich gesellte mich dazu, merkte aber bald, dass mich das Ganze langweilte – sowohl das Fernsehprogramm als auch die Gier aller anderen, in der Nähe von Maharishi zu sein. Ich ging. Es gab so viel Wunderbares auf der Welt. Mein ganz persönliches Vergnügen war völlig unabhängig von Maharishi und suchte sich im Augenblick jedenfalls andere Wege.

Am Abend reihte ich mich in die Blumengasse ein, aber Maharishi kam und kam nicht. Schließlich setzte ich mich – wie viele andere auch – auf den Boden und versank in Gedanken an den erstaunlichen Weg, den meine Entwicklung genommen hatte. Von einem Zustand der Handlungsunfähigkeit war ich durch eine simple Anweisung, – *Find out what you want to do, and then do that* – in eine Lebensweise hineingeraten, die keine Probleme kannte, die sowohl für mich als auch für alle anderen erfüllend war. Meine Aufmerksamkeit sackte weg, ich weiß nicht wohin, bis ich plötzlich innerlich von einem strahlend weißen Licht durchblendet wurde, das mich schlagartig in die Gegenwart riss. Ich fuhr herum. Maharishi kam die Gasse entlang und ich sah gerade noch, wie er seine Augen von mir abwandte. Ich hatte nicht bemerkt, dass alle anderen aufgestanden waren, um ihn zu begrüßen, und stand jetzt selber verwirrt auf. Was war das gewesen? Ich hatte keine Blume dabei, aber Maharishi blieb dennoch bei mir stehen: "*How are you?"* – "*Very well!"* – Was sollte ich anderes sagen? – "*Continue with what you are doing."* – Und schon ging er weiter. Ich stand dort, erleichtert, und wusste mich auf dem richtigen Weg.

Warum ich in dieser intensiven Zeit des Glücks nicht mit anderen über all diese erstaunlichen Erlebnisse sprach? Warum mein Mund nicht überlief, wo mein Herz doch so voll war? Ganz einfach: Ich hatte keine Lust, darüber zu reden. Warum sollte ich über das Wunder des Lebens sprechen, warum sollte ich es reflektieren, wenn ich es doch so intensiv erleben durfte und konnte? Gibt man sich mit dem Echo zufrieden, wenn man das Original hören kann? Greift man zu getrockneten Blütenblättern, wenn man durch den Duft, die Fülle, die Farbenpracht eines sonnengetränkten Rosengartens wandern kann? Meine Lust steigerte sich von Tag zu Tag, meine Sinne wurden von Minute zu Minute sensibler, ich jubelte in ungeahnten Höhen: „Geh aus, mein Herz, und suche Freud!" Und das jeden Morgen wieder, jeden Morgen intensiver, jeden Morgen bedingungsloser und vertrauensvoller, ein Sklave der Lust, bis ich eines Morgens im Schneidersitz auf meinem Bett saß und mich fragte, welche Tätigkeit mir heute den höchsten Genuss bereiten würde, wohin mich die Lebensfreude heute tragen würde.

– Stille –

Die Antwort war Stille.

Ich sehnte mich nach Stille, ich sehnte mich mit jeder Faser meines Selbst nach Ruhe. Ich sollte etwas tun? Ich sollte handeln, um irgendeinen Genuss zu erleben? – Nein, ich wollte nichts mehr tun, ich wollte nicht mehr handeln, ich wollte, ich wollte – und plötzlich wusste ich, dass ich gar nichts mehr tun wollte. Die höchste Wonne, die absolute Essenz aller Wonne, die ich mir vorstellen konnte, war das absolute Nichtstun – und ich schwöre, bei allem, was mir jemals heilig war und jemals heilig sein wird: Der Wunsch, nichts mehr zu tun, war so stark, war so absolut, war so zwingend logisch, dass ich noch immer dort sitzen würde, wenn nicht etwas Unglaubliches geschehen wäre. Und wenn ich „unglaublich" sage, dann meine ich es auch genau so. Wenn alles wie eine Erfindung klingt, die sich niemals so zugetragen haben kann, dann ist das genau deshalb so, weil es sich einerseits wirklich so zugetragen hat und nicht anders zu beschreiben ist, und weil es sich andererseits einfach nicht zu glauben ist. Es war ja selbst für mich, die es erlebte und der es ungefragt und ohne eigenes Zutun widerfuhr, nicht zu glauben.

Münchhausen schüttelt den Kopf.

„Doch, glaube mir!"

Er schaut misstrauisch.

„Ich kann doch nichts dafür, dass es so war."

Er schüttelt wieder den Kopf.

„Außerdem hat Benjamin Libet[24] schon lange bewiesen, dass wir keinen freien Willen haben."

„Er sah das anders."

Sie schüttelt den Kopf.

„Doch, er sah das anders."

Sie schüttelt wieder den Kopf.

Sie werden sich heute nicht einigen.

---

24 US-amerikanischer Physiologe, dessen als Libet-Experiment bekannt gewordene Versuchsreihe Diskussionen über den freien Willen ausgelöst hat.

VI

Ich saß also dort im Schneidersitz auf meinem Bett und schaute auf meine Hände, die übereinander mit den Handflächen nach oben in meinem Schoß ruhten und eine Schale bildeten – **MEINE** Hände? Nein, das waren nicht meine Hände. Ich hatte mit diesen Händen nichts zu tun. Ich hatte sie zwar mein Leben lang verwendet, sie hatten mir und anderen tausendfache Dienste geleistet, hatten nicht zuletzt irgendwelche Texte für den Kurs in eine alte Schreibmaschine gehämmert, hatten Maharishi Blumen überreicht, hatten meinen eigenen und andere Körper gestreichelt, hatten Genuss bereitet und empfangen, doch jetzt lagen sie in meinem Schoß wie zwei abgefallene Blütenblätter: still, leicht, losgelöst von mir und meinem Willen. Während ich noch über diese Hände staunte, erhob sich plötzlich mein Körper und ging auf die Türe zu. Ich hatte nichts damit zu tun. Ich hatte weder Kraft noch Willen in diese Aktion gesetzt. Sie vollzog sich von allein. Mein Körper bewegte sich wie eine Marionette an unsichtbaren Fäden, wobei der ebenfalls unsichtbare Puppenspieler definitiv jemand anderer war als ich. Ich selber schaute lediglich tatenlos zu, denn genau das hatte ich ja gewollt.

Ich hatte nichts mehr tun wollen und deshalb tat ich jetzt auch nichts mehr. Ich griff in keiner Weise in das Geschehen ein, stützte es nicht, befürwortete es nicht, verurteilte es nicht, hinderte es nicht, erlebte nur staunend, dass mein Körper, auf magische Weise gesteuert, selbsttätig auf die Tür zuging. Einen kurzen Moment lang fragte ich mich noch, wie das wohl gehen würde, denn ich hatte nicht vor, die Tür zu öffnen, weil jegliches Tun meine Ruhe und damit meinen Genuss, den Genuss aller Genüsse gestört hätte: das Nichtstun. Ich sah meinen Körper schon mit voller Wucht gegen die Holztür krachen, und blieb trotz dieser Vorstellung völlig tatenlos, versuchte nicht, meine Schritte zu bremsen, versuchte nicht, die Türe zu öffnen. Stattdessen streckte sich mein Arm aus und legte meine Hand auf die Türklinke. Sie drückte aber keineswegs die Klinke hinunter, denn diese senkte sich von alleine, während meine Hand wie ein Hauch auf ihr schwebte. Dann wurde mein ausgestreckter Arm von der sich öffnenden Tür zurückgeschoben. Die Tür hatte sich tatsächlich von alleine geöffnet, während mein Körper eine nutzlose Pantomime vollzogen hatte. Das Ganze war wie ein Zaubertrick.

Mir war klar, dass jeder Außenstehende – wenn denn einer da gewesen wäre – behauptet hätte, dass ich, das heißt der Mensch, für den mich alle hielten und für den ich mich bisher auch selber gehalten hatte, die Türe aufgemacht hätte, und ich wusste auch, dass ich niemals irgendjemandem würde erklären können, dass ich genau das nicht getan hatte, dass ich nämlich verdammt noch einmal schlicht und einfach gar nichts gemacht hatte und dass mein Körper nichts als ein Schattenspiel betrieben hatte, eine Narrenposse. Aber die Türe war auf, und ich wurde hindurchgegangen, woraufhin sich der Zaubertrick mit der Tür in umgekehrter Reihenfolge wiederholte. Dann war die Türe wieder zu. Mein Körper wandte sich um und ging den Gang hinunter.

Ich weiß nicht, wie ich ihm folgte, ich weiß nicht genau, wo oder was ich von diesem Augenblick an war. Ich war zweifellos noch in meinem Körper, aber ich hatte mit dem, was dieser Körper tat, nichts mehr zu tun. Er funktionierte einfach von alleine und wenn ich Körper sage, dann meine ich nicht nur die Hände und Füße, sondern ich meine auch meinen Geist oder wenigstens einen Teil davon, denn ich traf Menschen, die mich etwas fragten, und ich hörte, wie dieser Körper Antwort gab, ohne mich gefragt zu haben, und ich stellte fest, dass diese Antworten durchaus sinnvoll waren. Mein Ich aber war irgendwo versteckt. Es tat nichts mehr, es verhielt sich entsprechend seinem eigenen Wunsch völlig passiv, aber es beobachtete alles und fragte sich, ob ich dabei war, verrückt zu werden. Dabei achtete es genau auf die Reaktionen der anderen Menschen: Schauten sie mich verwundert an? Warfen sie sich gegenseitig vielsagende Blicke zu? Legte jemand den Arm um mich und fragte, ob es mir auch wirklich gut ginge? Nein, niemand reagierte absonderlich. Alle verhielten sich mir gegenüber genauso wie sonst auch. Für sie hatte ich mich offensichtlich nicht verändert.

"Continue with what you are doing!", hatte Maharishi zu mir gesagt und hatte mich dadurch auf meinem Weg bestätigt. Hatte er gewusst, dass ich auf diesem Weg notgedrungen irgendwann aufhören würde, überhaupt noch etwas zu tun? Hatte er gewusst, dass irgendwann alle Genüsse der Welt es nicht mehr wert sein würden, auch nur den kleinen Finger für sie zu rühren, weil es einen Genuss gab, der alle zusammen an Intensität und Wonne übertraf? Wer dachte all diese Gedanken, während mein Körper im Hotel herumging und sich dann ganz selbstverständlich im elften Stock einfand? Wer spürte die vage Angst? Dass ich nicht in Panik geriet, war allein auf die Tatsache zurückzuführen, dass ich ganz auf Maharishi vertrauend in diesen Zustand geraten war. Aber was hätte ich denn überhaupt ändern können, wenn ich es denn gewollt hätte? Ich konnte ja gar nichts mehr machen! Ich war draußen. Ich spielte nicht mehr mit. Das Enjoy-Programm hatte sich selbst gelöscht. Mein Körper oder das, was ich für ihn hielt, spielte noch mit, aber ich wusste nicht, nach welchen Regeln gespielt wurde. Mein Körper dagegen schien es ganz genau zu wissen.

Er ging in Maharishis Zimmern ein und aus und ordnete die Blumen, wenn sie nicht so arrangiert waren, wie sie hätten arrangiert sein sollen. Woher er wusste, wie sie arrangiert werden sollten? Ich weiß es nicht, aber meine Augen sahen ganz einfach, wenn etwas nicht so war, wie es sein sollte. Es offenbarte sich ihnen sozusagen von alleine. Sie schauten nicht prüfend, und es gab auch keine benennbaren Kriterien, nach denen sie ihre Entscheidungen trafen, aber es war für sie ganz deutlich und ganz klar erkennbar, wenn etwas nicht in Ordnung war – in welcher Ordnung? In der einen Ordnung, die alles durchdringt. Musste sich alles in diese Ordnung fügen? Hätten die Blumensträuße nicht auch „unordentlich" bleiben können? War nicht die Unordnung Teil einer höheren Ordnung? Gab es überhaupt etwas anderes als eine große, allumfassende Ordnung? Die Kraft, die das lenkte, was von mir äußerlich sichtbar war, verneinte diese Fragen genauso wenig, wie sie sie bejahte. Sie fragte nicht, sie fragte gar nichts, sie beschäftigte sich schon gar nicht mit derart ausgetüftelten und sich selbst außerordentlich klug vorkommenden Fragen, sondern sie war in sich eine einzige, eindeutige Antwort und lenkte meinen Körper fraglos und ihrer selbst absolut sicher, während mein Körper ihr ohne zu zögern folgte, ohne auf irgendeinen Impuls von meiner Seite angewiesen zu sein und ohne sich im Geringsten beirren zu lassen, ohne überhaupt auf die Idee zu kommen, dass er sich vielleicht auch widersetzen könnte, weil sich diese Kraft vielleicht ja auch irren könnte. Nein, sie konnte sich nicht irren, soviel war gewiss. Es war ganz einfach: Ich wurde gegangen, ich wurde gesprochen, ich wurde entschieden und ich beobachtete tatenlos aus einer beglückenden inneren Ferne das Geschehen auf der Bühne des Lebens. Der einzige Schatten, der auf diesem Zustand lag, war eine hilflose Verunsicherung. War wirklich noch alles mit mir in Ordnung? Aber es geschah nichts Außergewöhnliches.

Ich wurde hierhin gegangen und dorthin gegangen, verfolgte, wie ich mit verschiedenen Kursteilnehmern über Dies und Jenes sprach, fand mich immer wieder auch in Maharishis Zimmern ein, um hier und da eine Blume zu richten und stand auch einmal vor seinem privaten kleinen Altar. Dort lehnte ein kleines, farbenprächtiges Bild von Durga, dem positiven Aspekt von Mother Divine[25] an der Wand. Davor stand inmitten anderer religiöser Insignien ein Lingam[26]. Der eiförmige, graugrüne Stein ruhte in einer Messinghalterung. Meine Hand streckte sich nach ihm aus und meine Finger zuckten vor einer elektrisierenden Kraft zurück, bevor sie ihn berührten. Ich wandte mich wieder ab und sah am Boden eins jener Felle liegen, auf denen Maharishi immer saß. Darauf lag ein Zettel: *"No one is to step on this."* Sein persönlicher Meditationsplatz. Ich wanderte weiter und traf im Bügelzimmer eine junge Deutsche, die Maharishis weißseidene Dhotis bügelte, nachdem sie sie gewaschen hatte. Sie meinte, nach all ihrem Werkeln würden die Dhotis nicht sauberer sein als zu dem Zeitpunkt, als sie ihr für die Wäsche übergeben worden waren. Sie hätte nur eine Alibifunktion. Sie würde nur so tun, als würde sie sie reinigen, dabei würde die Seide durch sie wohl eher beschmutzt werden. Sie tat, als würde sie reinigen, ich tat, als würde ich handeln. Eine merkwürdige Welt.

Es, was immer es war, führte mich auch wieder an den Strand, wo ich meine weiten Spaziergänge wieder aufnahm. „Und nichts zu suchen, das war mein Sinn"[27], und in dieser Unschuld sah ich es plötzlich zum ersten und auch zum

---

25 Devi, die Göttliche Mutter wird im Hinduismus als „Wurzel des Daseins" verehrt. Es heißt, sie sei der schöpferische Aspekt des Absoluten.
26 Ein eiförmiger oder länglicher Stein, in dem die Schöpferkraft Shivas verehrt wird.
27 Aus „Gefunden" von J. Wolfgang von Goethe: „Ich ging im Walde so für mich hin, und nichts zu suchen, das war mein Sinn."

einzigen Mal in seiner ganzen Herrlichkeit und ich werde diesen Anblick nie vergessen. *"Once you have seen reality you will never forget."* Das, was ich wahrnahm – die unendliche Bläue des Himmels, den hellen Strand und das bewegte weite Meer – löste sich von mir wie ein hauchdünnes Abziehbild. Plötzlich sah ich, dass die gesamte Wirklichkeit nichts anderes war als eine Projektion auf eine riesige, dreidimensionale Leinwand, wobei das Wort Leinwand viel zu sehr eine feste Konsistenz vermittelt. Worauf auch immer die Farben und das Licht flimmerten, sie flimmerten nur, und genau das sah ich auch. Das gestochen scharfe Bild, das ich sonst gewohnt war, hatte sich in feinste Vibrationen aufgelöst.

Am ehesten lässt sich diese Veränderung der Wahrnehmung wohl mit dem Betrachter eines pointillistischen Bildes vergleichen. Er sieht eine Brücke, einen Baum, einen Menschen, doch wenn er sich dem Bild nähert, erkennt er plötzlich, dass das Bild aus lauter Punkten besteht, die seine Netzhaut und sein Gehirn zu einer erkennbaren Realität zusammengefügt hatte. Meine Situation war in gewisser Weise spiegelbildlich. Ich ging nicht näher an das Wahrgenommene heran, sondern löste mich von ihm ab, um dann zu erkennen, dass es sich um nichts anderes handelte als um ein unendlich verwobenes und aufs Feinste abgestimmtes Geflecht aus Wellen, ähnlich den Mustern und Figuren, die kräuselnde Wellen auf einem sonst glatten See erzeugen. Ich sah, dass meine Augen etwas wahrnahmen, aber ich war nicht mehr in diese Wahrnehmung involviert. Die so genannte Wirklichkeit war plötzlich nicht mehr wirklich. Sie verlor dadurch keineswegs etwas von ihrer unendlichen Schönheit – im Gegenteil, die Tatsache, dass sie nur ein hauchdünnes Nichts war, verlieh ihr eine Zerbrechlichkeit, die mich augenblicklich mit einer zärtlichen, beschützen wollenden Liebe zu ihr erfüllte. Gleichzeitig vollzog sich in mir ein wortloses Verstehen, ein fragloses Annehmen und Erkennen der Wirklichkeit, denn das war es. Das war die eigentliche Wirklichkeit, die sich bis jetzt verborgen hatte, die hinter meiner Vorstellung von Realität geschlummert hatte. Es bestand kein Zweifel, dass die Realität, die ich jetzt wahrnahm, einen höheren Rang hatte als die Realität, die ich bisher wahrgenommen hatte. Außenstehende könnten vielleicht meinen, dass ich auf einem Trip gewesen sei, dass ich zum damaligen Zeitpunkt an Realitätsverlust gelitten hätte, aber genau das Gegenteil war der Fall: Alle, die das Gaukelspiel unserer Sinne für real halten, leiden an Realitätsverlust, schlafen tief und fest und halten ihren Traum für echt. Das wusste ich jetzt, das sah ich, und alles in mir verstand jetzt plötzlich, warum niemals jemand irgendetwas verstehen konnte, solange seine Sinne in diesen Traum involviert waren. Der Traum war voller Fragen, die sich auflösten, sobald der Träumer erwachte.

Und ich erkannte noch etwas: Die Kraft, die hier am Werke war und die dieses gigantische Spiel initiiert hatte und lenkte, war ganz offensichtlich allwissend. Sie wusste um jede kleinste Welle auf den Weiten der Ozeane, um jeden kleinsten Stern in der Unendlichkeit des Weltalls, um jedes Atom im Innersten der Materie und sie wirkte aus diesem Allwissen heraus, bewirkte immer das Richtige, das heißt das, was im Einklang mit allem anderen Geschehen im Kosmos stand. Der einzelne Mensch mit seinem beschränkten Horizont würde das nie verstehen können. Es bestand kein Zweifel daran, dass die Kraft, die mich lenkte und führte, meinem eigenen kleinen Intellekt so unendlich überlegen war, dass sie so viel mehr wusste, als ich jemals imstande sein würde zu wissen, dass ich nur vertrauensvoll mein ganzes Leben in ihre Hände legen konnte. Alles andere schloss sich von alleine aus.

Auf dem Weg zurück ins Hotel wurde mir außerdem bewusst, dass ich nicht nur aus dem Spiel war, sondern dass ich auch in Sicherheit war. Mir konnte nichts mehr passieren. Ja, ich könnte vielleicht bei einem Autounfall ums Leben kommen, aber das würde nur meinen Körper betreffen. Ich dagegen wäre davon überhaupt nicht betroffen. Ich verstand plötzlich Maharishis Antwort auf die Frage, ob er Schmerzen erleiden würde, wenn er einen Unfall hätte. *"Yes, but I would not suffer from it."* Und nach den Leiden von Jesus befragt, hatte er gemeint, dass Jesus nicht gelitten habe. Nein, ich war in Sicherheit. Nichts und niemand auf der Welt konnte mir jemals wieder etwas anhaben.

Zurück im Hotel schwankte meine Wahrnehmung. Ich tauchte in die so genannte Wirklichkeit ein und sie zog sich wie eine Welle wieder von mir zurück, ich tauchte ein und sie zog sich wieder zurück. Ich sehe heute noch vor mir, wie sich eine solide Tischplatte vor meinen Augen in einen Hauch verwandelte, dessen Konsistenz eher einem Seidenpapier als massivem Holz glich. Ich bin sicher, ich hätte die Tischplatte mit meinem kleinen Finger durchtrennen können. In Rishikesh hatten doch andere durch Wände sehen und durch verschlossene Türen gehen können. Damals hatte ich das staunend zur Kenntnis genommen, hatte es als eine Form des Unstressings akzeptiert und ad acta gelegt. *"This could be very easily verified."* – Maharishis damalige Antwort an einen Ungläubigen erschien jetzt in einem anderen Licht.

Aber abgesehen vom Wellenbad meiner Wahrnehmung bot sich mir ringsherum ein seltsames Schauspiel: Ich sah, dass nicht nur ich mich wie eine Marionette an unsichtbaren Fäden bewegte, sondern dass auch alle anderen an den Fäden des unsichtbaren Puppenspielers hingen. Der einzige Unterschied war, dass ich es sah und selber spürte, während alle anderen es offensichtlich nicht bemerkten und sich selber fälschlicherweise für die Handelnden hielten. Eine junge Frau kam auf mich zu und während sie sich mir näherte, wusste ich schon, was sie zu mir sagen würde. Es ginge ihr nicht gut, sie wüsste nicht mehr ein noch aus, Maharishi hätte keine Zeit für sie – aber ich konnte ihr auch nicht helfen. Sie sah mich an, aber sie sah mich nicht wirklich, sie sah nur meine äußere Hülle und so wandte sie sich wieder ab, genauso beladen, wie sie gekommen war.

In Maharishis Räumen traf ich einen jungen Amerikaner, blond mit hellblauen Augen. Er sah mich an: *"You love him too?"* Erst in diesem Augenblick merkte ich, wie mein Herz in Liebe zu Maharishi aufloderte. Alle Liebe, die ich jemals empfunden hatte – inklusive der für Horst – verblasste vor der Intensität dieser Hingabe, dieser grenzenlosen Anbetung, zum Abglanz eines Abglanzes, wurde zur Spiegelung des Mondlichtes in einem Teich, das die Kraft der Sonne, der ich jetzt ausgesetzt war, nur noch schwach erahnen ließ.

In Maharishis Küche half ich abwaschen, beziehungsweise wusch ich alles Geschirr noch einmal ab, weil ich sah, wie schmutzig das gerade gesäuberte noch war. Da erntete ich die ersten verwirrten Blicke, aber ich kümmerte mich nicht um sie. Was wussten sie schon?

Die Tage vergingen. Obwohl ich jenseits aller Zeitrechnung existierte, wusste ich, dass meine Kurszeit sich dem Ende zuneigte. Ich würde spätestens am Wochenende abreisen müssen, wusste aber auch, dass ich das nicht wollte, dass es mir unmöglich sein würde. Warum sollte ich abreisen? Es lief doch alles „wie am Schnürchen". Aber wie sollte ich bleiben können? Im elften Stock kam mir ein Amerikaner entgegen. Er sagte: *"You look sad."* – *"Yes, I have to go. I have no money to stay longer."* – *"Never mind, I'm going to pay for you."* Ich weiß nicht, wer er war. Ich kannte seinen Namen nicht, ich weiß auch nicht, woher er mich kannte und wie er dazu kam, mir ein so großzügiges Angebot zu machen. Ich habe ihn später auch nicht mehr getroffen. Tatsache ist, dass ich – als ich dann tatsächlich abfuhr – keine Mehrkosten hatte.

In dieser Zeit rief ich auch meine Eltern an und hörte, wie ich sie bat, zu kommen. Maharishi würde sie einladen. Es sei alles wunderbar. Es war ein kurzer Moment, in dem mir Bedenken über meinen Zustand kamen, denn ich wusste doch ganz genau, dass Maharishi sie nicht eingeladen hatte. Ich hatte mit ihm kein Wort über meine Eltern gewechselt. Ich hatte überhaupt nicht mehr mit ihm gesprochen. Das Letzte, was er zu mir gesagt hatte, war: *"Continue with what you are doing."* Und das war in einer anderen Ewigkeit gewesen, in der das Programm noch *"Enjoy"* hieß. Aber jetzt hatte ich ja kein spezifisches Programm mehr, sondern saß nur noch in der Zuschauerloge. Im Verhältnis zu all den unfasslichen Dingen, die ich von dort aus erlebte, war die Einladung an meine Eltern eine Kleinigkeit. Warum sollte diese Einladung nicht auch im Einklang mit dem Universum stehen? Schließlich hatte diese Kraft mich die Einladung aussprechen lassen. Ich tat ja nichts mehr. Ich hatte mir das ja nicht selber ausgedacht.

Aber meine Eltern kamen nicht. Ich dagegen schwebte weiterhin ferngesteuert durch das Hotel, über den Strand und durch Maharishis Zimmer und hielt mich fast für kosmisch bewusst. Das war kein Wunder, denn alles was ich erlebte, hatte Maharishi ja in seinen Vorträgen genauso beschrieben: *"You don't do anything. Everything is done for you."* und *"You are separated from your experience. You recognize that all experience belongs to the sphere of the ever-changing, which has no existence in itself."* und *"All the happiness of the world is nothing but ripples on the sea in comparison to blissconsciousness, which is beyond all experience."*

Dann machte ich noch eine weitere Entdeckung: Ich konnte mich vergessen. Es klingt paradox: Wie kann man sich bewusst selbst vergessen? Wer vergisst da wen? Ich kannte einen Zustand der unbewussten Selbstvergessenheit, wenn ich in ein Buch oder in einen künstlerischen Prozess vertieft war. Diese Art der Selbstvergessenheit ähnelte einem Traum, aus dem ich irgendwann erwachte. Aber dies hier war etwas ganz anderes. Ich konnte mich vergessen, weil meine Angst verflogen war, weil meine Wünsche verflogen waren, weil ich wusste, dass irgendeine Kraft für all meine Bedürfnisse sorgte und mich vor aller Unbill schützte. Ich brauchte nicht mehr ständig an mich zu denken, mich zu schützen, meine Vorteile zu wahren, Reaktionen abzuwehren. Ich konnte mich tatsächlich einfach vergessen.

Dann kam der Moment, als Maharishi mir auf dem Gang im elften Stock mit seinem ganzen Gefolge entgegenkam und mich, die ich zur Seite trat und grüßend die Hände zusammenlegte, ansprach: *"People tell me, that you are in my rooms, when I am not there."* *"Yes."* Es war die Wahrheit, und sie bereitete mir weder Schuldgefühle noch Scham noch Stolz noch sonst irgendetwas. Es war die schlichte Wahrheit, der nichts hinzugefügt werden musste. Wo hätte ich denn auch anders sein sollen? Damals gehörte ich überall dorthin, wohin mich diese Kraft trug, und nur dorthin, und wenn es die Zimmer von Maharishi waren, dann waren es seine Zimmer, und wenn es die Waschküche gewesen wäre, dann wäre es die Waschküche gewesen. Maharishi kommentierte meine Antwort nicht, sondern sagte nur: *"Now, go to your room and meditate."*

Sie schaut auf das Schwarzweißfoto, das auf ihrem überfüllten Schreibtisch steht. Eigentlich ist es mehr ein Grauweißfoto, ganz ohne harte Kontraste. Sie hat es selber in Rishikesh geknipst. Maharishi betrachtet etwas in seinen Händen, die nicht mehr im Bild sind – eine Blume, einen Text, einen Entwurf für die Anlage des Ashrams? Er hat den Kopf leicht zur Seite geneigt und wirkt ganz versunken, als schaue er nachsichtig und verträumt dem Spiel eines Kindes zu. Der Hauch eines Lächelns umspielt seine vollen Lippen. Sie muss das Bild im Garten aufgenommen haben, denn im Hintergrund zeichnen sich verschwommen ein zarter Baumstamm und wattig getupftes Blattwerk ab. Sie erinnert sich nicht mehr an die genaue Situation, weiß nur, dass sie sich wie ein Paparazzo gefühlt hatte, der unerlaubt in eine Privatsphäre eindringt. Dabei hatten sicherlich auch andere Menschen bei Maharishi gestanden.

In Hamburg hat sie das kleine Bild rahmen lassen. Entspiegeltes Glas sorgt dafür, dass keine grellen Lichtreflexe den Frieden des Bildes stören. Mattroter Samt überzieht das Äußere der Leiste, eine schlichte goldene Linie bildet den Übergang zu einem Relief, das den Rahmen wie eine zarte Goldkette nach innen abschließt, einen Rahmen, wie man ihn für einen geliebten Menschen aussucht.

VII

Ich wandte mich um und ging die Treppe hinunter, befolgte ohne zu fragen, was er gesagt hatte. Doch dann blieb ich plötzlich stehen. Welch unseliger Moment! Wie oft habe ich dieses Innehalten auf der Treppe später ungeschehen machen wollen. Zurück! Nur einen Schritt zurück, einen einzigen! Noch eine zweite Chance haben! Vergebung erfahren! Welcher Teufel hat mich damals geritten? Warum bin ich nicht einfach weitergegangen? Warum fing mein Gehirn zu denken an? Wer oder was begann da zu denken? Aber es dachte und es dachte sehr gerissen. Irgendwo in einem hintersten Winkel meines Selbst war während dieser ganzen Zeit wie im Cache eine Instanz tätig gewesen, die noch immer so etwas wie eine Kontrollfunktion ausgeübt hatte, die beobachtet hatte, ob auch kein kompletter Blödsinn passiert, die still geschwiegen hatte, weil ihr so viel offenbart wurde – die aber nicht aufgehört hatte, wachsam zu sein. Und diese Instanz meldete sich jetzt zu Wort. Was hatte Maharishi da gesagt? Ich solle meditieren gehen? Aber er hatte mir doch aufgetragen, herauszufinden, was ich tun wollte, um es dann in die Tat umzusetzen, und er hatte dann, als ich es endlich herausgefunden hatte und nichts damit anzufangen wusste, meinen Wunsch, Gott zu dienen, gedeutet. *"Enjoy!"*, hatte er gesagt, *"enjoy!"*, und das hatte mich ins Nichtstun geführt, dem ich jetzt ausgeliefert war, und jetzt gab er mir eine derart konkrete Anweisung? Wie passte das zusammen? Wenn er mir das damals gesagt hätte, als ich noch Herr meiner Handlungen gewesen war und lediglich meine Werteskala verloren hatte, dann hätte ich es sicherlich befolgt. Wenn er damals gesagt hätte: *"Now go to your room and meditate. Everything will be fine. This is nothing but unstressing."* Ja, dann wäre ich sicherlich in mein Zimmer gegangen und hätte in der Gewissheit weitermeditiert, dass dieser wertfreie Zustand, der mich entscheidungsunfähig machte, wieder verginge. Aber jetzt – nach all dem, was ich erlebt hatte? In meinem jetzigen Zustand und mit den Anweisungen, die ich bisher erhalten hatte, konnte ich diese Anweisung ja gar nicht befolgen. Sie widersprach allem anderen. Niemand konnte mir noch irgendeine Anweisung geben. Ich war jenseits aller Anweisungen. Eine allumfassende Kraft hatte das Kommando übernommen. Ihr wollte ich folgen, ihr allein. Ich sah nicht, dass dazu paradoxerweise auch gehören konnte, eine widersprüchliche Anweisung Maharishis zu befolgen.

Ich kann rückblickend nicht mehr sagen, ob „es" mich umdrehte oder ob ich selber den Entschluss fasste, zurückzugehen, wobei es mir unmöglich gewesen wäre, irgendeinen gefassten Entschluss meinerseits überhaupt in eine entsprechende Tat umzusetzen. Ich hatte ja die Kontrolle über mich abgegeben. Es geschah mit derselben Unausweichlichkeit, mit der Elsa Lohengrin nach seinem Namen fragte und mit der sich Lots Frau umwandte und zur Salzsäule erstarrte.

Es trug mich zielstrebig zurück in den elften Stock und führte mich in Maharishis überfülltes Zimmer, wo ich mich sagen hörte:

"*Maharishi, I don't want to meditate.*"

Man kann sich fragen, warum ich nicht mehr sagte, warum ich nicht wirklich fragte, warum ich mich nicht mehr erklärte. Ich hätte sagen können: "*Maharishi, I don't understand your order. It contradicts all other orders you gave me.*" Oder: "*Maharishi, please help me to understand, why I should meditate, when the power, that leads me does not want to meditate.*"

Oder: "*You told me to enjoy, and I did so. And now I've found, that the world is so wonderful, that any moment I stay with closed eyes, seems to be wasted.*"

Nein, ich sagte nur "*I don't want to meditate.*", und nahm an, dass er verstehen musste, in welchem Dilemma ich mich befand. Unser gesamter Kontakt war ja im Grunde genommen nichts anderes als ein fast zusammenhangsloses Stenogramm gewesen, das nichts von den inneren Umwälzungen ahnen ließ, die sich dadurch ereignet hatten:

– *Maharishi, I can't act anymore.*
– *Go and talk to Gabriel and then come together to me in the afternoon.*
– *Find out, what you want to do and then do that.*

Dann die stumme, in die Luft gedonnerte Frage:

– *What does it mean, to serve God?*
– *Enjoy!*
– *Continue with what you are doing.*

Nichtstun.

– *People say, you are in my rooms, when I am not there?*
– *Yes.*
– *Now go to your room and meditate.*
– *Maharishi, I don't want to meditate.*

I don't want to – gab es also doch noch Dinge, die ich nicht wollte? Ich hatte doch alles Handeln aufgegeben – das Handeln, das auf ein Ziel hin gerichtet war. Hatte ich auch jenes Handeln aufgegeben, das etwas verhindern wollte? Die Frage hatte sich mir bisher nicht gestellt. Es hatte in der ganzen Zeit nicht den geringsten Anlass für mich gegeben, etwas von dem, was geschah, vermeiden zu wollen. Wie eine Biene war ich von einer Blüte zur nächsten geflogen und hatte immer süßeren Honig gesammelt, bis ich satt war, und dann hatte ich mich zur Ruhe gesetzt. Weder dieser Prozess noch die Kraft, die dann mein Handeln übernahm, hatten mich zu etwas getrieben oder geführt, was ich in meinem vorigen Leben abgelehnt hätte, im Gegenteil, die mich leitende Kraft hatte sich in all ihrem Tun als höchst zurückhaltend, unspektakulär und konservativ gezeigt. Sie hatte mich auch nie in eine Kontroverse mit meiner Kurs-Umwelt geführt. Niemand hatte sich mir gegenüber in irgendeiner Weise verletzend oder bedrohlich verhalten. Gerade dieser Einklang mit meiner Umgebung hatte mich ja so fasziniert. Das war etwas absolut Neues für mich gewesen. Jetzt gab es das erste Mal etwas, was ich – wenn auch nicht vermeiden – so doch hinterfragen wollte. Auch das erschien mir ganz normal. Warum sollte ich nicht fragen dürfen? Ich war doch nur bis zu diesem Punkt meiner Entwicklung gelangt, weil ich alle Anweisungen von Maharishi bis aufs kleinste i-Tüpfelchen befolgt hatte. Ich musste doch klären, für mich persönlich klären dürfen, wie diese Anweisung sich in den Reigen der vorangegangenen fügte.

"*Maharishi, I don't want to meditate.*" Erstaunte Blicke, stumme Fragen, Entsetzen auf allen Gesichtern – **WAS** hat sie gesagt?! Ich hatte etwas Unerhörtes gesagt, etwas, das es nicht geben durfte. Ich hatte dem Meister widersprochen, ich hatte gerade abgelehnt, seine Anweisung zu befolgen, ich hatte mich geweigert, das zu tun, was er uns lehrte, ich wies seine Aufforderung zu meditieren zurück. Maharishi sah mich ruhig an. "*Come to me after the lecture.*" Ja, ich wollte kommen. Alles würde sich klären. Fast im Triumph verließ ich das Zimmer.

Ich ging zur Lecture, setzte mich in eine der vorderen Reihen und strahlte Maharishi mit mindestens tausend Volt an. Irgendwann fing er meinen Blick auf, aber er lächelte nicht zurück. Sein Gesicht verzog sich, wie mir schien, eher zu einer gequälten Grimasse, die nur entfernt an sein sonst so liebevolles Lächeln erinnerte. Ich senkte beschämt meine Augen, als hätte er mich bei einem unanständigen Antrag ertappt. Was war das? Irgendetwas war nicht in Ordnung, aber was? Ich war mir keiner wie auch immer gearteten Schuld bewusst. Zum Schluss sangen wir die Puja. „*Narayanam padma bhawam vashishtam ...*" Mein Herz huldigte den Meistern zum ersten Mal voll wirklich tief empfundener Inbrunst. Da hörte ich ganz in meiner Nähe eine glockenhelle Stimme, die sich klar über alle anderen erhob. Ich wandte mich um, konnte aber die Sängerin nicht ausfindig machen. Als ich mich wieder nach vorne wandte, sah mich eine Reihe von umgewandten Köpfen aus den ersten Reihen an: Ich war diejenige, deren Stimme sich wie eine Lerche über alle Köpfe erhoben hatte. So hatte ich noch nie gesungen, so leicht, so hell, so mühelos und rein. Es war, als würde sich in meiner Stimme das ganze Glück, die Hingabe und tiefe Dankbarkeit Bahn brechen, deren ich während der letzten Tage und Wochen teilhaftig geworden war. Mein Herz jubelte, meine Stimme jubelte, jede Faser meines Körpers vibrierte voll Seligkeit. Nach der Lecture verliefen sich die vielen Menschen und ich machte mich auf in den elften Stock zu Maharishi. Jetzt würde sich alles klären.

Maharishi hatte ein kleines Einzelzimmer für diese Audienz gewählt. Ein schmaler Gang führte links an der Dusche vorbei in ein geräumiges Einzelzimmer. Dort stand an der rechten Längswand das übliche, mit Seide verhängte Bett, auf dem Maharishi im Lotussitz saß. Ich kam so vertrauensvoll zu ihm wie ein Kind zu seinem Vater, so ahnungslos wie ein Lamm zu seinem Schlächter.

Vor der Fensterfront des kleinen Raumes drängten sich andere, mir fremde Kursteilnehmer. Auch im Eingangsbereich schoben sich die Menschen, um einen guten Platz mit Blick auf Maharishi zu ergattern. Ich aber setzte mich ganz selbstverständlich auf einen bequemen Holzsessel, der an der Schmalseite des Zimmers stand, als wäre dieser Logenplatz für mich reserviert. Ich wusste nicht, dass er am Abgrund stand.

Mein direkter Kontakt mit Maharishi hatte sich bisher noch nie in einem solchen öffentlichen Gedränge vollzogen. *"Continue with what you are doing"*, hatte er in der Blumengasse zu mir gesagt, aber obwohl diejenigen, die in der Nähe gestanden hatten, es gehört haben mussten, hatte diese Anweisung etwas absolut Privates, fast Intimes gehabt, denn niemand hatte diesen Satz deuten können. Er war ganz für mich allein bestimmt gewesen, weil nur ich ihn verstehen konnte. Ich kannte den Code. Jetzt saß ich auf dem einzigen Stuhl im Zimmer, im rechten Winkel zu Maharishi und wurde von einer unruhigen Menge begafft, als stünde ich unter Anklage. Schaut her, hier ist jemand, der es gewagt hat, eine Anweisung von Maharishi nicht zu befolgen. Maharishi sah sich um. Es wurde still.

"Now – what is the matter with you?"

Hörte jemand das Weltalldonnern? Merkte jemand, dass die Erde aufgehört hatte, sich zu drehen, spürte jemand, wie das Hotel schwankte?

Was hatte er gefragt? Hatte ich richtig gehört?

"What is the matter with you?"

Eine einfache Frage. Leicht dahingesagt. Federleicht schwebte sie im Raum und schlug wie ein gigantischer Meteor bei mir ein, erschütterte meine Grundfesten und setzte sie in Brand. *"What is the matter with you?"* Wer konnte das wissen, wenn nicht er? Auf ihn, auf Maharishis Anweisungen vertrauend, hatte ich mich auf einen mir unbekannten Weg begeben, den ich alleine, ohne seine Führung weder betreten noch in dieser Konsequenz verfolgt hätte. Und ich hatte eine Entwicklung zugelassen, die mich zu jeder anderen Zeit in Panik versetzt hätte. Mir schwindelte.

"What is the matter with you?"

ER – WUSSTE – NICHT – WAS – MIT – MIR – LOS – WAR.

Ich erstarrte. Sechs Wörter, die mich schlagartig in die Nähe des Wahnsinns rückten. Wie konnte er nicht wissen, was mit mir los war? Er musste es doch wissen. Panisch spulte ich die vergangenen Tage und Wochen rückwärts und wieder vorwärts, rückwärts und wieder vorwärts, kam zu keinem Schluss, verstand nicht, verstand nichts mehr, spulte wieder rückwärts und wieder vorwärts, kannte mich nicht mehr aus, war verloren, war allein. Ich war ganz allein – war vielleicht schon die ganze Zeit lang allein gewesen, hatte mich nur in der liebenden Obhut Maharishis gewähnt. War das ein Irrtum gewesen? Jetzt war ich definitiv allein, befand mich allein ohne Netz und Auffangleine, ohne Balancierstange auf einem hauchdünnen Hochseil, dessen Anfang und Ende im Nichts verschwammen – tief unter mir meine frühere gewohnte Welt, winzig und von Nebeln verhangen. Wo war Maharishis führende, sichernde Hand? Maharishi wusste nicht, was mit mir los war! Die schwindelnde Tiefe drang in mein Bewusstsein. Ich würde stürzen – oder fiel ich schon? Wenn Maharishi nicht wusste, was mit mir los war, was war dann wirklich mit mir los? Der Zweifel, den mein Glaube, mein Vertrauen die ganze Zeit im Schlepptau gehabt hatte, tauchte auf, zeigte seine hässliche Fratze und schlug mir seine Krallen ins Bewusstsein. So musste es Petrus ergangen sein, als er übers Wasser ging.

"What is the matter with you?"

Mir war eine einfache Frage gestellt worden, aber eine, auf die ich nicht mit Ja oder Nein antworten konnte. „Eure Rede aber sei ja, ja; nein, nein. Was darüber ist, das ist von Übel."[28] Wie konnte ich wissen, was mit mir los war? Ein Schwall von Unverständlichem kam aus meinem Mund:

"I don`t know. You know. How can I know? I don`t know ... you have to know – you told me – I don`t understand the question ..."
"Now, if you don`t want to meditate, then, what do you want to do?"

Eine Frage aus einem anderen Universum: Willst du dies oder das? Welche der vielen Handlungsangebote im Kaufhaus der unbegrenzten Möglichkeiten wirst du wählen?
Find out what you want to do, and then do that.
If you don't want to meditate, then what do you want to do?
Eine Anweisung und eine Frage aus zwei verschiedenen Welten. Die Anweisung war mir fast heimlich erteilt worden, just in dem Augenblick, als Gabriela schon den Gang hinunterging, während ich noch in der Tür stand. Schwerwiegend und ernst genommen hatte mich diese Anweisung in meine eigenen Tiefen gezogen. Die Frage, was ich denn jetzt zu tun gedächte, wo ich doch nicht meditieren wollte, wurde mir im Beisein von vielen fremden Menschen gestellt, die keine Ahnung davon hatten, was hier vor sich ging, und sie bezog sich auf

---

28 Matthäus 5,37

eine ganz äußerliche Ebene. Die Frage war der reine Spott, der blanke Hohn. Was immer du aussuchst, wird garantiert falsch sein. Kannte ich das nicht von irgendwoher?

Ich stotterte weiter: "I would like to work on the course, to help to ..."

"If you cannot do what I want, you are of no use for the course, what so ever."

—— *of no use what so ever* ... und das musste sich jemand sagen lassen, der ausgezogen war, um Gott zu dienen. Die schillernde Antwort, die mir in den Schoß gefallen war, der reine Kristall, den ich auf meinen langen Spaziergängen gefunden hatte, entpuppte sich als Blechkrone, die ich mir selber aufgesetzt hatte und mit der ich eitel herumstolziert war. Ich hatte in Rishikesh keine Kerzen anbringen können, ich hatte den Mantren-Zettel verloren, ich hatte Guru Dev abgefackelt, ich konnte nicht tun, was Maharishi wollte, ich hatte eine angeschlagene Ehe endgültig ruiniert, hatte in der Entwicklungshilfe versagt, und hatte meine Großmutter nicht behauptet, dass ich meiner Mutter schon immer das Leben schwer gemacht hatte? Ich war *of no use what so ever*: Thusnelda Nichtsnutz! Warum hatte die Antwort, die ich am Strand fand, nicht gelautet: Ich will Gott preisen? Aber das wäre wahrscheinlich die nächste Falle gewesen, denn die Schöpfung braucht kein Preislied von einer Agathe Schreihals, die ein Liedchen trällert. Die Schöpfung singt ihr eigenes, mannigfaltiges Loblied. Aber ich hatte ja unbedingt dienen und mich nützlich machen wollen, hatte demjenigen, der das ganze Universum geschaffen hat, mein hilfreiches Händchen anbieten müssen. Wie vermessen! Wie lächerlich! Ja, war ich denn völlig übergeschnappt gewesen? Die Blechkrone saß schief auf meinem wirren Haupt und verlor ihren Strass.

"If you cannot do what I want, you are of no use for the course, what so ever."
"But Maharishi, I can`t do, what you want, even if I wanted to. If you told me, to stand up, I could not move my legs, how could I ...?"
"You should go home by tomorrow."
"I can`t, how can I? I have no control ..."

Hilflos breitete ich die Hände aus. Er musste doch wissen, dass ich ganz unter der Kontrolle einer anderen Kraft stand, dass ich eine Marionette in den Händen eines fremden Puppenspielers war. Ich dagegen wusste nur, dass alles, was ich daher radebrechte, verrückt klang. Wie konnte irgendjemand das verstehen?

Außer Maharishi, aber der verstand es offensichtlich auch nicht, oder er wollte es nicht verstehen oder er wollte nicht zeigen, dass er es verstand.

Ja, er stellte sich vielleicht dumm, ließ mich am steifen Arm verhungern, ließ mich krepieren, ließ mich allein und sah zu, wie die Marionette sich hilflos in ihren Fäden verheddderte.

Er wandte sich jemand anderem zu:

"If she does not leave by tomorrow ..."

Rechter Haken:

"... take her to the mental hospital ..."

Linker Haken:

"... and let her parents pick her up from there!"

Knocked out.

Er stand auf und ging, ohne mich eines weiteren Blickes zu würdigen. Er war fertig mit mir. Das Zimmer leerte sich im Eilverfahren, als hätte jemand zur Flucht geblasen. Die Hinrichtung war vorbei. Mit den blutigen Überresten wollte niemand etwas zu tun haben.

Nur Gabriela blieb. Maharishi hatte es ihr so aufgetragen, wie ich erst einige Jahrzehnte später in einer anderen Welt erfahren sollte. Damals im elften Stock eines Hotels an Mallorcas sonniger Küste, sagte sie nichts, tat nichts, war nur da, und das war gut so. *Angels we do need.*

Ein Buntspecht ist zum Vogelhaus geflogen.

Hannah wirbelt herein und erzählt fröhlich vom Fußballspiel zwischen Deutschland und Argentinien.

„Stör ich dich?"

Nein, sie ist froh um die Unterbrechung.

„Wir haben zwar verloren, aber das ganze Drumherum war einfach toll! Wir haben Späßchen gehabt. Tom lässt dich grüßen."

Hannah fliegt so quietschvergnügt davon, wie sie gekommen ist.

Sie wärmt die Bohnensuppe.

Da fällt ihr ein, dass heute niemand zum Essen kommt. Sie stellt die Suppe ab, zieht sich an und ergreift die Flucht.

VIII

Nach Hause – oder Irrenanstalt. Das eine konnte ich nicht – das andere wollte ich nicht – auf keinen Fall! Im Gegenteil, ich musste es auf jeden Fall verhindern. Nicht nur die Erde stand jetzt still, das ganze Universum verharrte, erstarrt vor Entsetzen, und seine Leere füllte sich mit Panik. Was jetzt? Warum? Was soll ich tun? Ich kann doch nichts tun. Diese Kraft? Sie hat mich doch gelenkt! Maharishi hat mich doch geführt! Was soll das? Meine Eltern. Meine Mutter, Hilfe, meine Mutter. Nervenheilanstalt. Nervenheilanstalt. Nein, nur nicht in die Nervenheilanstalt! Alles, nur das nicht! Zwangsjacke, Spritzen, Unverständnis in den Augen der Psychiater, die Unmöglichkeit, zu erklären, was passiert ist. Kann mich denn niemand verstehen? Es gibt keine Worte, die das erklären können, die das beschreiben können. Das Erlebte türmte sich in meiner Seele, blockierte die Worte in meinem Mund, sperrte sich jeglichem Ausdruck, der auch nur in die Nähe eines solchen kommen konnte. Was es herausließ, klang verrückt, klang daneben, klang unwahr, hohl und erfunden. Sie werden mich für verrückt erklären, sie werden mich entmündigen. Ich will nicht, ich will das nicht und ich will vor allem nicht, dass meine Eltern mich dort abholen.

Ich hatte einmal einen Traum, in dem mir beide Beine amputiert worden waren. Ich war damit soweit zufrieden, bis meine Eltern auftauchten. Erst das Leid in ihren Augen zerriss mich und löste die seelische Katastrophe aus. Für sie hätte ich meine Beine wiederhaben wollen. Ich will das nicht! Ich will nicht, dass sie mich in der Nervenheilanstalt abholen, DAS will ich nicht, auf gar keinen Fall will ich das. Es wäre ihr Ende. Es wäre mein Ende. Es wäre das Ende ihrer ganzen erträumten Welt. Meiner Mutter Augen – ausgeweint am Meeresgrund. Ich würde das nicht aushalten. Ich habe schon viel ausgehalten, aber das nicht. Das würde ich nicht aushalten. Maharishi hatte mit absoluter Treffsicherheit den wundesten Punkt meiner Seele getroffen, den Punkt, der mich vom *"surrender"* abgehalten hatte: das Leiden meiner Mutter. In mir überstürzten sich die Gedanken: „Maharishi! Warum hast du das getan? Was soll ich tun? Diese Kraft, diese wunderbare Kraft, ich kann ihr nicht mehr folgen, wenn ich dafür in die Nervenheilanstalt komme. Wie aber soll ich ihr nicht folgen? Wie soll ich ihr nicht folgen wollen? Sie weiß alles, sie kann alles, sie entscheidet immer richtig. Sie ist die Liebe, sie ist göttlich. Aber ich will nicht in die Nervenheilanstalt. Gibt es nicht Klöster, in denen Verrückte leben, damit die Mönche in ihren Augen die Wahrheit erkennen können? Meine Mutter, die Augen meiner Mutter – ich weiß nicht, was ich tun soll, wo ich doch nichts tun kann ....was soll ich tun? Ich – tun - ich – tun ...“

Ich weiß nicht, wie lange ich dort saß und gar nichts tat, sondern nur das Entsetzen in mir toben fühlte, bis schließlich klar war, dass ich irgendetwas würde tun müssen. Ich, Ulrike, Thusnelda, Agathe, Kalinchen Hopsassa, ich, die ich mich noch vor Kurzem für fast kosmisch bewusst gehalten hatte, musste feststellen, dass ich höchstens komisch bewusst gewesen war, verdreht bewusst gewesen war – aber wie konnte das sein? Es war doch alles so klar gewesen, klarer als jemals zuvor! Ich, wer immer das war, würde jetzt etwas tun müssen, um den Untergang abzuwenden.

Sie liest den letzten Absatz noch einmal, weiß, was passieren wird, springt auf, geht die Treppe hinunter, schmiert sich ein paar Marmeladenbrote, schlingt sie herunter, kocht Kaffee, holt die Zeitung, sucht das Sudoku unterhalb der Todesanzeigen, findet es nicht, weil ein verstorbener Hofrat die halbe Seite einnimmt, zerfleddert fiebrig die restliche Zeitung, entdeckt es, kann sich nicht konzentrieren, schaut nach draußen auf das Geflatter am Vogelhaus, verliert sich, holt den leeren Blick zurück, reißt sich zusammen, löst das Sudoku im Eilverfahren, macht Fehler, verheizt es, bereitet das Mittagessen vor, ruft ihre Tochter an, fragt, wie die Nacht mit den Zwillingen war, die gerade abgestillt werden, schiebt den Braten in den Ofen, schaut nach dem Feuer, geht nach oben, checkt ihre Mails, antwortet ihren Scrabblepartnern, schließt Outlook, starrt den Text an.

IX

Meine Hände ruhten auf den Armlehnen. Ich schaute hinunter auf meine Hände, die nicht länger die meinen waren und die ich nicht mehr aus eigenem Willen bewegen konnte oder wollte. Ich versuchte, einen Impuls zu meinem linken kleinen Finger zu schicken, er möge sich doch heben, versuchte die abgebrochene Verbindung zwischen meinem kleinen Finger und meinem Hirn wieder herzustellen. Ich, ich, ich alleine, Brunhilde selbstherrlich, versuchte, meinen kleinen Finger zu bewegen. Es gelang nicht. Es konnte nicht gelingen – „... und nun komm, du alter Besen ..." – ich versuchte es wieder und wieder – „... nimm die schlechten Lumpenhüllen ..." – suchte verzweifelt das enge Knäuel der Nervenbahnen zu entwirren – „... bist schon lange Knecht gewesen ..." – versuchte, jene Spur zu finden, die meinen Willen zu meinem kleinen Finger tragen würde – „...nun erfülle **MEINEN** Willen ....." – um dort eine Reaktion auszulösen, und irgendwann gelang es. Plötzlich hob und senkte sich mein kleiner Finger auf meinen Befehl. Ich konnte meinen kleinen Finger bewegen. „... seht, ich heb ihn auf und nieder ..." – ich war der großherrliche Herr über meinen kleinen Finger – „... schon zum zweiten Male ..." – aber dieser Herr hatte nicht damit gerechnet, was seine Herrschaft auslösen würde, denn von dem Moment an, „wehe, wehe", da dieser kleine Herrscher sein Haupt gegen die allmächtige, allwissende Kraft erhob, die mich die letzten Tage oder Wochen gelenkt und getragen hatte, da er versuchte, ihr die Alleinherrschaft über mich zu entreißen, von diesem Moment an wandte sich diese Kraft mit ihrer ganzen Gewalt gegen mich, heftig und brutal – „... helft mir, ach, ihr hohen Mächte!"

Das äußere Eis zerbrach. Ich wurde durchs Zimmer geschleudert, krachte gegen eine Wand, wurde zu Boden geschmettert, versuchte, aufzustehen, wurde niedergeworfen, stand wieder auf, versuchte, mich auf den Beinen zu halten, wurde wieder gegen eine Wand geklatscht und zu Boden gedonnert, als wollte diese Kraft mir keinen eigenen Standpunkt gönnen. Ich rang mit einem unsichtbaren Engel, oder rang ich mit Gott? Ein verlorener Kampf, ganz gleich wie er ausgehen würde. Würde ich verlieren, würde ich Gott anheimfallen und in der Irrenanstalt landen, würde ich gewinnen, würde ich Gott verlieren, und mit ihm den Himmel auf Erden. Meine Beine stemmten mich hoch, knickten unter der wahnsinnig gewordenen Gewalt wie Streichhölzer weg, ich donnerte gegen die nächste Wand und wieder auf den Boden, immer wieder auf den Boden. Wie lange ich in diesem Vorhof zur Hölle herumgeschleudert wurde? Ich weiß es nicht.

Ich kann mich an drei Ruhepunkte erinnern. Einmal bin ich duschen gegangen, bis sich die Haut wellte. Einmal bin ich auf den Balkon gegangen. Vor mir die Tiefe, hinter mir Gabriela, die versuchte, mich ins Zimmer zurückzuschmeicheln. Einmal setzte ich mich vor ihren entsetzten Augen auf Maharishis Platz, auf sein Fell, und wusste selber, dass das nicht recht war. Aber dazwischen schleuderte es mich ohne Erbarmen herum, knallte mich rücksichtslos gegen die Wände und auf den Boden. Wer Vater und Mutter mehr liebt als mich, ist meiner nicht wert[29], ist meiner nicht wert, ist meiner nicht wert – ist niemals meiner wert. Du glaubst, dass du es besser weißt als ich? Du Nichts, du armes Wichtlein. Ich bin die Kraft und die Macht und die Herrlichkeit in Ewigkeit, Amen, Amen, Amen, Amen – nicht „so sei es", sondern „so ist es, so war es, so wird es immer sein" von Ewigkeit zu Ewigkeit zu Ewigkeit – und doch konnte ich nicht anders. Ich hatte gegen besseres Wissen versucht, meine kleine miese Willensfreiheit wiederzuerlangen, das höchste Gut westlicher Zivilisation – was für ein mickriges kleines Gut! Hatte ich nicht erfahren, dass erst die völlige Aufgabe des Willens zu jener unendlichen Freiheit führt, nach der sich meine Seele immer gesehnt hatte? Gottes Wille ist so viel weiser, so viel mächtiger, so voller Liebe – wie kann man sich diesem Willen nicht unterordnen wollen, wenn man ihn einmal gespürt hat? Und doch versuchte ich jetzt, diesem Willen zu entrinnen, versuchte diesem Körper wieder meinen eigenen Willen aufzuzwingen, nur weil ich glaubte, in die Irrenanstalt zu müssen – warum erkannte ich damals nicht, sah nicht, sah die einfache Wahrheit nicht, dass mir nichts passiert wäre, dass diese Kraft niemals zugelassen hätte, dass ich in die Nervenheilanstalt gekommen wäre. Stattdessen schlug ich um mich wie ein Ertrinkender, der gerade deshalb ertrinkt, weil er um sich schlägt. Das tragende Wasser trägt ihn nicht mehr, das tragende Wasser ertränkt ihn.

In diesen Stunden war ich wirklich verrückt, weil jeder verrückt ist, der sich jener Kraft zu entziehen versucht, die ihn trägt. Ich wollte mein großes, unsagbares Glück eintauschen gegen ein ganz kleines, winziges, nichtiges, wertloses, schmutziges, selbstherrliches Nichts. Wie konnte ich?

Irgendwann fand ich mich vor dem kleinen Altar von Guru Dev wieder, der auch in diesem Zimmer aufgestellt war, und begann die Puja zu singen – zu singen? – nein, zu jammern, zu jaulen wie ein Hund. Bei jedem Namen schleuderte es mich zu Boden. Ich stand wieder auf, wimmerte den nächsten Namen, klatschte wieder auf den Boden, rappelte mich wieder auf, und knallte nieder, kaum dass ich den Anfang des nächsten Namens über die Lippen brachte. Zum Schluss lag ich wie ein Priester bei seiner Weihung mit ausgebreiteten Armen wie gekreuzigt vor dem Bild von Guru Dev und würgte: Nehmt mich, nehmt mich, verletzt mich, aber nicht meine Mutter, nicht meine Mutter, nicht sie, nicht meine Mutter ...

Danach trat Ruhe ein. Die Kraft zog sich zurück. Ich lag erschöpft, verletzt, meines höchsten Glückes beraubt vor einem fremden Altar und konnte aufstehen. ICH konnte aufstehen, ICH konnte meine Gliedmaßen wieder kontrollieren. Mein kleines Ich hatte sich wieder erhoben, hatte sich gegen alle Vernunft wieder erhoben. ICH stand auf, ICH ging in mein Zimmer und ICH packte meine Koffer.

---

29 Matthäus 10, 34

„Münchhausen, was schaust du so?"
Stoisch zeigt er nach Osten.
„Du solltest nach Südwesten zeigen, denn dort ist es passiert."
Er rührt sich nicht.

X

Zurück, zurück, zurück – in ein Leben voll fauler Kompromisse, in ein Leben voll Kontroversen, in ein Leben der Unsicherheit und des Nichtwissens – zurück in mein Kinderzimmer, mein gutes, altes, mein verhasstes Kinderzimmer, das nie etwas anderes als ein goldener Käfig gewesen war, in dem meine Eltern sich ein Paradiesvögelchen gehalten hatten, dem sie ab und zu erlaubt hatten, sich aufzuplustern, damit es unbeholfen und niedlich frei im Familienmief herumflattern konnte. Aber als das Vögelchen ein schillernd buntes Federkleid anlegte und der wachsende Lebenshunger aus seinen Augen loderte, bekamen sie Angst, dass ihr Ein und Alles sie verlassen könnte, und sie sperrten verlässlich Tag und Nacht die Käfigtüre zu. Aber es sollte nichts nützen. Die Flügel des Paradiesvogels wuchsen zwischen den Gitterstäben hindurch in die Freiheit und das Entsetzen der Eltern begleitete ihn, als er samt seinem Käfig davonflog. Jetzt segelte, taumelte das Wunderwesen mit zerrupften Flügeln wieder zurück, zurück, zurück, um für lange Zeit den Kopf zwischen die Flügel zu stecken.

Ich blickte aus dem Fenster. Die Wellen rollten mit gleichmäßig schleppender Bewegung ans Ufer und zerschäumten. Da war es wieder, das Abziehbild. Meine Wahrnehmung changierte. Ich sah noch einmal das Wunder der Wirklichkeit, aber das Glück darüber ertrank im Abschiedsschmerz. Ich hatte abertausend zerfetzende Abschiede von Horst überstanden, aber sie waren nichts als ein kühler Windhauch im Verhältnis zum Sturm, der mich jetzt beim erzwungenen Abschied von Maharishi zerriss, und dieser Abschiedsschmerz wiederum war nichts als ein kleiner Schattenwurf im Verhältnis zu jener nachtschwarzen Dunkelheit, in die mich der Abschied von dieser klaren, ruhigen, allumfassenden Wirklichkeit warf. Sie hatte mich getragen und erfüllt, sie hatte mich in ein großes Ganzes eingebettet und alles Fragen überflüssig gemacht, sie war Gewissheit, Sicherheit und Liebe, sie hatte mir alle Angst genommen, sie hatte alle Widerstände schmelzen lassen, bis ich ganz hingegeben, ganz verloren, ganz gefunden war. „Ich habe dich erlöst; ich habe dich bei deinem Namen gerufen. Du bist mein."[30]

Diese Wirklichkeit hatte ich wieder für einen falschen, flachen, minderwertigen Traum eingetauscht. Welch ein Wahnsinn: Um nicht für verrückt gehalten zu werden, hatte ich etwas völlig Verrücktes getan. Nur weil die ganze Welt ihren Alptraum für die Realität hält, hatte ich diese höhere Wirklichkeit für den uralten Staub der Illusionen eingetauscht, den Mephisto allen mit Genuss zu fressen gibt.[31]

---

30 Jesaja 43,1
31 Mephisto in Goethes „Faust": „Staub soll er fressen, und mit Genuss!"

„… denn das Sinnen des menschlichen Herzens ist böse von seiner Jugend an"[32]– böse? Das Wort sollte man aus der Bibel streichen. Sicherlich ist es eine falsche Übersetzung. Sagen wir, das Sinnen des menschlichen Herzens ist tragikomisch verfehlt. Selbst Gott entschloss sich angesichts dieser traurigen Erkenntnis, seine unvollkommenen Geschöpfe mit weiteren sintflutartigen Regengüssen zu verschonen und ihnen stattdessen eine unsichere Regenbogenbrücke in die Wolken zu setzen. Denn wie kann dieser kleine Wille jemals etwas Eigenes wollen? Er kann Seinen Willen nur verfälschen und den Blick auf Seine Allwissenheit und Seine Allmacht nur verstellen. Unser Sinnen ist so klein wie unser Herz. Was willst du, fragt der uralte Gaukler: ein Kaninchen aus dem Zylinder? Einen Dukaten aus dem Nichts? Einen Märchenprinzen? Ein neues Kleid? Ein Haus? Ein Auto? Anerkennung? Liebe? Fasziniert starren wir auf unsere Wunderwunschtütenwelt und merken nicht, wie sie uns kunterbunt zerstreut jener Wirklichkeit beraubt, die in ihrer Weite alle Fesseln unseres kleinen Herzens sprengen könnte. Aber hatte mich nicht gerade meine Sehnsucht, mein Wünschen und Wollen, an die Ufer dieser so fremd vertrauten Wirklichkeit gespült? Gibt es in unserer Wundertüte den Wunsch aller Wünsche, die eine echte Perle unter glänzenden Glassplittern? „Wiederum ist das Himmelreich gleich einem Kaufmann, der schöne Perlen suchte. Als er aber eine kostbare Perle fand, ging er hin, verkaufte alles, was er besaß, und kaufte sie."[33] Solange wir uns einbilden, einen Willen zu haben, haben wir wohl nichts anderes als diesen, weshalb wir ihm getreulich auf seinen eigenwilligen Wegen in die Irre folgen müssen, bis uns ein gütiger Gott jene himmelsgleiche Perle in die Hände spielt, die uns von allem oberflächlichen Wünschen und Wollen befreit – oder bis wir hysterisch lachend erkennen, dass unser Wille uns immer wieder in die Irre führt, weil das der einzige Weg ist, mit dem er uns sein ewiges Irren unter Beweis stellen kann.

Lieber Gott,
kannst alles geben,
gib auch, was ich bitte nun,
schütze diese Nacht mein Leben,
lass mich sanft und sicher ruh'n …
Zeige mir den Ausweg aus dem Labyrinth, das Du mir in den in den Kopf gesetzt hast, denn ich scheuer mich an seinen Wänden blutig.
Zeige mir endlich den Ausgang, den Du in Deiner Allwissenheit doch sicherlich nicht vergessen hast.
Amen

Der Automatismus kehrte zurück, führte meine Hände, packte meine Koffer. Wenigstens er schien mir zu bleiben. Ein treuer Gefährte. Aber er war nicht

---

32 Moses 1, 8,21b
33 Matthäus 13,45

mehr so treu, wie ich es gewohnt war, er kam und ging, wie er wollte, fing auch an, unsinnige Dinge zu tun, Sachen wieder auszupacken, wieder einzupacken, ließ mich hin und her gehen, auf den Balkon treten, mich weit hinausbeugen, führte mich wieder ins Zimmer, um noch einmal alle leeren Ecken aller leeren Fächer aller leeren Schränke zu kontrollieren, und ich folgte ihm so gut es ging, wie einem Hund, der an der Leine zerrt, wusste aber doch, dass er letztendlich meinem und ich nicht seinem Willen folgen musste.

Gabriela wartete auf mich am Ausgang des Hotels. „Ob Maharishi mich noch einmal sehen will?" Mich, den geprügelten Hund, der ich war. Sie fuhr in den elften Stock und kam nach kurzer Zeit wieder. Maharishi hätte ganz alleine in dem Zimmer gesessen, in dem ich mich während der letzten Nacht ausgetobt hatte. Nein, er wollte mich nicht noch einmal sehen. Ich würde ihm in der Akademie wieder begegnen – in der noch nicht einmal gebauten Akademie, hallte es in mir – kein weiterer langer Kurs in absehbarer Zeit. Alle Hoffnung verschwamm an fernen Horizonten.

Einige Jahre später wandte ich mich vertrauensvoll an einen Psychotherapeuten, der selber meditierte und dessen Frau Initiatorin war. Mit zittriger Seele und bebendem Körper versuchte ich ein ungefähres Bild von meinem damaligen Zustand vor dem Sündenfall zu zeichnen. Er schaute mich ernst durch seine randlose Brille an: „Sie haben Glück gehabt, dass Sie da heil herausgekommen sind, denn was Sie da beschreiben, war zweifelsohne ein schizophrener Schub." Damit offenbarte er mir, dass er zweifelsohne nichts über meinen damaligen Zustand wusste. Die Erkenntnis der Wahrheit war für ihn ein Krankheitsbild.

Einige Jahrzehnte später saß ich einer jungen, engagierten NLP[34]-Trainerin gegenüber, der ihr fester Glaube an die unbegrenzte Macht des menschlichen Willens aus den blauen Augen explodierte. Sie fragte mich lächelnd nach meinen Zielen, beziehungsweise nach einem Ziel, das ich gerne erreichen würde. Ich horchte ungläubig auf dieses jungfrische Echo aus einer versunkenen Welt. Diesmal musste ich nicht tagelang an irgendwelchen Stränden herumirren. Ich wusste sofort, was ich wollte: Nichts als zurück in diesen Zustand der Einheit, also des Getrenntseins von meiner Wahrnehmung, in diesen Zustand grenzenloser Freiheit, gleichbedeutend mit grenzenloser Fesselung an einen höheren Willen. So genau konnte und wollte ich es diesem Bündel geballten Selbstbewusstseins nicht beschreiben, das mich immer noch anlächelte. Aber allein der Gedanke daran, dass ich dieses Ziel wieder würde anpeilen dürfen, dass ich die Erlaubnis, die Bestimmung, die Verpflichtung hätte, wieder alles daran zu setzen, dieses Ziel zu erreichen, durchfuhr mich wie ein Blitz, streckte meine Wirbelsäule und sprengte Löcher in die Dämme, die ich um meine Lebensenergie gebaut hatte. Die Hoffnung erreichte meine Augen. Ich? Darf ich wirklich? Ich soll wirklich wieder? Ich strahlte. Dabei wusste ich gleichzeitig, dass diese Trainerin nicht wusste, was sie sagte, als sie sagte: „Na, dann nichts wie hin!"

---

34 Neurolinguistisches Programmieren

Wie checkte ich aus? Wie fand ich den Bus, der mich nach Palma de Mallorca fuhr? Wie fand ich das Hotel, in dem ich übernachtete? Wie rief ich meine Eltern an, um sie zu bitten, mir Geld für den Rückflug zu schicken? Wie fand ich den Weg zum richtigen Flugzeug?

Irgendwie fuhr ich mit dem Bus nach Palma de Mallorca, irgendwie checkte ich in einem Hotel der Mittelklasse ein und irgendwie schlenderte ich durch die Altstadt, schaute mir Läden an, kaufte einen Gürtel und fand tatsächlich zu meinem Hotel zurück. Niemand schien die Verwirrung zu registrieren, die mein Inneres zersetzte. Ähnlich wie ein Film, der zwischen Zeitlupe, Zeitraffer und normalem Tempo wechselt, wechselte meine Aktionsweise ständig zwischen Automatismus, dem Kampf gegen ihn, der Sehnsucht nach ihm und einem grauen, so genannten Normalleben hin und her. In der Öffentlichkeit zügelte ich den Automatismus, hielt ihn so kurz wie möglich, um ja nicht aufzufallen, aber in meinem Hotelzimmer in Palma de Mallorca ließ ich die Zügel schießen. Die Kraft gebärdete sich auch dementsprechend, war nicht mehr jene ruhige, wissend führende Hand, der ich mich ganz hatte anvertrauen können, sondern tobte sich in einem Putzfimmel aus, der selbst die Fugen der Verkachelung im Badezimmer nicht verschonte. So sauber wie damals, als ich auszog, war das Hotelzimmer mit Sicherheit noch nie gewesen. Die Grundreinigung konnte in den nächsten Jahren unterbleiben. Dafür mussten sie die Handtücher aus meinem Zimmer entsorgen.

Parallel dazu sprudelte sexuelle Energie aus sämtlichen unterirdischen Quellen und verborgenen Wasserläufen, in die sie sich während der ganzen Meditationszeiten zurückgezogen hatte, überschwemmte meinen Körper, spritzte aus allen Poren, tränkte meine Sinne, folterte mich mit wahnwitzigen Phantasien, die den wollüstigen Kamasutra-Bildband voll Gruppensex und Sodomie bei weitem übertrafen. Es war das Buch, das ich Horst im Überschwang geschenkt, das er mir aber nach einiger Zeit verklemmt zurückgeschickt hatte, das meine Eltern in die Finger bekamen, weil sie das an mich adressierte Paket öffneten – aber Ulriiiiike, wie konntest du nur – das ich dann an Macke verlieh, aber nie mehr zurückbekam. Jetzt belebte und übersteigerte meine Phantasie die erinnerten Bilder im wilden Rhythmus der Lust und mein Körper demonstrierte mir auf überzeugende Weise die ganze wollüstige Macht und Sinnesherrlichkeit, derer mein Geschlecht fähig ist. Immer wieder trieb es meine Hände zwischen die Beine, wo sie mich ohne Ende durch immer neue orgastische Wellenbrecher jagten. Erst war es pure Wollust, dann pure Anstrengung, zum Schluss nur noch purer Schmerz. Bitte nicht noch einmal. Ich kann nicht mehr. Ich kann wirklich nicht mehr. An Schlaf war nicht zu denken. Putzen oder onanieren – so war das Programm geschaltet …

Aufstehen, duschen, anziehen, frühstücken, mit dem Geld, das meine Eltern ins Hotel geschickt hatten, einen Flug buchen, meine Eltern informieren, wann ich ankommen würde – das waren die Dinge, die ich irgendwie trotz allem inneren Aufruhr erledigen musste und irgendwie wohl auch erledigt habe, denn irgendwann saß ich im Flugzeug und schrieb, nein, meine Hand schrieb einen

Brief an Maharishi in merkwürdigen Zeichen – oben eine mehr oder weniger durchgehend gerade Linie, von der verschiedene Schnörkel herabbaumelten. Ich wusste, dass es nichts als kindliche Kringel waren, die Fasching spielten und sich in ein Sanskritgewand gekleidet hatten, aber ich ließ meine Hand gewähren. Diese kleine Freiheit, diese von mir unkontrollierte Bewegung auf einem unschuldigen Blatt Papier, konnte ich dem Automatismus in der Öffentlichkeit erlauben ohne aufzufallen.

Meine Eltern fragend am Flughafen. „Ja, es war schön." – „Ja, es ist alles in Ordnung." – Ordnung ist das Leben eben. – „Ich bin müde." – „Ich muss schlafen." – „Danke für das Geld." – „Ja, tut mir leid, dass ich euch darum bitten musste." – Ja, ich weiß, du bist kein Dukatenesel, Pappilappi. Du pustest mir nicht gerne Geld in den Hintern. Ja, ich weiß. Und du redest auch nicht gerne mit einer Kuh französisch[35]. Du wartest lieber im engen Flur, dort wo der Schrank ihn noch enger macht, und streckst dein kleines Bäuchlein vor, damit ich mich an dir vorbeiquetschen muss. Ich weiß. Ich hätte gerne weniger gewusst. „Mutti hat sich Sorgen gemacht?" – „Tut mir leid." – Liegen ihre blitzblank ausgeweinten Äuglein fein säuberlich auf dem Nachtkästchen?

„Schaut mich nicht so an." – „Es ist alles in Ordnung. Wirklich!" – „Ich sehe verändert aus?" – „Tut mir leid." – „Ja, ich werde mich bei Kaffee und Kuchen stärken." – Ha ha ha, stärken – ich sehe was, was ihr nicht seht, hi hi hi, ich weiß etwas, was ihr nicht wisst. Ich lache wieder? – Wirklich? – Na, Gott sei Dank! – Wie schön, dass alles in Ordnung ist.

Ich war offensichtlich wieder zu Hause.

---

35 Ostpreußisches Sprichwort: Red moal met de Koh franzeesch, wenn se nich emoal dietsch kann. (Red mal mit der Kuh französisch, wenn sie nicht mal Deutsch kann.) Bedeutet: jemandem etwas vergeblich erklären wollen.

Sie backt einen Marmorkuchen.

Obwohl sie das Rezept schon viele Male weitergegeben hat, behaupten alle, dass er bei ihnen nie so flaumig wird wie bei ihr. Sie hört nicht auf, ihnen zu erklären, dass das Geheimnis in der Menge der Milch liegt. Man muss nur den Mut haben, den Teig sämig genug zu machen. Wie viel Milch man tatsächlich braucht, ist schwer zu sagen, weil es von der Größe der Eier abhängt. Sie zieht ihren Zeigefinger durch die helle, butterweiche Masse und steckt ihn in den Mund. Der süße Brei beruhigt sie und lässt sie gleichzeitig nach mehr verlangen. Sie neigt die Schüssel über die alte, eingefettete Gugelhupfform und lässt die Hälfte der Masse bedächtig in ihr Faltenmuster sinken. Dann schüttet sie Kakao und noch einmal etwas Milch zur anderen Hälfte und rührt um. Ihr Finger findet wieder den Weg in die Schüssel. Sie liebt die cremige Teigmasse mehr als den krümeligen Kuchen. Als Kind hatte sie immer hilflos zugesehen, wie der weiche Genuss unwiderruflich im heißen Ofen verschwand, um in etwas weniger Schönes verwandelt zu werden. Sie hatte sich immer mit den kümmerlichen Schlieren in der fast sauberen Schüssel begnügen müssen. Heute würde sie genug Teig übriglassen und alle versäumten Genüsse nachholen.

Ihr Bruder kommt zu Besuch. Sie wird das handgemalte Royal Copenhagen decken, das sie von ihrer Mutter geerbt hat, dazu das Silberbesteck mit ihren Initialen. Ein Hauch von heiler Kindheit.

Die Mondscheinprinzessin

I

Da saß ich nun mit meinen liebenswerten Eltern an einem liebevoll gedeckten Couchtisch, dessen anmutig geschwungene Beine unter der mit abertausend blauen Kreuzstichen übersäten Tischdecke hervorschauten. Meine Mutter hatte sie an langen Abenden gestichelt, diese und viele andere Decken und Deckchen. Ihre Hände mussten sich immer bewegen. Sie kochten und bügelten, sie glätteten und falteten und fegten und wischten und strickten und stickten, und wenn es passierte, dass sie bei einer Unterhaltung nichts zu tun hatten, verzwirbelten sie arme Papiertaschentücher zu zorngeballten Knödeln mit langen, spitzen Hörnern. Jetzt waren diese unruhigen Hände mit Brillanten geschmückt. Sie schenkten mir duftenden Kaffee ein und balancierten mit dem silbernen Tortenheber ein Stück Stachelbeertorte auf meinen Teller. Im letzten Sommer hatten sie die Beeren vorsorglich von Blüte und Stängel befreit, hatten sie gewaschen, eingeweckt und in den Keller getragen, hatten sie jetzt aus dem Keller geholt, hatten sie auf dem Mürbeteigboden verteilt, den sie vorher geknetet hatten, hatten das Gelee gekocht und darübergegossen – alles eigens für mich, denn ich liebte Stachelbeertorte.

Das blauweiße Service strahlte bauchige Gemütlichkeit aus, die Sahne blähte sich, und meine Eltern lächelten. Zwei Menschen, die sich liebten und schätzten, die sich und anderen nicht wehtun wollten, die sich so zärtlich zugetan waren wie die rosa Alpenveilchen in der zierlichen Vase. Meine Mutter hatte sie für mich geopfert, hatte sie von den Alpenveilchen auf dem Fensterkopf abgeschnitten, die ihr die treuliche Pflege jedes Jahr genauso treulich mit unzähligen Blüten dankten. Manche hegte sie schon das fünfte Jahr, oder war es das sechste? Voll erblüht traf mich ihr Vorwurf, dass ich meinen Eltern ihre Pflege nicht ebenso dankte. Sie lächelte ihren Mann an: „Nimm doch noch den Rest Sahne." – „Nein, nimm du ihn doch, du isst doch so gerne Sahne" – „... aber ich sollte nicht." – „Ach was!" – „Zwing mich doch nicht." – „Das sagst du ja nur

mir zuliebe." – „Dann teilen wir uns die Sahne."– „Ja, teilen wir uns die Sahne."
– „Aber ich will eigentlich keine Sahne." – „Doch, du willst schon." – „Nein, ich
tu das nur dir zuliebe." Auch ihr Töchterlein würde schon noch ihren Weg finden,
auch bei ihr würde noch der Familienknubbel platzen, sprich sie würde einen
gewissenhaften, pflichtbewussten, fleißigen Mann heiraten und ihm gewissen-
haft, pflichtbewusst und fleißig den Haushalt führen und ihnen liebe Enkelkin-
der schenken. Sie lächelten mich an, ich lächelte zurück, sie lächelten sich an:
Alles würde gut werden, nein, alles war gut, denn ich war zu Hause.

Ich saß dort und wand mich und fand mich nicht. Ich hielt meinen Kuchentel-
ler in der Hand, auf dem sich die Sahne über das grünliche Torteneck schmiegte.
Ich konnte nicht, ich konnte diese Torte nicht essen. Die Harmonie spann ihre
seidenen Fäden von den staubfreien Bilderrahmen über das weiche Sofa samt
seinen Kissen zum weißen Haargespinst meiner Mutter und zum Danziger Mes-
singleuchter, vom dunklen aufgeräumten Schreibtisch meines Vaters zu seinen
Nadelstreifen, von seiner Krawattennadel über die wilden Tiere und Girlanden
des Perserteppichs zum gezügelten Faltenwurf des bodenlangen Stores, von
dort zurück zum Kronleuchter und hinunter zum Stövchen mit der Kaffeekan-
ne, vernetzte Kuchen, Silberbesteck und geblümte Servietten mit meinem Teller und wand sich von dort um meinen Hals. Ich konnte mich nicht rühren, ohne
dass alle Fäden erzitterten. Ich konnte nicht sitzen bleiben, ohne zu ersticken.

„Entschuldigt mich, ich bin wirklich müde. Ich muss mich unbedingt hinle-
gen." Ich stellte den Teller auf den Tisch. Besorgnis flackerte durch das Gespinst.
Es zerriss, als ich aufstand. Meine Mutter knüpfte die losen Fäden zusammen.
„Ja, leg dich nur hin. Du bist erschöpft. Ich sehe dir das an. Ruh dich erst einmal aus." „Entschuldigt mich bitte. Den Kuchen esse ich später. Danke, dass du
ihn gebacken hast." Ich ging in mein Zimmer, in mein Gehäuse, in meine Höhle,
in meinen Käfig, der mir jetzt Freiheit bedeutete, und schloss die Türe, schloss
meine Augen, schloss das Gespinst aus – wie sollte das gehen? Wie sollte ich das
aushalten? Was sollte jetzt werden?

Auch dieses Zimmer war einst Opfer dieser Harmonie gewesen, die durch
alle Ritzen kroch, die alles überwucherte, alles Leben erdrosselte und unter sich
begrub wie die gemeine Gartenwinde. Liebevoll hatten meine Eltern einst die
Wände mit einem zart gerollten Blumenmuster verzieren lassen, als wäre ich
Dornröschen. Blütenweiße Scheibengardinchen verwehrten dem Himmel den
Einblick und mir den Ausblick, einzig das schwarze Pianino, das meine Eltern
für mich in Raten abgestottert hatten, nahm sich etwas zu wuchtig in diesem
ach so zarten Jungmädchenzimmer mit der rosaroten Bettwäsche aus. Aber es
hatte eine Zeit gegeben, in der ich diese Atmosphäre geliebt und mich von ihr
beschützt gefühlt hatte. Ich war mir sicher gewesen: Ich hatte die besten Eltern der Welt. Sie sorgten für mich, sie liebten mich, sie erfüllten mir fast jeden
Kinderwunsch – bis auf das Fahrrad, das ich mir vergeblich seit meinem vierten
Lebensjahr gewünscht hatte. Aber das musste ich verstehen: Ein Fahrrad ist für
ein Mädchen zu gefährlich. Es könnte sich zu weit von zu Hause entfernen, es
könnte eigene, unkontrollierbare Wege gehen. Das tat ich dann auch: Ich ent-

deckte das älteste Gewerbe der Welt und verhökerte meine Nacktheit an die Jungen der Straße, die mir dafür ihre Fahrräder liehen.

Als die Pubertät meinen Busen schwellte, durfte ich mir eine eigene Tapete aussuchen. Raufasertapeten waren damals der letzte Schrei, ich wollte schreien, und weil die Raufasertapete nicht laut genug schrie, klatschte ich dort, wo das Bett sich an die Wand drückte, eine schwarze Tapete an die Wand, auf der sich in großzügigen Bögen bunte Linien in die Höhe zwirbelten. Das geschmacklos knallige Gewirr entsprach den Wirren der mich heimsuchenden Hormone, die mich ebenso geschmacklos ständig aus der Rolle fallen ließen. Am Fußende des Bettes nagelte ich ein überlebensgroßes Portraitfoto von Yul Brynner an die Wand. Ich schwärmte nicht für Elvis und nicht für Peter Kraus, ich schwärmte für den weißhaarigen Peter van Eyke, für Cary Grant und besonders heißblütig für den glatzköpfigen Yul Brynner, der mir mit seinen Kohlenaugen Löcher ins Herz und den Unterleib brannte, bis sein Bild mir eines Nachts im Halbschlaf als Totenkopf erschien.

Mittlerweile waren die bunten Strudel einer Bambustapete gewichen, und die jetzt klaren, kahlen Fenster wurden von einem bodenlangen, schweren Vorhang flankiert. Wenn ich ihn am Abend zuzog, beherrschte er dunkelrot ge-bauscht das ganze Zimmer und verwandelte es in eine warme, heimelige, unor-dentliche Höhle, die mir gehörte, mir allein. Auch jetzt gab dieser Vorhang mir Wärme und einen Schein von Sicherheit vor der Außenwelt. Ich packte meinen Koffer aus, stellte das Bild von Guru Dev auf und versuchte, zu meditieren, aber Gedanken und Gefühle zerrten mich immer wieder mitleidlos an die Oberflä-che. Was sollte ich jetzt tun?

Die Tage zogen sich dahin. Es gab nichts zu tun. Ich konnte nichts tun. Sogar das Klavier sah mich vorwurfsvoll an. Es hatte mich oft herausgefordert und oft auch getröstet. Sechs Jahre hatte ich Unterricht gehabt und fleißig geübt, aber jetzt wollt ich nicht spielen, ich wollte auch nicht lesen, ich wollte auch nicht arbeiten und auch nicht initiieren – das schon gar nicht. Wie könnte ich jemals wieder irgendjemandem bedenkenlos diese einfache geistige Technik vermit-teln, wo meine ganze Aufmerksamkeit den zermalmenden Kräften in meinem Inneren galt, die diese Technik auf den Plan gerufen hatte, allen voran dem Au-tomatismus. Ich sehnte mich nach ihm und fürchtete ihn, ich wollte, musste wieder in jenes Paradies, das sich mir am Strand von Mallorca offenbart hatte, aber es wollte nicht gelingen. Irgendetwas pfuschte ihm ständig ins Handwerk.

Meine Eltern vollbrachten in jener Zeit eine Heldentat: Sie ließen mich ein-fach in Ruhe – sicherlich nicht aus Einsicht, denn sie hatten mich ja nicht gefragt und ich hatte ihnen auch nichts erzählt, sondern aus Angst um mich und den guten Ruf der heiligen Familie und aus Misstrauen gegenüber allen Menschen, deren Beruf mit einem „Psy-" anfing, denn die könnten ja gerade das entde-cken, was man so sorgsam zu verbergen suchte. Also akzeptierten sie mein offensichtliches Verrücktsein lieber in den eigenen verschwiegenen vier Wän-den. Halleluja! Es lebe die Angst meiner Eltern, denn ein Psychiater wäre in der damaligen Zeit sicherlich mein Ende gewesen. Er hätte sicherlich irgendeine

Krankheitsschublade für mich gefunden, hätte mich in eine Klinik eingewiesen, mich mit Medikamenten vollgestopft und mich vielleicht nie mehr aus seinen Klauen gelassen. Hurra, es lebe die kleinbürgerliche Käseglocke, die einst eine großbürgerliche war! Sie beschützte mich vor Schlimmerem. Nein, das ist ungerecht. Wenn ich meinen Eltern für irgendetwas dankbar bin, dann dafür, dass sie mich damals in Ruhe gelassen haben. Hätten sie mich doch nur schon früher in Ruhe gelassen!

Aber jetzt schwiegen sie. Meine Eltern schwiegen, wenn ich fünfmal am Tag duschte, sie schlossen immer wieder geduldig die Fenster, die ich alle Augenblicke wieder aufriss, sie fragten höflich, ob es mir denn nicht zu kalt sei, wenn ich trotz eisiger Temperaturen bei offener Balkontüre schlief, und meine Mutter entsorgte still und ohne einen Vorwurf die verschimmelten Schälchen mit Haferflockenbrei, die ich in die Speisekammer stellte, um sie dann zu vergessen. Ich hatte sie nicht vergessen, aber der Automatismus, der den Brei angefertigt hatte, kehrte nicht zu ihnen zurück. Sie wunderten sich, wenn ich die Hemden meines Vaters bügelte und wenn ich an seinem Krankenbett saß und ihm Hesse vorlas: „Wir zwei, lieber Freund, sind Sonne und Mond, sind Land und Meer. Unser Ziel ist nicht, ineinander überzugehen, sondern einander zu erkennen und einer im anderen das sehen und ehren zu lernen, was er ist, des anderen Gegenstück und Ergänzung."

In den nächsten Jahren sollte er immer krank werden, wenn ich nach Hause kam, und eines Tages, als ich wieder einmal auf dem Heimweg war, legte er sich nach dem Frühstück wieder ins Bett, um am frühen Nachmittag still und schnell und völlig überraschend vor meiner Ankunft zu sterben. Aber damals, als ich aus Mallorca kam, lief er mir noch hinterher, verfolgte mich in der Wohnung, bis wir einen kleinen Wettlauf um den Esstisch im dunklen Esszimmer veranstalteten. Ich blieb schließlich auf einer Schmalseite stehen und er, der auf der anderen Schmalseite verharrte, fragte mich unschuldig: „Warum läufst du vor mir weg?" Ich zischte ihn an: „Lass mich endlich zufrieden, schließlich sind wir nicht verheiratet!" Beim anschließenden Mittagessen lächelte er mich an, als wäre nichts gewesen, und sein Muttchen verstand nicht, warum ich so kreidebleich war und warum ihr Töchterchen, für das der Vater doch alles zu tun bereit war, diesen so hasserfüllt anstarrte.

Eines Tages fand ich mich am Küchentisch mit einem Zeichenblock und Buntstiften wieder. Meine Hände wählten die Farben und begannen ganz ohne mein Zutun auf dieser weißen Fläche, auf diesem kleinen Stückchen Freiheit zu zeichnen. Die Buntstifte würden nichts zerstören, egal welchen Weg sie sich suchen würden. Sie begannen außen mit winzigen Bögen, und langsam wuchs von den oberen Ecken ein symmetrisches Muster in das weiße Rechteck. In klaren, scharf begrenzten Formen, und ebenso klaren Farben entstand ein großer Torbogen. Dort saß eine Frau mit einer glühenden Aura in tiefer Meditation auf einer großen Lotusblume. Dahinter ein dunkelblauer, tiefer Himmel. Akribisch füllte der Automatismus jede einzelne Fläche intensiv mit Farbe aus, aber das

Gesicht blieb leer. Erst viele Jahre später gab ich ihm mit bewusst geführten Strichen zarte Konturen.

Ich war begeistert vom Werk meiner Hände, vom Zeichnen ohne Ziel, außer dem einen, einer anderen Macht Folge zu leisten. Ich nahm sofort ein weiteres Blatt und wartete gespannt darauf, was meine Hände diesmal zeichnen würden, aber es funktionierte nicht mehr. Ich musste nachhelfen, konnte nicht mehr ganz loslassen. Ich hatte meine Unschuld wieder einmal verloren.

Die Tage waren schwierig. Mich selbst bespiegelnd, zitterte ich durch das Harmoniegespinst, blieb immer wieder hängen, verfolgte ängstlich die Schwingungen, die meine Befreiungsversuche im ganzen Netz verursachten, strampelte die Besorgnis ab, die sich dann um mich zusammenzog. Halb automatisch, halb mutwillig handelnd, halbherzig versuchend, immer wieder scheiternd, ratlos versinkend, ohne Ziel, ohne Plan spulte ich innerlich immer wieder meine letzte Begegnung mit Maharishi ab: *Find out what you want to do.* – Ich will Gott dienen. – *Enjoy! – Continue with what you are doing.* – Das süße Nichtstun. – *People tell me, that you are in my rooms? – Yes. – Now, go and meditate. – I don't want to meditate. – Come to me after the lecture. – Now, what's the matter with you? – If you cannot do what I want, you are of no use what so ever. – Take her to the mental hospital and let her parents pick her up from there.* – Hölle – Rückfahrt – Ich versuchte zu verstehen, aber verstand nichts, zitterte nach und überstand die Tage nur stolpernd und holpernd.

Doch es waren die Nächte, die mich dann wirklich das Fürchten lehrten. Ich schlief meistens tief und traumlos, geriet dabei aber immer öfter in eine Art Halbschlaf, aus dem ich mich nicht befreien konnte. Mein Körper lag noch schlafend, während ich innerlich schon wach war. Mein Körper atmete ruhig ein und aus, aber ich konnte ihn nicht bewegen, konnte nicht meine Augen öffnen, konnte nichts tun, konnte nur alles, was passierte, passiv über mich ergehen lassen: Mit jedem Ausatmen strömte Energie durch meinen Körper, deren Quelle irgendwo unten in meinem Körper war. Sie rieselte zunächst angenehm durch alle meine Gliedmaßen, stieg in meinen Kopf, wo sie wie ein Wellenbrecher zerschäumte. Je tiefer ich ausatmete, desto intensiver wurde der Energiestrom, und da mein Körper immer tiefer ausatmete, wurde die Energie immer stärker. Bis zu einem gewissen Grad konnte ich diesen Prozess ruhig beobachten, konnte ihn begleiten und sogar genießen, aber ab einer bestimmten Intensität meldete sich die Angst, und mit der wachsenden Angst änderte der Energiestrom seine Qualität, wurde brennend und versengend. Ich geriet in Panik, was den Energiefluss weiter verschärfte, was wiederum meine Panik steigerte, aber ich konnte nichts tun, nichts ändern, war tatenlos gefesselt, konnte meine Panik nicht zügeln, Energie und Panik heizten sich gegenseitig immer weiter auf ... es gab kein Entrinnen, bis das Entsetzen mich irgendwann ins Wachbewusstsein katapultierte. Dann wusste ich, dass ich eigentlich keine Angst hätte haben müssen. Diese Energie konnte nur die Kundalini sein, die Lebenskraft, die in uns allen schlummert. Sie würde mir nichts tun. Aber jedes Mal, wenn ich erneut in diesen Halbschlaf fiel, packte mich wieder das unkontrollierbare Grauen, jedes Mal ein bisschen früher, bis ich mich schon vor dem Einschlafen fürchtete.

Dazu kam, dass ich manchmal aufwachte, während sich mein Körper im Tiefschlaf befand. Keine Energie, nur der schlafende Körper und ich winzig klein in diesem riesigen Körper. Was machte er? Er hörte auf zu atmen. Er starb. Was sollte ich tun? Wo sollte ich hin? Ich raste in meinem Körper hin und her, versucht ihn wieder in Gang zu bringen, aber er atmete immer weniger, immer weniger, immer weniger......ich verlor das Bewusstsein und wachte schweißgebadet auf. Seitdem glaube ich nicht mehr, dass man sanft hinüberschlafen kann, ohne etwas zu merken.

Die Nächte ein Horror, die Tage vergebliche Versuche, zur so genannten Normalität zurückzufinden, und niemand da, mit dem ich über all das hätte sprechen können. Dann ein Lichtblick am Horizont: Meine Eltern wollten auf Urlaub fahren. Wenigstens könnte ich mich dann tagsüber entspannen. „Können wir dich alleine lassen? Kommst du zurecht?" – „ Ja ja ja, es ist alles in Ordnung." „Wir machen uns Sorgen." „Ja, ich weiß, aber es ist alles in Ordnung." Sie fuhren tatsächlich. Noch am selben Tag rief ich Horst an und bat ihn zu kommen. Ich musste mit jemandem reden, und er kam tatsächlich, er kam in mein Kinderzimmer und entweihte mein keusches Jungmädchenbett. Er war der erste, dem ich zu beschreiben versuchte, was sich den Worten entzog. „Ich wollte Gott dienen – ich wollte mich nur noch erfreuen – ich wollte nichts mehr tun – und dann ging alles automatisch..." Aber je mehr ich erzählte, desto verständnisloser wurde sein Blick, desto verschlossener wurde seine Haltung, bis ich sah, was er in mir sah: eine arme Irre, der man nicht widersprechen sollte. Ich suchte nach immer neuen Worten, aber je mehr ich redete, desto mehr sah er die Irre. „Siehst du die Frau dort? Sie trägt den schweren Korb nicht wirklich alleine. Sie hängt wie eine Marionette an Fäden. Sie denkt nur, dass sie ihn trägt. Schau, schau genau hin!" „Ja, ja ja...." „Kannst du es sehen?" „Ja, ja..." „Du hältst mich für verrückt." „Nein" „Doch" „Nein, wirklich nicht." Aber seine Beteuerungen entlarvten ihn als Lügner. Dass meine Eltern mich nicht verstehen würden, hatte ich erwartet, aber wenn Horst mich nicht verstand, würde mich niemand verstehen, wenn er mich für verrückt hielt, war ich vielleicht wirklich verrückt, aber ich wusste doch, dass ich nicht verrückt war. Ein Abgrund gähnte zwischen uns, und wir waren beide froh, als er nach zwei Tagen wieder abreiste.

Jetzt war ich wieder alleine, und musste selber darüber entscheiden, ob ich verrückt war oder nicht, ob ich mir noch trauen konnte oder nicht, und entgegen aller Vernunft vertraute ich doch noch immer meinem Verstand, vertraute ich noch meinen Sinnen, wusste, dass sie mich in Mallorca nicht belogen hatten, sondern dass sie mich jetzt belogen, jetzt, wo sie mir eine entsetzlich reale Welt vorgaukelten, mit der ich in einem immer heftiger werdenden Clinch lag. Nichts würde jemals die Wahrheit von Mallorca ungeschehen machen können. *Once you have seen reality you will never forget."* Ich würde nie vergessen, ich würde diese Wahrheit auch nie leugnen, aber ich war allein mit diesem Wissen, das jetzt keine lebendige Realität mehr war, allein in einer Zwischenwelt der anderen Art, über die ich nichts Verständliches mitteilen konnte, ein Schmetterling, der im Winter geschlüpft war. Meine Mutter hatte meiner Namensliste einen weiteren hinzugefügt: „Mondscheinprinzessin" – „Alien" wäre vielleicht angebrachter gewesen.

Meine Eltern kamen zurück und wir nahmen unseren Tanz zu dritt wieder auf, versuchten, uns nicht auf die Füße zu treten, öffneten uns gegenseitig Tore zum Hindurchschlüpfen, wendeten uns oft gerade noch im richtigen Moment ab und später dann wieder zu, führten und ließen uns führen, je nachdem, was gerade angesagt war. Wir waren ein eingetanztes Team. Schwierig wurde es, wenn die Schwester meiner Mutter mit ihrem Mann zu Besuch kam. Dann mussten wir nicht nur die uns bekannten Schwierigkeiten mit eleganten Schwüngen umgehen, sondern mussten noch die verdrängten Gletscherspalten zwischen den beiden Ehepaaren überspringen. Onkel Werner, genannt Hagerchen, war praktischer Arzt, und seine Frau Luise, genannt Dickerchen, half ihm in der Praxis. Sie hatten sich ein großes Haus erarbeitet, fuhren einen Mercedes und waren in jenem Vorort von Hamburg, in dem sie nach dem Krieg ansässig geworden waren, bekannt und wohl angesehen – alles Dinge, von denen meine Mutter nur träumen konnte. Sie warf stattdessen ihre verblassende Schönheit, die vielen Verehrer ihrer Jugend und ihren treuen Mann in die Waagschale der schwesterlichen Rivalität, aber das alles wog das Haus, den Mercedes und vor allem den sozialen Status vom rundlichen Luischen nicht auf.

Die Tage mit Hagerchen und Dickerchen folgten einem strengen Ritual: Hagerchen polterte mit ausgebreiteten Armen durch die Tür auf meinen Vater zu: „Guten Tag, Herr Kieselstein!" „Guten Tag, Herr Brausewetter!" „Was machen die Würmer?" „Sie ziehen sich in die Länge!" Hahaha, hohoho, Männerumarmung mit Schulterklopfen und Damenküsschen mit verständnisvollem Schmunzeln: Nein, diese Männer! Dann wurden bei Kaffee und Kuchen kunstvoll plaudernd alle heiklen Themen ausgelassen, als da waren Politik, Geld, Philosophie, die Geliebte meines Onkels, meine Wenigkeit, Religion und – von anzüglichen Witzen mal abgesehen – natürlich Sex. Nach dieser Anstrengung spielten die beiden Ehepaare Skat oder Canasta, prüften beim Abendbrot noch einmal ihre Ausdauer beim Smalltalk-Marathon, schauten gemeinsam „Heiteres Beruferaten, von und mit Robert Lembke" oder „Dalli Dalli, von und mit Hans Rosenthal" und beschlossen den Abend mit ein paar weiteren Runden Skat. Jede Woche wieder, jede Woche das gleiche Programm. Es klappte ja so schön und alle waren zufrieden. Niemand merkte, dass ich immer schneller im Kreis ging. Ich irrte in der Wohnung herum, tat dies und das und gar nichts, beobachtete besorgt mein Innenleben, fürchtete mich vor den Nächten, wollte meine Eltern nicht beunruhigen, wurde aber selber immer unruhiger und sah keinen Ausweg.

Es passierte an einem jener Tage, als Tante Luise und Onkel Werner wieder zu Besuch waren. Wir hatten das Abendessen gerade überstanden und saßen im trauten Kreise vor dem Fernseher. Alles schien in Ordnung. Nur in mir steigerte sich die Unruhe. Ich wusste, ich gehörte nicht dorthin, gehörte nicht auf diese senffarbene Couch samt ihren Seidenkissen, gehörte nicht zu diesem runden

Couchtisch mit Perserteppich, auf dem die Weingläser blinkten, gehörte nicht zu diesen beiden älteren Damen mit ihren grauen Lockenköpfchen, geblümten Hemdblusenkleidern, ihren Perlenketten und Ringen, gehörte auch nicht zu diesen beiden gepflegten alten Männern, die ständig Witze auf Kosten des anderen Geschlechts rissen. Diese vier Menschen waren mir so vertraut, dass ich wusste, wie fremd sie mir waren. Von und mit Hans Rosenthal zerrte an meinen Nerven. „Dalli, Dalli!" Kurzes Standbild, wenn sein obligatorischer Luftsprung den Höhepunkt erreichte. „Das war spitze!" Ich klatsche euch gleich allesamt an die Wand! Dann wisst ihr mal, was spitze ist!

Aber ich saß da wie ausgestopft und versuchte, einen normalen Eindruck zu machen, sanktionierte damit widerwillig den ganzen verabscheuungswürdigen Stumpfsinn. Es brodelte in mir, aber ich hielt den Deckel der Konvention drauf. Man sitzt eben nett beisammen und hat die gleichen Interessen, man stört nicht durch aufmüpfige Fragen, man macht einen guten Eindruck, man stellt die Idylle nicht in Frage, man geht nicht in die Entwicklungshilfe, man meditiert nicht, man hat kein Verhältnis mit einem verheirateten Mann. Ich wurde zur Zeitbombe, und als ich kurz vorm Platzen war, stand ich auf und ging ohne ein Wort der Erklärung in mein Zimmer. Es war das Einzige, was ich noch mit Anstand tun konnte. Die fragend besorgten Blicke meiner Eltern bohrten sich in mein Kreuz. Jetzt machten sie sich wieder Sorgen um ihr Rieckerchen. Ihr Rieckerchen ließ sie einfach allein mit Wernerchen und Luischen im Wohnzimmer sitzen. Was sollten die beiden davon halten? Was würden die beiden über ihr Töchterchen denken? Wie sollten sie diese Unhöflichkeit erklären? Aber Rieckerchen konnte nichts dafür, dass es ihm so schlecht ging. Es hätte gerne gewollt, dass es ihm besser ging, damit sie sich auch wieder an ihm erfreuen könnten. Ihr Rieckerchen war aus Mallorca gekommen, um Schlimmeres zu verhindern, aber das konnten sie ja nicht wissen, und ihr Rieckerchen ging jetzt in sein Zimmer, um abermals Schlimmeres zu verhindern, aber das konnten sie ebenfalls nicht wissen.

Ich schloss die Tür hinter mir und legte mich auf mein Bett. Was dachten sie jetzt? Was hatte ich ihnen jetzt schon wieder angetan? Ich hatte sie blamiert, bis auf die Knochen blamiert, aber da lag ich und konnte nicht anders. Alle guten Geister zerrten an mir, fochten mit Klauen und Zähnen den Kampf der Selbstbestimmung mit den Sehnsüchten meiner Eltern aus, zerfetzten meine Seele, und dann kochte ich über. Es riss mich nach hinten aus meinem Kopf ins Universum, während mein Körper auf dem Bett als ein hemmungslos schluchzendes, weinendes Bündel zurückblieb.

Die Tür wurde aufgerissen, mein Vater stürmte herein, packte mich bei den Schultern und schüttelte mich: Rieckchen, was hast du? Was ist los? – Ach hätten sie mich doch gelassen, hätten sie mich doch meinen ganzen Schmerz herausschreien lassen. Aber ich war nicht in Indien. Ich war in Hamburg, in einer Sozialwohnung, wo die Nachbarn die Ohren an die Wände legten. „Was hast du? Sag doch!" Das Entsetzen meines Vaters erhielt Unterstützung vom Entsetzen meiner Mutter und von den besorgt neugierigen Blicken von Tante Luise und

Onkel Werner. Da standen sie wie ein Gesangsquartett vor meinem Bett und kreischten vierstimmig: „Was hast du denn? – Nun sag doch schon. – Was ist denn passiert?" Hagerchen fühlte meinen Puls. Man kann doch nicht einfach so ohne Grund einen Nervenzusammenbruch kriegen! Es hatte mir doch niemand etwas getan! Sie brauchten eine Erklärung. Sie brauchten offensichtlich eine plausible Erklärung, sonst würden sie selber einen Nervenzusammenbruch kriegen. „Sag doch. Sprich doch!" Aber was sollte ich denn sagen? – Dass ich nicht mehr ein noch aus wusste? Dass niemand mich verstand? Dass ich sie liebte und gleichzeitig hasste? Das der Pappilappi dem Rieckerchen nachstellte? Dass ihre Liebe mich erstickte? Dass sie mich endlich ganz in Frieden lassen sollten, dass Maharishi mich rausgeworfen hatte? Dass ich *of no use what so ever"* war, dass er mich in die Nervenklinik hatte bringen wollen, dass ich ihretwegen das Himmelreich verraten hatte? Dass Horst noch immer in meiner Seele tobte? Dass ich Dinge erlebt hatte, von denen sie noch nicht einmal zu träumen wagten? Dass ich das Paradies gesehen hatte, ja, ich hatte es wirklich gesehen, und dass ich es wieder verloren hatte? Dass ich jetzt im Weltraum schwebte? Was? Um Himmelswillen was? – „Ich habe ständig Halsschmerzen."

Die Halsschmerzen! Ich hatte sie fast vergessen, war so damit beschäftigt gewesen, irgendwie zu überleben, dass ich sie fast vergessen hatte, aber sie waren da, waren immer noch da, hatten mich die ganze Zeit gewürgt. Jetzt waren sie die Rettung. Ich konnte etwas sagen, was sie verstehen konnten. „Ich habe ständig Halsschmerzen!" Woher hatte mein Onkelchen plötzlich das Valium? Seine Antwort auf alle Fragen: Es gibt ein Mittelchen, das man schlucken kann, auch wenn man schon lange nicht mehr alles schlucken will. Er hatte doch sicherlich nicht seine Arzneitasche dabei, wenn er zu Familie Kieselsteinchen kam. Wer außer mir benötigte noch ein Beruhigungsmittel in dieser trauten Familie? Ich schluckte brav. Ich würgte brav. Ich beruhigte mich brav. Ich kam brav aus dem Weltall zurück. Ich schlief brav ein, diesmal ganz ohne Energie. Rieckerchen hatte ihnen den Abend versaut.

Sie hält das Bild von Guru Dev in der Hand, vor dem sie so viele Leute in die Meditation eingewiesen hat und das seit Jahr und Tag ein kümmerliches Dasein in einem ihrer Bücherregale geführt hat. Wenn sie ehrlich ist, hat sie es nie gemocht. Sie hat ein Foto von Guru Dev, das sie wirklich beeindruckend findet, aber dieses etwas naiv gemalte und noch nicht einmal sehr ähnliche Portrait mit Heiligenschein in goldgelben Farben war ihr eigentlich immer unsympathisch gewesen. Sie weiß noch nicht einmal genau, wer ihr damals das verbrannte Bild ersetzt hat. Seit Tagen stellt sie das Bild von einer Ecke ihres Büros in die andere, dreht es um, damit Guru Devs Blick sie nicht überallhin verfolgt und steckt es schließlich in eine Tüte mit Altpapier. Jetzt schaut nur noch der Heiligenschein vorwurfsvoll heraus.

Am nächsten Tag trägt sie die Tüte ins Vorhaus und lässt sie dort stehen. Sie kann sich nicht entschließen, sie endgültig zu entsorgen.

II

Ein akzeptabler Defekt war gefunden. Rieckerchen hatte unerklärliche Hals-schmerzen. Dagegen konnte man ja was tun. Ich ließ mich brav von Arzt zu Arzt schicken, aber die Schulmedizin konnte nichts finden. Ich selber suchte mir ei-nen Heilpraktiker, der mir eine ergebnislose Darmspülung verordnete und dann meinte, ich würde wohl eher eine psychiatrische Behandlung brauchen. Horst schickte mir eine Adresse von einem Psychotherapeuten. Ich erzählte ihm viel von meinen Eltern und wohlweislich nichts von Maharishi, woraufhin er mein-te, es gäbe nur eine Lösung: Ich müsste sofort von zu Hause ausziehen. Seine Diagnose: klarer Fall von "Overprotection". Ich akzeptierte diese Lösung sofort. Sie gab mir Rückendeckung. Wenn er es sagte, musste es wohl stimmen. Wenn er sagte, dass es das einzige Heilmittel war, von zu Hause wegzugehen, dann musste ich die Pille wohl schlucken, die nur für meine Eltern bitter war. Ich hatte immer gute Gründe gebraucht, um mich von ihnen zu lösen. Einmal war es die Dritte Welt, die mich unbedingt brauchte, dann war es der geistige Notstand der übrigen Welt, der mich zwang, nach Indien zu gehen, jetzt war es das erste Mal ganz offiziell mein eigener Notstand, der mich in eine ungewisse Ferne trei-ben würde. Allein der Gedanke ließ mich aufatmen.

Ich stellte meine Eltern vor vollendete Tatsachen. „Aber warum denn? Wie kann der Mann so etwas sagen! Wir sind doch keine Unmenschen!" Sie fanden seine Telefonnummer heraus, riefen ihn an, aber es nützte alles nichts. Mein Entschluss stand fest. „Aber du kannst doch nicht einfach so weggehen. Wohin denn? Du hast doch kein Geld! Was willst du denn machen?" Ich rief Tabea an, die ein großes Haus in München hatte und von der ich wusste, dass sie Zimmer an Meditierende vermietete. Sie hatte ein Zimmer frei. Ich packte meinen Kof-fer, suchte mir einen Nachtzug, bestellte einen Liegewagen und saß dann mit meinen Eltern zum Abschied im Wohnzimmer um den runden Tisch. Es war eine alte Sitte, sich noch einmal zusammenzusetzen, wenn jemand verreiste.

„Früher gingen die Mädchen nur aus dem Haus, wenn sie heirateten", sag-te mein Vater. „Ich hätte das Treppenhaus mit Blumen geschmückt", ergänzte meine Mutter. Ja, ja, und ich ganz in Weiß, natürlich noch Jungfrau mit einem gut aussehenden, reichen Mann an meiner Seite. Jetzt war ich schon fast eine alte Jungfer, wenn ich noch eine gewesen wäre. „Mach doch, was du willst, aber komm mir nicht mit einem Kind an!", hatte mein Vater zu mir gesagt, als ich siebzehn war. Die Häuserfront der Straße, durch die wir gerade fuhren, brannte sich in mein Hirn. Ein Schnappschuss des Schreckens. War er wahnsinnig? Was hielt er von mir? Meine Eltern hatten es mit ihrer Angst geschafft, dass all ihre schlimmsten Alpträume wahr geworden waren. Sie hatten Angst gehabt, ich könnte sie verlassen, also habe ich sie verlassen, geographisch und geistig weiter, als sie es jemals gefürchtet hatten. Sie hatten Angst gehabt, dass ich nicht jungfräulich in die Ehe gelangen könnte, also suchte ich mir einen Mann, bei dem eine Heirat von vornherein ausgeschlossen war. Sie hatten Angst gehabt, dass ich unverheiratet schwanger werden könnte. Auch diesen Alptraum sollte ich ihnen noch erfüllen. Und jetzt ging ich also endgültig. Jetzt verließ ich mein Elternhaus nicht nur vorübergehend für eine kürzere oder längere Reise, nein, ich ging auf Nimmerwiedersehen. Ich würde nur noch für kurze Besuche nach Hamburg kommen, aber mein Leben würde sich woanders abspielen. Wo und wie, das wusste ich selber noch nicht, aber es würde sich unabhängig von meinen Eltern sein eigenes Bachbett suchen.

„Soll ich dich nicht lieber nach Altona bringen? Dort hast du mehr Ruhe zum Einsteigen." In Altona wurden die Züge eingesetzt. Sie standen dort schon mindestens zwanzig Minuten vor Abfahrt des Zuges bereit.

„Dann müssten wir aber sofort fahren. Ich will lieber hier mit euch noch ein bisschen in Ruhe sitzen und dann im Hauptbahnhof einsteigen."

„Aber in Altona hättest du mehr Ruhe."

„Ich will aber jetzt meine Ruhe haben."

„Aber im Hauptbahnhof ist es immer so hektisch."

„Du machst es jetzt hektisch. Außerdem ist es für Altona jetzt sowieso schon zu knapp."

„Wenn wir uns beeilen, schaffen wir es noch."

„Ach, und das ist dann nicht hektisch?"

„Wenn wir jetzt gleich aufbrechen, dann nicht."

„Ich will aber nicht nach Altona."

„Aber es wäre doch besser."

„WER FÄHRT HIER AB, DU ODER ICH?!"

„RED MIT DER KUH FRANZÖSISCH!"

„Jetzt hört doch endlich auf!" – Meine Mutter schwamm in Tränen, das Harmonienetz hing in Fetzen.

Ich stand auf und bestellte mir ein Taxi. Als es vorfuhr, riss ich meinem Vater den Koffer aus der Hand, den er mir die Treppen hinuntertragen wollte. Er kam mit zum Wagen, wollte dem Chauffeur Geld in die Hand drücken, was ich ihm verwehrte. „Ich habe genug Geld für die Reise!" „Na ja, wenn du den Zug versäumst, kannst du ja wieder zurückkommen." Ein letzter fehlschlagender Versuch, mich zu halten. Meine Mutter stand oben am Fenster und winkte resigniert hinter den Alpenveilchen. „Ich komme mir immer wie eine Ente vor, deren Junge auf dem Teich davon schwimmen, während sie selber am Ufer zurückbleiben muss. Was für ein schiefes Bild! Ist es nicht eigentlich die Entenmutter, die ihren Jungen voran auf den Teich hinausschwimmt? Aber sie selber war nie hinausgeschwommen, hatte immer nur die Sicherheit eines Nestes gesucht, vielleicht weil ihre eigene Mutter zu viel herumgeschwommen war und zu vielen Erpeln den Kopf verdreht hatte, ohne sich um ihre Nachkommenschaft zu kümmern.

Erleichtert hörte ich den Zug über die Elbbrücken donnern. Hinter mir ein Spinnennetz, vor mir eine ungewisse Freiheit.

Sie merkt es sofort: Die Tüte samt Guru Dev ist verschwunden. Jeden Tag hat sie sich an ihr vorbeigeschlichen. Jetzt ist sie weg. Irgendjemand muss sie entsorgt haben.

Es steht ja immer so viel rum.

Zu neuen Ufern

München bedeutete für mich ein reines Überlebenstraining. Ich ordnete mein Leben in einen äußeren und einen inneren Bereich, die so gut wie nichts miteinander zu tun hatten, außer dass der äußere dazu diente, mein Inneres zu schützen. Weder ließ er etwas in mich hinein noch hinaus. Dazu musste dieser äußere Bereich gut organisiert sein. Das Dachbodenzimmer bei Tabea war perfekt. Neben mir wohnte Irina, eine zierliche Holländerin mit dunklen Augen und blonden langen Haaren. Sie meditierte viel, bangte ständig um ihre zarte Figur, stahl meine Schokolade und nahm anschließend Abführmittel, aber ansonsten verstanden wir uns gut. Tabea und ihr Freund waren oft verreist, und so verfügten wir zeitweilig ganz alleine über das großzügige Wohnzimmer und die gemütliche Küche. Wer immer zu Besuch kam, war irgendwie mit geistiger Suche beschäftigt und wunderte sich nicht darüber, dass die Uhren in diesem Haus ein bisschen anders tickten.

Um das Zimmer zu finanzieren, suchte ich mir einen Job bei einer Versicherung und handelte mir Gleitzeit aus, um notfalls genügend Freiraum für die Bedürfnisse meines Innenlebens zu haben. Ich war schon immer ein Fremdkörper in Büroräumen gewesen, aber in diesem Büro waren die Anzüge besonders grau, und die Röcke besonders schmal und die Stöckelschuhe knallten besonders hart durch die Gänge. Ich flatterte mit meinen wehenden Haaren, den langen Röcken und meinen flachen Schuhen wie ein tropischer Schmetterling in das freudlose Geschehen und begegnete zunächst verwunderten, abschätzigen und neidischen Blicken, aber da ich als „Mädchen für alles" für niemanden eine Konkurrenz darstellte und da mir jeder seine unangenehmen Sortierarbeiten auf den Tisch packen konnte, wurden die Blicke von Tag zu Tag freundlicher und der Herr Abteilungsleiter persönlich rief mich immer öfter in sein Büro, um mit mir über den Sinn des Lebens zu diskutieren. Aber was wusste ich denn über den Sinn des Lebens, beziehungsweise was konnte ich von dem, was ich wusste, umsetzen oder auch nur erzählen? Eigentlich gar nichts. Ich lebte ohne Ziel, ich lebte eigentlich gar nicht, ich versuchte, zu überleben, und das gelang nur durch das zarte Gefüge aus leichter Pflichterfüllung und genügend Freiheit, das ich mir geschaffen hatte.

Möglicherweise hätte es mir gut getan, länger in diesem Gefüge zu verweilen, doch dann hörte ich, dass Maharishi in der Nähe von Rom in einem Kurort wäre. Für eine weitere, lange Meditationszeit fehlten mir sowohl das Geld als auch der Mut. Ich könnte mich nie mehr in ein solches Wagnis stürzen, ohne vorher zu klären, was in Mallorca eigentlich schief gelaufen war, aber es hieß, man könne auf dem Kurs arbeiten. Für zwei Wochen Arbeit gab es eine Woche freie Kursteilnahme. Beinahe schweren Herzens kündigte ich meinen Job bei den grauen Nadelstreifen und klackernden Stöckelschuhen und empfing ein Referenzschreiben vom Herrn Abteilungsleiter, in dem er den Wunsch aussprach, dass ich doch zurückkommen möge. Seine Versicherung würde mir eine feste Anstellung geben.

Aber ich packte meinen Koffer und fuhr nach Italien. Maharishi hatte tatsächlich einen ganzen Kurort belegt. In jedem Hotel, in jeder Pension wimmelte es von Meditierenden, die sich allabendlich in der Stadthalle zur Lecture trafen. Alle waren da: Tabea mit Vater Horst, natürlich wieder Horst, aber er hielt Abstand, Antje, Macke, Constanze, Frau Bauer und Gabriela, die immer noch für Maharishi arbeitete. Ich meldete mich zum Küchendienst und wurde in einer kleinen Pension untergebracht. Dann fing ich an, Kartoffeln zu schälen, Gemüse zu putzen, die Tische auf- und wieder abzudecken und am Abend ging ich in die Stadthalle, um Maharishi zu erleben. Die Halle war groß und bot bestimmt 800 Menschen Platz. Hauptsächlich waren es Amerikaner, die Initiatoren werden wollten. Dieser Kurs hatte nichts mehr von der geschlossenen, konzentrierten Atmosphäre von Rishikesh oder Mallorca. Es war unmöglich, Maharishi irgendwo zufällig über den Weg zu laufen. Er wohnte außerhalb des Ortes und wurde mit einem Wagen zur Stadthalle gefahren, die er nach den Lectures sofort wieder verließ. Nur manchmal hielt er tagsüber irgendwo im Ort Audienzen ab. Wenn man Glück hatte, erfuhr man rechtzeitig, wo. Ich gehörte bald zu jenen, die den notwendigen Informationen hinterherjagten wie die hungrige Seele dem Manna, und dann saß ich zusammen mit anderen immer wieder vor irgendwelchen Hoteltüren, hoffte und wartete darauf, endlich zu Maharishi vorgelassen zu werden, aber nur wenigen öffnete sich die Zaubertür. Den anderen, so wie mir auch, wurde irgendwann mitgeteilt, dass Maharishi leider zu einem dringenden Termin wegfahren musste. Er war durch einen Hintereingang entschwunden. Wir sollten ein anderes Mal wiederkommen. Mir war klar, dass ich ihm auf diese Weise niemals begegnen würde. Man kann eine Begegnung mit Maharishi nicht erzwingen. Man traf ihn, wenn Zeit, Ort und die Gegebenheit in einem höheren Sinne „richtig" waren. Wer wusste das besser als ich?

Dann entdeckte ich, dass sich abends vor der Lecture die altbekannte Blumengasse hinter der Bühne formierte. Keine große Chance, etwas Wesentliches zu erfahren, aber Maharishi hatte nie viele Worte gebraucht, um Wesentliches auszulösen. Jetzt stand ich allabendlich mit einer Blume da und fieberte dem Augenblick entgegen, in dem ich sie Maharishi übergeben konnte, aber nichts geschah. Er nahm meine Blume, lächelte an mir vorbei und aus war's. Eines Abends fiel mir auf dem Weg zur Blumengasse meine Rose auf den Boden. Verdammt! Man sollte Maharishi keine Blumen geben, die auf den Boden gefallen waren, aber ich hatte keine Zeit mehr, eine neue zu besorgen. Also hob ich die Rose auf, putzte sie ab und hastete zur Blumengasse. Maharishi kam, nahm meine Rose und reichte sie ohne jede Verzögerung an eine andere junge Frau weiter, die vor Freude erglühte. Welch ein überraschendes Glück für sie, welch eine Ohrfeige für mich. Das war das Ende der Blumengassensteherei.

Statt dessen stellte ich mich während jeder Lecture in der Reihe der Fragenden an, für die in der Lecture Hall ein Mikrofon aufgestellt war, aber die Fragezeit wurde immer beendet, bevor ich an die Reihe kam. Irgendwann jedoch stand ich dort direkt vor dem Mikrofon, um meine Frage zu stellen. Aber welche Frage? Es gab so viele! Was war in Mallorca passiert? Was hatte ich falsch gemacht? Warum hatte er so getan, als wüsste er nicht, was mit mir los war? Warum hatte er mich auf die Spur der Freude gebracht? – Und immer wieder: Warum hatte er mich dann nach Hause geschickt, warum hatte er mir mit der Nervenklinik gedroht, warum hatte er meine Eltern involviert? Warum? Warum? Warum? Mir schwindelte, ich zitterte am ganzen Körper und brachte schließlich wimmernd und weinend hervor: *"Maharishi, please tell me, what to do!"* Er schaute irritiert nach rechts und links. Was war das für eine Frage? Sie hatte nichts mit Transzendentaler Meditation zu tun. *"You know by yourself, what to do"*, war alles, was er sagte. Aber Kruzitürken: Ich wusste es nicht. Woher sollte ich das Selbstbewusstsein nehmen, es zu wissen? Sollte ich jetzt etwa nach Kieselsteinen suchen, in der Hoffnung, einen Meteoritensplitter zu finden? Wenn man das Höchste angestrebt, gesehen und erlebt hat, ist es schwer, wenn nicht sogar unmöglich, sich mit weniger zu begnügen. Es ist einem verwehrt, nach einem geringfügigeren Ziel Ausschau zu halten, denn alle anderen Ziele außer diesem einen sind Tand, sind es nicht wert, den kleinen Finger zu rühren. Märtyrer waren für ihren Glauben oder ihre Offenbarung oder ihr Wissen gestorben, aber bei mir hatte Maharishi nur mit den Leiden meiner Eltern herumwedeln müssen, und schon war ich umgefallen. Würde ich jemals wieder wissen, was ich tun sollte oder wollte, oder würde mein Leben weiterhin in zwei Bereiche zerfallen, die nichts miteinander zu tun hatten: einer organisierten Schale und einem aufgewühlten, verunsicherten Kern?

Frau Bauer, die auch auf dem Kurs war, erbarmte sich meiner. Sie zerrte mich erneut zur Blumengasse, wo ich resigniert der Dinge harrte, die da kommen würde, im Vorhinein wissend, dass das nichts bringen würde. Maharishi kam und Frau Bauer sprach ihn meinetwegen an:

"Maharishi, please can you help her?"

Er sah sie an und sagte: *"Pray for her."*

„Hast du gehört", rief Frau Bauer ganz aufgeregt, „er hat gesagt, *'I have her'* – er hat dich, er denkt an dich, es ist alles in Ordnung!"

Musste sie diese bedrohlichen Worte sagen? Schon wieder einmal war alles in Ordnung – wie ich es hasste! Ich sah die vor Glück strahlende Frau Bauer an. Sie glaubte tatsächlich, was sie sagte. Sie hatte tatsächlich gehört: *„I have her!"* Sollte ich ihr sagen, was ich verstanden hatte? *Pray for her!* Bete für die arme Seele. Der ist sowieso nicht mehr zu helfen. Ich glaubte meiner Variante mehr als ihrer: Maharishi würde mir nicht mehr helfen. Ich hatte mein Leben in eine Waagschale geworfen und verloren. Ich hatte meine Chance gehabt und vertan. Ich würde nie wieder auf der Treppe von Mallorca stehen und mich anders entscheiden können, ich würde niemals wieder dort in diesem Zimmer sitzen, und mich entschließen können, mich weiterhin von dieser Kraft leiten zu lassen, egal wohin sie mich führen würde, und sei es in die Irrenanstalt. Es war vorbei. Ich hatte mein Glück verspielt.

Der Kurs näherte sich seinem Höhepunkt: Die zukünftigen Initiatoren sollten die Mantren erhalten. Nicht zu zweit in einer kleinen dunklen Höhle, wie wir einst in Rishikesh. Nein, es wurde ein in Marmor und Stein prunkender Saal zu diesem Zwecke hergerichtet. Als ich eintrat, standen schon etwa dreißig weiß verhängte Tische mit einem Bild von Guru Dev und den Messinginsignien für die Puja in Reih und Glied vor der Empore, auf der Maharishi das Geschehen verfolgte. Dazwischen hasteten Techniker herum, die jeden Tisch mit Kopfhörern ausstatteten und diese mit Maharishis Mikrofon verkabelten. Einer von ihnen lief an mir vorbei, schüttelte den Kopf und rief verzweifelt: „Wir werden es nicht schaffen. Wir werden es nicht schaffen. Er wird niemals alle Kursteilnehmer zu Initiatoren machen können." Ein anderer beruhigte ihn: „Maharishi hat gesagt: *'Everything that is necessary, will be done.'"* Wie einfach! Was nicht geschafft werden würde, wäre demnach auch nicht notwendig gewesen.

Zwei breite, symmetrisch geschwungene Treppen führten von rechts und links zu Maharishi hinauf und viele hatten sich dort aufgereiht, um ihre Mantren überprüfen zu lassen. Also stellte auch ich mich an, wanderte langsam Stufe für Stufe nach oben, kniete mich zu Füßen meines Meisters hin und flüsterte mein Mantra. Er korrigierte es, denn es hatte sich tatsächlich verändert. Sein geflüstertes Mantra sank in mich hinein, als hätte ich es telepathisch empfangen, und schwang in mir wie ein tiefer Glockenschlag. Ich dankte und ging die Treppe wieder hinunter. Die Situation verbat jedes persönliche Wort.

Der Kurs war zu Ende. Maharishi würde in den nächsten Tagen abreisen. *"Everything that is necessary, will be done."* Dass ich ihn fragen konnte, war offensichtlich nicht notwendig gewesen. Ich fühlte mich hilflos, aber dann fand ich mich im sich auflösenden Kursgeschehen ganz unvermutet mit Macke, Constanze und ein paar anderen Leuten in einem kleineren Saal wieder, dessen äußere Umrisse in meiner Erinnerung verschwimmen. Dort saß Maharishi auf einer kleinen Bühne und schien auf irgendetwas oder irgendwen zu warten. Ich ergriff die Gelegenheit beim Schopf und sprach ihn an, brachte aber wieder nichts als nur diese eine Frage heraus: *"Maharishi, please tell me, what to do."* Er sah mich an. Er sah mich tatsächlich an, schien mir aber eher genervt zu sein, wenn man das von ihm behaupten kann, und seine Worte wedelten mich weg wie eine lästige Fliege: *"You have meditated long enough. Go home and start something."* Hätte er mir das nicht auch schon früher sagen können? Hatte ich dazu erst abstürzen müssen? Wahrscheinlich. *Go home and start something. – Something?– Something!* Okay, es schien egal zu sein, was ich anfangen sollte. *Something –* irgendetwas eben. *Start something. You have meditated long enough.* Auch gut. Also keine langen Kurse mehr, Ich sollte irgendetwas anfangen, egal was. Die Betonung lag auf ‚anfangen'. Der Inhalt schien belanglos.

Da fiel mir Luise Rinser ein, die ich vor einigen Tagen kennengelernt hatte. Sie war da, obwohl sie meines Wissens selber nicht meditierte. Als ich einige Jahre später ihr Buch „Miriam" las, wurde mir klar, dass sie dort gewesen war, um Menschen in der Nähe eines Heiligen zu beobachten. Wie sollte sie über Menschen schreiben, die Jesus begegnet waren, wenn sie nicht wusste, was so außergewöhnliche Menschen bei anderen auslösen können? Ich muss ein interessantes Studienobjekt für sie gewesen sein. In der kurzen Unterhaltung, die sich ergab, als Tabea sie mir vorstellte, war die Sprache auf Carl Orff gekommen, mit dem sie verheiratet gewesen war. Das rief mir in Erinnerung, dass ich mich schon zweimal beim Orff-Institut in Salzburg nach Ausbildungsmöglichkeiten erkundigt hatte. Musik und Tanz hatten mich schon immer angesprochen, aber einmal war Afrika dazwischengekommen und einmal die Meditation. Jetzt hatte ich mich lange genug in der Welt herumgetrieben, hatte anscheinend auch lange genug meditiert, hatte genügend Wunden davongetragen, brauchte keine geistigen Experimente mehr. Warum also sollte ich jetzt nicht nach Salzburg gehen? Der Kurs war zu Ende, alle Teilnehmer würden ausschwärmen, um die Transzendentale Meditation weiter zu verbreiten. Ich würde nicht mehr dazugehören. Ich sollte irgendetwas anfangen. Mein Geld reichte gerade noch für die Fahrkarte nach Salzburg.

Es war Ende Mai und in dem freundlichen Gebäude neben der Hellbrunner Allee erfuhr ich, dass der Eignungstest für das kommende Studienjahr direkt vor der Tür stand. Ich verdingte mich als Biermädchen in der ‚Seerose' am Fuschlsee, kaufte mir eine Blockflöte samt Flötenschule und übte während der verbleibenden Wochen auf dem Fuschlsee einfache Kinderlieder. Sie würden mich nehmen, weil sie mich nehmen mussten. Etwas anderes war gar nicht denkbar. Ich war musikalisch, spielte passabel Klavier, hatte ein ganz gutes Gehör, hatte immer Spaß an tänzerischer Gymnastik gehabt, also konnte und durfte nichts schief gehen. Es gab für mich keine andere Perspektive, und deshalb gab es auch für das Orff-Institut keine andere Möglichkeit, als mich zu nehmen. Das wussten die Prüfer zwar nicht, aber ich wusste es. Es erstaunte mich nicht, als ich nach dem Eignungstest zum Abteilungsleiter gerufen wurde, der mir die erfreuliche Mitteilung machte, dass ich ihrer Meinung nach grundsätzlich für das Studium geeignet wäre, "aber wie wollen Sie Ihr Studium finanzieren?" Daran hatte ich bis zu diesem Zeitpunkt noch keinen Gedanken verschwendet. Meinen Vater würde ich auf keinen Fall um Hilfe bitten. Da fiel mir die Kübelstiftung in Deutschland ein, die ehemalige Entwicklungshelfer unterstützte. "Glaub' ja nicht, dass dir jemand etwas schenken wird", blaffte mein Vater am Telefon, aber ich wusste, dass ich das Stipendium bekommen würde. Zu meinem Leidwesen musste ich nach zwei Jahren doch die finanzielle Hilfe meines Vaters in Anspruch nehmen, weil die Kübelstiftung ihrem Namen nicht gerecht wurde und Pleite machte.

Vier Jahre lang studierte ich Musik- und Bewegungserziehung am Orff-Institut, eine Zeit, in der ich vor allem lernte, mich bescheidenen, winzig kleinen Zielen zuzuwenden, die nichts mit Erleuchtung zu tun hatten. Ich lernte Tänze, plagte mich in der Bewegungstechnik, dirigierte Lieder, spielte auf kleinen Xylophonen und erfuhr die Befreiung, die es bedeutet, auf fünf Pauken herumzudonnern. Der geregelte Stundenplan gab mir Halt und das Salzburger Land lockte mich in die Natur. Das Orff-Institut war damals ein Sammelbecken für Musik- und Tanzbegeisterte aus aller Welt, die hier ihre Kreativität austobten. In diesem bunten Reigen fiel ich nicht weiter auf. Viele wussten, dass ich in Indien gewesen war, aber niemand fragte näher, und ich schwieg mich aus. Ich baute Tag für Tag an einer Mauer um meinen innersten Kern.

Nur einmal hätte ich beinahe etwas gesagt: Ein Professor kündigte einen Vortrag über autogenes Training an. Der Herr hätte eine solide Ausbildung, die Methode sei wissenschaftlich erprobt und die positiven Effekte erwiesen. „Das ist nicht so, als wenn jemand daherkommt, der auch mal in Indien war." Der Seitenhieb saß, und einen Moment lang war ich versucht, aufzustehen und diesem Herrn zu sagen, dass er keinen blassen Schimmer davon hätte, was es heiße, sich auf tiefe Meditationen einzulassen. Aber ich schwieg. Es wäre nutzlos gewesen, ihm etwas erklären zu wollen, und was den Seitenhieb anging: Ich hatte Schlimmeres erlebt.

Ich nahm einen halbherzigen Kontakt zum örtlichen TM-Center auf, hielt auch noch den einen oder anderen Vortrag, wies zwei Kommilitoninnen ein, aber bei der zweiten blieb ich plötzlich mitten in der Puja stecken und beendete sie nach einer Schrecksekunde mit einem nach Sanskrit klingenden Kauderwelsch. Das war's. Einmal fuhr ich noch auf einen Kurs nach Interlaken, aber ich sah Maharishi nur noch auf einem Fernsehbildschirm. Seine weltweite TM-Bewegung begann wie ein Epos auszuwuchern, und ich war darin weniger als ein falsch gesetztes Komma. Ich meditierte eine ganze Zeit lang weiter regelmäßig morgens und abends, aber da ich immer wieder in die panischen Energieschlaf-Zustände verfiel, hörte ich irgendwann auf.

Ich habe dann sogar geheiratet und eine Tochter bekommen, der ich die umwerfende Erfahrung verdankte, dass mir ein anderer Mensch auf ganz natürliche Weise wichtiger sein konnte als ich. Als ich sie das erste Mal in den Armen hielt, durchflutete mich das tiefe Gefühl, jetzt ganz beruhigt sterben zu dürfen, so als hätte ich eine, nein, **DIE** wesentlichste Aufgabe meines Lebens erfüllt. Abgesehen davon hieß es jetzt endgültig: *Good bye dreams, hello reality!* Ich brauchte mich nie mehr zu fragen, was ich tun sollte: Kochen, putzen, Windeln waschen, wickeln, zum Kinderarzt gehen, auf dem Kinderspielplatz herumsitzen, Kindergarten und Schule aussuchen und nebenbei das Leben aus einer anderen Perspektive neu erfassen lernen.

Als sie drei Jahre alt war, wurde mir eine Stelle am Orff-Institut angeboten, die ich dankbar annahm. Das sicherte mir ein finanzielles Auskommen am Rande einer Gesellschaft, deren propagierte Werte und Ziele mir immer fremd geblieben waren und auch weiterhin fremd bleiben sollten. Mein beruflicher Ehrgeiz hielt sich in Grenzen, und wenn er dann doch irgendwann auftauchte, machte er sich sogleich lächerlich. Ich musste ihn nur daran erinnern, dass er selbst samt all seinen ehrgeizigen Varianten im Fegefeuer von Mallorca ein für allemal verglüht war, und schon trollte er sich wieder.

Meine Halsschmerzen blieben mir allerdings treu. Ich suchte verschiedene Ärzte auf, die vergeblich all ihre außerschulmedizinischen Kenntnisse an mir erprobten. Dann versuchte ich es mit verschiedenen Psychotherapien, die jeweils eine gewisse Erleichterung brachten, aber nicht wirklich halfen. Zugegebenermaßen habe ich den jeweiligen Therapeuten und Therapeutinnen aber auch nie wirklich eine reale Chance eingeräumt, denn ihre Wege und Mittel beschränkten sich auf die Welt der Gedanken und Gefühle.

Mittlerweile habe ich das Pensionsalter erreicht und schaue erstaunt auf mein Leben zurück. Irgendwie habe ich es gemeistert, oder hat es mich gemeistert? Hätte ich es ohne meine Meditations-Odyssee in dieser Form geschafft? Ich glaube nicht. Ich wäre in der Endlosschleife der ewigen Suche hängen geblieben und hätte mich einem „normalen Leben" verweigert. Waren die seelischen Erdbeben und Bewusstseinsverschiebungen für mich ein Handicap? Zugegebenermaßen hat es lange gedauert, bis ich wieder scheinbar festen Grund unter den Füßen hatte und mich einigermaßen sicher fühlte. Zugegebenermaßen wäre es manchmal hilfreich gewesen, dem eigenen Tun auch nur einen Hauch von Wichtigkeit beimessen zu können. Es wäre auch leichter gewesen, wenn ich mich nicht immer wieder hätte fragen müssen „Warum habe ich ‚es' nicht geschafft?" und es wäre schön gewesen, auf die Frage, was ich denn tun könnte, um „es" doch noch zu schaffen, nicht immer ein und dieselbe Antwort zu bekommen, nämlich: „Nichts!" Ich war ein Pfeil geworden, der wusste, dass sein Ziel sich seiner zielgerichteten Kraft entzieht. Ich konnte nichts mehr tun, was meiner ursprünglichen Suche hilfreich gewesen wäre. Aber da ich natürlich tagaus, tagein irgendetwas tat, kam mir mein Leben oft wie ein Theaterstück vor, ein lebhaftes, buntes Theaterstück: Wilde, absurde Überraschungen sprangen mich aus den Kulissen an, verstaubte Kostüme zwangen mich in immer neue, ungewohnte Rollen. Manchmal lachte ich mich kaputt, manchmal lag ich erschöpft in der Garderobe, manchmal weinte ich echte Tränen, und manchmal tauchte irgendein irrer Beleuchter dieses ganze Treiben in ein gnädiges, sinnerfülltes Licht. Aber ich wäre verrückt geworden, wenn ich dieses Theater für die einzig gültige Wirklichkeit hätte halten müssen. Dafür ließ es zu viele Fragen offen. Ich konnte in diesem Theaterstück nur mitspielen, weil ich wusste, dass es ein Spiel war, und dass es dahinter, irgendwo außerhalb des Bühnenraumes, hinter den Kulissen, hinter der letzten Zuschauerreihe, über dem Schnürboden oder unter den Bühnenbrettern etwas ganz, ganz anderes gab.

"Everything that was necessary, has been done?" – Na ja, so gut es eben ging.

Die Sonne wärmt ihren Rücken. Zum ersten Mal in diesem Jahr sitzt sie im „Wahrheitstempel", wie sie den Pavillon am Teich getauft haben, und trinkt einen brühheißen Kaffee. Eine zu frühe Fliege schwirrt in den Wasserdampf und stürzt in ihr Verderben. Sie fischt sie heraus. „Pech gehabt, du hast dich nicht an die Anweisungen gehalten."

Bald werden die Frösche ihre gefährliche Wanderung über die Straße antreten, um im Teich fröhlichen Gruppensex zu treiben, und die Mönchsgrasmücke, die ihr den ganzen Sommer lang mit ihrem Gesang das Aufstehen erleichtern wird, befindet sich bestimmt auch schon im Anflug. Baron Münchhausen dreht sich quietschend im Frühlingswind.

Ihr Blick wandert nachdenklich in die Kuppel der umgedrehten Satellitenschüssel, wo die kräuselnden Lichtreflexe des schmelzenden Teiches über einen großen, roten Schriftzug ziehen: **SatAn** – je nach Lesart ein geschütztes Markenzeichen oder ein gefallener Engel wie sie. Ihn kümmern die Lichtreflexe nicht, die im ständigen Wechsel von Sonne und Schatten sein Dasein verdunkeln oder erhellen: *Nothing but ripples on the sea.*

Anhang

Gabriela verließ Maharishi, weil sie kein Geld mehr hatte, bei ihm zu bleiben. Sie wurde in Frankfurt aufgegriffen, wo sie ziellos herumirrte. Man lieferte sie in eine Nervenklinik ein, wo man Schizophrenie diagnostizierte. Heute lebt sie entmündigt in einer betreuten Wohnung und ist medikamentös eingestellt. Ich habe sie besucht und sie gefragt, was sie sich wünschen würde. Sie antwortete: „Mein Leben, bevor ich Maharishi begegnete."

Constanze blieb Maharishi treu und wurde ein aktives Mitglied der deutschen TM-Bewegung. Als Architektin unterstützte sie diese tatkräftig dabei, so genannte „Meditationstempel" entsprechend einer indischen Bebauungslehre zu planen und zu errichten. Als sie hörte, dass unser Haus nach Süden ausgerichtet ist und obendrein noch an einem Teich liegt, schrieb sie mir: „Die Türen sofort vermauern und den Teich zuschütten!" Ich antwortete: „Sollen die Franzosen in Marseille das Mittelmeer zuschütten?" Ich erhielt keine Antwort.

Frau Bauer führte bis an ihr Lebensende ihre Akademie. Nach ihrem Tod hat ihr Enkel die Leitung übernommen. Er hat die Räumlichkeiten um eine Flughalle erweitert, wo sich regelmäßig Meditierende versammeln, um die Sidhi-Technik zu erlernen und auszuüben, mit deren Hilfe man die Schwerkraft überwinden kann. *During long meditation anything is possible ...*

Herr Macke gründete eine Stiftung, mit der er unter Vorspiegelung falscher Tatsachen führenden Architekten immense Summen aus der Tasche zog. Die Staatsanwaltschaft wurde eingeschaltet, und er landete für einige Jahre im Gefängnis. Im Internet findet man ihn auf einer aufgemotzten Website, wo er sich selber über den grünen Klee lobt, aber es gibt keine Kontaktadresse. Ob er noch mein Kamasutra-Buch hat?

Tabea verließ Maharishi und wandte sich anderen Meistern zu. Sie blieb ihr Leben lang der geistigen Suche verhaftet und pendelt heute zwischen Indien und Deutschland. Sie heiratete sehr spät einen Hypnotiseur und führt mit ihm das, was man eine Single-Ehe nennen könnte. Jeder ist ein Baum und treibt seine eigenen Wurzeln und Blätter. Philemon und Baucis sind weit. Die Ehe blieb kinderlos. Ich nehme an, das war Absicht.

Horst wandelte die Transzendentale Meditation ab, und brachte lange Zeit Menschen auf seine eigene Art und Weise das Meditieren bei. Er war kein Gefolgsknecht und würde es niemals werden. Vor zwei Jahren liefen wir uns zufällig in einem Restaurant über den Weg. Auf dem Weg zur Toilette stand ich ihm plötzlich gegenüber, ich 58, er 86. Er sah mir in die Augen und erkannte mich nicht. Der Schreck verschlug mir die Sprache und bevor ich etwas sagen konnte, wandte er sich ab und verließ mit einer jungen Frau im Arm das Lokal. Sah ich Gespenster oder war sie nur eine seiner vielen Enkelinnen?

Irina, meine Nachbarin in München, heiratete, bekam zwei Kinder und stürzte sich aus einem Hochhaus.

Antje, mit der ich in Hamburg zusammenarbeitete, wandte sich einer christlichen Sekte zu, bekam einen Hirntumor und starb.

Einer von den vielen, die ich in die TM eingewiesen habe, wurde Purusha, ein Maharishi-Mönch, der nichts anderes tut, als für die Menschheit zu meditieren. Als ich davon erfuhr, fühlte ich mich irgendwie schrecklich stolz, als hätte mein Bemühen letztendlich doch noch Frucht getragen. Ein anderer landete – wie schon erwähnt – in einer Nervenheilanstalt, weil er zu Hause alleine ohne Pause meditiert hatte. Die wenigen, mit denen ich noch Kontakt habe, haben inzwischen aufgehört zu meditieren. Von allen anderen weiß ich nichts.

Mein Vater starb, bevor unsere Tochter geboren wurde und bevor ich ihm seine Unwissenheit und seine Liebe verzeihen konnte.

Meine Mutter überlebte meinen Vater um achtzehn Jahre. Sie hat uns oft besucht und stellte die Nerven aller Beteiligten auf etliche Zerreißproben. Ihr Schwiegersohn fiel einfach zu sehr aus allen Rahmen, die für sie denkbar waren. Die Harmonisierungsversuche, die sie nicht lassen konnte, erreichten meist das genaue Gegenteil und verhinderten außerdem, dass ich jemals ein klares Wort mit ihr reden konnte.

Unsere Tochter haben wir nicht getauft. Sie sollte sich ihren geistigen Weg selber suchen. In unserem Haus hatte sie Gelegenheit, viele ganz unterschiedlich Suchende kennenzulernen und mit ihnen intensiv zu diskutieren, u.a. einen Therevada-Mönch, ein Ehepaar der Zeugen Jehovas, einen Bhagawan-Jünger, ein evangelisches Pfarrer-Ehepaar und nicht zuletzt ihre Eltern, die sich beide auf recht krummen Wegen ihren Weg gesucht haben und – was mich betrifft – noch immer suchen.

Der „Beatle-Ashram" in Indien ist verlassen und wird von Affen bewohnt. Das erzählte mir eine junge Frau, die kürzlich in Rishikesh war und eine Sightseeing-Tour in das Gelände unternommen hat.

Maharishi hat ein riesiges Erleuchtungsunternehmen aufgebaut. Wer will, kann sich im Internet seine Website anschauen und eine Gänsehaut bekommen.

Ich weiß nicht, was von alldem stimmt, was außerhalb dieser Website über ihn berichtet wird. Es klingt eher nach einem Schauermärchen: Angeblich hat er Guru Dev eigenhändig ermordet, um dann mit Hilfe einer einfachen Meditationstechnik im Westen Geld zu scheffeln. Etlichen Menschen soll er dabei ziemlich hohe Summen abgeknöpft haben. Die Geldflüsse seines Unternehmens sind den Berichten zufolge undurchschaubar. Manche behaupten, er würde die Gelder seiner Ursprungsfamilie in Indien zukommen lassen, die dadurch sehr an politischem Einfluss gewonnen hat. Mich selber irritieren solche Berichte wenig. Es heißt auch, dass jemand den Versuch unternommen hat, Maharishi zu vergiften.

Heute wohnt er in Holland, wo er ein altes Kloster in einem Naturschutzgelände gekauft und für sich ein großes Holzhaus gebaut hat. Ich war dort. Das Areal ist mannshoch eingezäunt, der Parkplatz videoüberwacht. Man kommt nicht ohne eine Sondererlaubnis hinein. Er ist mittlerweile 95 Jahre alt, aber so genau weiß das niemand.

You don't ask a wave on the ocean, from where it comes.

Seekirchen, Oktober 2005

Maharishi ist inzwischen gestorben, das heißt ins Mahasamadhi eingegangen, und man hat sich nun auch auf ein Geburtsdatum geeinigt, was ich direkt schade finde. Ich sah Bilder von seiner Einäscherung in Indien. Seine Anhänger trugen weiße, lange Gewänder, die vorne von einem senkrechten goldenen Streifen geziert wurden und fatal an katholische Messgewänder erinnerten. Dazu umschloss ein goldschimmernder Reif in Form eines Diadems ihre Stirn. Die Arme gen Himmel ausgestreckt, lächelten sie ins Weltgeschehen, als wollten sie es segnen. Wenig später erreichte mich die Nachricht, dass ab sofort nicht nur Anfang des Jahres Silence einzuhalten wäre, sondern jeden Sonntag.

Ich dachte sofort: Das ist die Geburtsstunde einer Religion.

Es wird immer weniger Menschen geben, die Maharishi erlebt haben, es wird immer mehr Legenden geben, es wird immer mehr Regeln geben, und die unaussprechliche Weisheit wird nicht mehr gelebt werden, sondern – wie schon so oft – wieder verloren gehen.

Constanze ist unerwartet gestorben, bevor ich sie noch einmal wiedersehen konnte. Wahrscheinlich hat das Leben nach Maharishis Tod für sie seinen Sinn verloren.

Seekirchen, März 2010